Nerzien

&

die vier Wappen

Die Weltenbaum Chroniken

von

Michèle Keller

Lieber Nick, ich wünsche Dir viel Freude beim Lesen. Danke, dass Du einer Neuautorin hilfst, durchzustarten. ♡

*Auf ins Abenteuer,
  liebe Grüße
    Deine Michèle*

Alle Hauptfiguren sind frei erfunden. Ähnlichkeiten mit lebenden oder verstorbenen Personen sind rein zufällig.

1. Auflage, 2021

© 2021 Alle Rechte und Verwertungsrechte sind vorbehalten, liegen ausschließlich beim Verlag. Verfilmung, Reproduktion, Speicherung, Wiedergabe auf elektronischen, fotomechanischen oder ähnlichen Wegen, inklusive Internet – auch auszugsweise – nur mit Genehmigung des Verlages.

Harderstar Verlag
Zuiderzee op zuid 37
8256SP Biddinghuizen
Niederlande
info@harderstar.com
harderstar.com

Covergestaltung: Jaqueline Kroppmanns
Lektorat: Andreas Winter
Illustrationen: Francis Eden
Kapitelzierden: Tatjana Noir

ISBN: 978 90 831905 4 9

Über die Autorin:

Im Jahre 1984 geboren, wuchs die gebürtige Hamburgerin am schönen Rande in Neugraben-Fischbek auf, bis sie eines Tages mit ihren Eltern nach Niedersachsen zog und dort eine tolle Jugend verbrachte. Mit 24 Jahren folgte sie ihrem Herzen und zog in ihre geliebte Stadt Hamburg zurück, wo sie bis heute mit ihrem Partner, der gemeinsamen kleinen Tochter und ihrem Rhodesian Ridgeback Aragorn lebt.

In ihrem Debütroman "Die Weltenbaum Chroniken" war der Bezug zu ihrer Heimat ein besonders wichtiger Punkt. Schon als Kind schrieb sie gerne Kurzgeschichten und illustrierte passende Bilder dazu. Eines Tages packt sie, dank ihrer Tochter, der Mut und Wille ein eigenes Kinderbuch zu schreiben. Aus dem Nichts erschuf sie eine fesselnde und faszinierende Geschichte, die sich letztendlich zu einem Jugendbuch entwickelte. In der Welt des Fantasy, Scifi oder auch Dystopien, fühlt sie sich zu Hause.

Für meine Tochter, Aimèe Aleyna
(und für Mama, für Papa, für Ayhan)

Hab Sonne im Herzen,
ob's stürmt oder schneit,
ob der Himmel voll Wolken,
die Erde voll Streit!
Hab Sonne im Herzen,
dann komme was mag,
das leuchtet voll Licht dir
den dunkelsten Tag!

Hab ein Lied auf den Lippen,
mit fröhlichem Klang
und macht auch des Alltags
Gedränge dich bang!
Hab ein Lied auf den Lippen,
dann komme was mag,
das hilft dir verwinden
den einsamsten Tag!

Hab ein Wort auch für andre
in Sorg und in Pein
und sag, was dich selber
so frohgemut lässt sein:
Hab ein Lied auf den Lippen,
verlier nie den Mut,
Hab Sonne im Herzen,
und alles wird gut!

(Cäsar Flaischlen 1864-1920)

"Möchtest du gleich ein Abenteuer erleben oder lieber erst
Tee trinken?", fragte Peter.
"Zuerst den Tee!", sagte Wendy schnell.

(J.M. Barrie aus Peter Pan)

Die Charaktere in Hamburg:

Liv
Enna
Tante Edith
Martin Bergen
Aeden
Felix
Nick
Baldur
Barghest
Mike
Klaus

Die Charaktere im Königreich Nerzien:

König Theowin
Königin Elva
Tilda
Blakaldur

***

Wenn das Wasser tief ist und der Wind steht still ... Wenn der Himmel klar ist und der Mond scheint hell ... Wenn der Fluss beginnt seine Kreise zu ziehen, wird der Sturm dich in die Lüfte wehen.
Dann wird dich dein Schicksal nach Hause bringen.

Harderstar spendet für jedes 10. verkaufte Buch einen Baum. So kannst Du weiterhin mit gutem Gewissen unsere Bücher kaufen und lesen.

Prolog

Was für eine eisige Nacht, dachte er sich. So kalt war es das letzte Mal als ..., er überlegte kurz. *Nein. So kalt war es wirklich noch nie!* Einst nannte man Nerzien das Königreich der herrlichen warmen Tage und Nächte. Eine solch wundervolle und atemberaubende Stadt mit einem Sternenhimmel, so strahlend, dass abertausende Sterne den dunkelsten Wald erleuchteten.

Doch nun fauchte ihm ein eisiger Wind um die Ohren und heulte durch die herbstlich rotgefärbten Bäume. Sein Pferd rannte über das eisig werdende Moos. Baldur konnte dabei beobachten, wie der Boden in Sekundenschnelle zufror. Unzählige Eisblumen und Kristalle bildeten sich auf dem Boden. Es war so bitterkalt, dass selbst die Bäume blitzartig von einem glänzend weißen Eismantel umzogen wurden.

Obwohl er das kleine Wesen in einem Tuch eingewickelt und um seinen Körper geschlungen hatte, drückte er es noch fester an sich aus Angst, es zu verlieren.

»Es ist nicht mehr weit, gleich sind wir da«, sprach er leise zu dem kleinen Geschöpf in seinem Arm.

Die starken Windböen wurden immer stärker und wuchsen zu einem gewaltigen Schneeorkan, der von den eisigen Bergen herab stürmte. Massige Schneeflocken, die der

Größe eines Apfels glichen, fielen auf die Erde. Schon nach wenigen Augenblicken war alles von einer weißen Schneedecke überzogen. Baldur wusste, was dies zu bedeuten hatte. *Sie kommen!*, drangen die Worte durch seinen Kopf, ehe er einen kurzen Blick nach hinten wagte. Sie waren ihm schon dicht auf den Fersen. Er musste sich wirklich beeilen. »Renn Fagur. Renne, so schnell du kannst«, rief er seinem schwarzen Hengst zu. »Wir müssen es einfach schaffen.« Mit seiner tiefen und prägnanten Stimme brachte Baldur einen lauten und kämpferischen Schrei von sich, trat seinem Reittier dabei mit einem festen Hieb in die Flanken. Das Pferd wieherte lauthals auf, beschleunigte sein Tempo und schoss wie ein schillernder Blitz durch den roten Wald.

Plötzlich hörte man lautes Stampfen. Wie ein Donner hallte und dröhnte es durch die Nacht, als eine unfassbar gigantische Schneelawine zwischen den Bäumen brach. Es klang, als würden tausende Steine den Berg hinab rollen. Baldur blickte über seine Schulter und sah das, was er bis zuletzt erhofft hatte, nicht zu sehen. Mit dem Barghest an vorderster Front stapften die Eisriesen durch den roten Wald. Mit ihren bloßen Fäusten schoben sie die Bäume einfach beiseite, als würden sie keinerlei Hindernis darstellen.

Tilda hatte den Plan der Königsfamilie durchschaut und den Barghest auf Baldurs Fährte geführt. Nun konnte es nicht mehr lange dauern, bis sie und ihre Gefolgschaft die Tore Nerziens erreichen. Dies war der unaufhaltbare Beginn des Krieges aller Welten und er würde noch seinen vollen Lauf nehmen. Doch Baldur trug die Hoffnung in seinen Händen. Endlich erreichte er die Klippen. Kurz vor den Felsen hielt er an und sprang von seinem edlen schwarzen Hengst in den tiefen Schnee hinab. Er sah ihm in seine tiefschwarzen, sanftmütigen Augen und sprach mit einem verschmitzten Lächeln zu ihm: »Fagur, mein geliebtes Pferd. So vieles haben wir schon gemeinsam erlebt und nun habe ich tatsächlich nicht mehr die Zeit, um mich von dir verabschieden zu können, wie es unserer Freundschaft gebührt. Aber mein Freund, das ist nicht das Ende!«, zärtlich strich er dieser stolzen Schönheit ein letztes Mal über sein Maul.

»Denn du bist mein Schatten, ob in dieser oder in der nächsten Welt. Und nun lauf um dein Leben, auf dass wir uns eines Tages wiedersehen.« Er gab seinem Pferd noch einen letzten kräftigen Klaps, sodass Fagur los galoppierte und bereits nach einem Wimpernschlag hinter den Hügeln Alfheims verschwand.

Baldur schaute ein letztes Mal nach hinten. Die Eisriesen stampften so laut, dass der Boden erzitterte. Der Schnee wirbelte in der Luft und durch den Sturm sah er nur noch den wutentbrannten Barghest, der im selben Moment laut aufheulte und die Zähne fletschte. Seine riesigen, nach vorne gekrümmten Hörner glühten rot auf. Er wollte Baldur um jeden Preis aufhalten. Doch Baldur empfand keine Angst, denn er war an seinem Ziel angekommen. Er stapfte durch den eisigen Schnee und drückte das kleine Wesen ganz fest an sich, als er die groben Felsbrocken hinauf kletterte.

»Hab keine Angst, Kleines. Bei mir bist du sicher.« Ein letzter Blick schweifte demütig über das Land, welches er so liebte und atmete tief ein. Dann sprang er über die Klippen ...

1. Es war doch nur ein Traum

Hamburg, Neugraben Fischbek

Kaltes Wasser glitt durch ihr Haar und floss ganz sanft zwischen ihren Fingern und Beinen entlang. Von Weitem konnte sie hören, wie ein strömender Wasserfall in einen Fluss hinein brach und seine unbändigen Wege zog. Die hohen Wellen schlugen laut gegen die grauen Felsen auf. Ihr Körper lag auf dem steinigen Boden, kalte Luft wurde von einem eisigen Wind heran geweht, doch sie zitterte nicht.

Ihre Augen waren geschlossen und dennoch war sie sich sicher, dass es Nacht war und der Himmel von schimmernden Lichtern erhellt wurde. Wie konnte sie das wissen?

Sie konnte weder atmen noch sich bewegen. Regungslos lag sie da. Sie spürte, wie ihre Lungen sich mit Wasser füllten und ihre Seele sich langsam bereit machte, ihren Körper endgültig zu verlassen.

Ich schwebe!, dachte sie, als sie auf einmal von oben auf ihre eigene kleine Gestalt herabblickte und sich selbst betrachtete. Ihre Sicht wurde stetig getrübt und sie konnte nur erahnen, was dort gerade vor sich ging. Es dauerte einen Moment, ehe sie erkannte, dass ihr Körper starr auf dem Boden lag. Sie war noch ein Kind. Noch ein kleines Mädchen, welches dabei war zu sterben. *Warum bin ich hier? Warum tut denn niemand was? Ich bin doch noch viel zu klein, um jetzt schon zu sterben. Hilfe! Jemand muss mir doch helfen.* Angst überkam sie. Sie konnte nicht in ihre kindliche Hülle zurückkehren, egal wie sehr sie es wollte. Vollkommen hilflos schwebte sie weiter als Geist in der Luft umher und konnte nichts dagegen tun.

Urplötzlich packte jemand den kleinen Leib, schüttelte ihn und klopfte auf den zarten Rücken.

»Liv. Wach auf«, flehte die Person sie bitterlich an. »Bitte komm zurück. Du musst leben. Wach auf!« Sie schrie verzweifelt weiter, doch Liv bewegte sich einfach nicht.

Erneut versuchte die Seele, zu ihrem Körper zurückzugelangen. Doch auch jetzt scheitere sie. Alles war so verschwommen. Dichte Nebelschwaden verhüllten die Szene. Aus dem Dunst erblickte sie schließlich die Hand einer Person, deren Finger von einem großen auffälligen Ring bestückt war. Mit einem breiten wunderschönen Stein, der im schönsten smaragdgrün leuchtete. Plötzlich stand eine weitere Person vor ihr und kniete sich zu ihrer leblosen Gestalt. Mehrere Male drückte sie mit den Händen auf den kleinen zarten Brustkorb und versuchte dabei, dem regungslosen Kind zuzureden.

»Wach auf Mädchen. Du hast doch dein ganzes Leben noch vor dir. Komm zurück und lebe. Wach auf.« Sie drückte ihr noch einmal kräftig auf die Brust und pustete Luft in die Lunge. Mit einem kräftigen Ruck zog es ihre Seele zu ihrem Körper zurück und glitt sanft hinein. Liv spürte, wie ihr Leib hin und her schwankte und sie allmählich wieder zu sich kam.

»Liv ... Liv, wach doch bitte auf. Verflucht noch mal. Wach endlich auf!« Liv riss ihre Augen auf. Stöhnend schnappte sie tief nach Luft, als hätte sie seit Ewigkeiten nicht mehr geatmet und blickte direkt in die blauen Augen ihrer besten Freundin Enna. Dabei erschreckte sie sich so sehr, dass es sie vom Stuhl riss. Unvermeidlich zog sie ihren geöffneten Rucksack mit sich. Der Tascheninhalt dekorierte umgehend den Boden des Klassenzimmers. Erst jetzt begriff sie, dass sie wieder nur geträumt hatte. Die gesamte Klasse lachte lauthals los. Vor allem Chloe, die Liv schon immer verabscheute, weil sie von Grund auf ein schlechter und böswilliger Mensch war. Nur zu gerne erniedrigte Chloe andere um sich herum. Nie konnte sie sich auch nur einmal ihre blöden Kommentare verkneifen. Und solche peinlichen Ereignisse waren für sie ein gefundenes Fressen.

»Na, du weißhaariger Freak? Hast du auch gut geschlafen? Wobei ... so wie du hier gerade im Schlaf gewinselt hast, musst du bestimmt etwas ziemlich Gruseliges geträumt haben. Oder hat dich deine verrückte Tante etwa mit ihren Räucherstäbchen gejagt? Ja?« Chloe ächzte zynisch, worauf ein böswilliges Lachen folgte. »Ha! Also, da würde ich auch vor Schreck vom Stuhl kippen. Ihr seid echt solche Freaks!« Chloe verdrehte angewidert die Augen und feilte weiter an ihren künstlichen Nägeln herum. Die anderen Schüler kicherten ebenfalls, tuschelten vor sich hin und sahen Liv kopfschüttelnd an.

Toll gemacht, Liv. Wirklich ganz toll!, dachte sie und ärgerte sich über sich selbst.

»Wenn die Damen dort hinten dann endlich fertig wären mit ihrem Rumgezicke, würde ich gerne weitermachen und den Film wieder laufen lassen!«, rief Herr Bergen vom

Lehrertisch aus. Nicht, dass er es nicht eh gewohnt war, Streitereien zwischen seinen Schülern schlichten zu müssen. Aber heute hatte Herr Bergen keine Lust auf pädagogische Erziehungsmaßnahmen. Doch über Liv machte er sich seine Gedanken. Sie wirkte unkonzentriert und erschöpft. Und ihm lag es wirklich am Herzen, zu wissen, ob ihr etwas widerfahren war, was sie so aufgewühlt hatte. Bevor Herr Bergen den Film wieder einschaltete, wandte er sich Liv noch einmal zu, die gerade dabei war, ihre Stifte vom Boden aufzusammeln.

»Ach, und Liv ... nach dem Unterricht bleibst du bitte noch einen Moment hier. Wir sollten uns einmal unterhalten.«

Erneut lachte Chloe laut auf.

»Ha! Also, das schafft auch nur unser Freak in der letzten Stunde vor den Sommerferien vom Lehrer noch eine Standpauke zu bekommen.« Chloes Arroganz hatte den absoluten Höhepunkt erreicht. »Du mit deinen komischen weißen Dreadlocks und deinem dämonischgrünen Auge. Du bist ein Freak und du wirst auch immer einer bleiben!«

»Es reicht jetzt, Chloe!«, zischte Herr Bergen und knallte wütend die Hände auf den Tisch. »Sei endlich ruhig und mache das, was du am besten kannst: In den Spiegel gucken und dich selbst bewundern!« *Für etwas anderes war dieses blonde Mädchen eh nicht geschaffen*, dachte er. Er konnte sie nicht ausstehen. Sie war rechthaberisch, arrogant und selbstgefällig. Aber so was durfte sich ein Lehrer niemals anmerken lassen. Er war ein guter Lehrer und heute meinte er es ebenso gut mit seinen Schülern. Es war der letzte Tag und auch die letzte Stunde vor den Sommerferien, und weder er noch die Schüler hatten die Motivation, etwas großartig Lehrreiches aus der Geschichte der Menschheit zu pauken. Also schaltete Herr Bergen den Actionfilm ein, den es offiziell noch gar nicht zu kaufen gab und verschwand wieder hinter seinem Notebook.

»Hör nicht auf die blöde Kuh!«, flüsterte Enna zu Liv und half ihr, sich aufzurichten, nachdem sie die verteilten Sachen wieder eingesammelt hatten.

»Ach, die ist mir doch vollkommen schnuppe. Von mir aus kann Chloe ganz gepflegt zur Hölle fahren«, ächzte Liv und machte dabei - wenn auch unabsichtlich - einen ziemlich guten Scherz.

Enna kicherte. Gepflegt war wirklich das passende Wort für Chloe, da sie sich tatsächlich die meiste Zeit nur mit ihrem Äußeren beschäftigte. Doch schnell verging Enna wieder das Lachen. Denn die eigenartigen Träume ihrer Freundin bereiteten ihr Sorgen.

»Was war denn los mit dir? Du hast wie wild im Schlaf geredet und gezuckt, als hättest du einen Anfall. Du warst so tief versunken, dass ich dich überhaupt nicht aus dem Schlaf holen konnte.«

Noch im Halbschlaf rieb sich Liv mit dem Handrücken grob über das Gesicht. »Jaaa!«, grummelte sie und fuhr sich darauf noch einmal gähnend über den Mund. »Ich weiß es doch auch nicht. Einer dieser Träume hatte mich wieder gefangen, so wie schon oft in den letzten Wochen. Und es scheint kein Ende zu nehmen. Ich bin echt völlig erledigt. Erst schlafe ich ruhig ein und dann ...«, kurz hielt sie inne. »Dann wache ich stets an derselben Stelle schweißgebadet auf. Danach kann ich kein Auge mehr zudrücken und liege stattdessen die ganze Nacht wach, während sich die Szenen in Dauerschleife in meinem Kopf abspielen. Ich bin so verdammt müde, Enna!«, seufzte sie leise.

Enna konnte nur zu deutlich sehen, wie ihre Freundin litt. Was sollte sie machen?

»Das ist, jetzt glaube ich schon die fünfte Woche hintereinander, in der du so gut wie gar nicht geschlafen hast«, schlussfolgerte Enna. »Ein Glück, dass heute der letzte Schultag ist und wir hier eh nichts Großartiges mehr machen. Was sagt Tante Edith denn dazu? Hast du mit ihr wenigstens einmal darüber gesprochen?«

»Bist du verrückt, Enna? Sie würde sich nur unnötig Sorgen machen und mir mit ihren komischen Steinen und Kräutern ankommen. Ich will das nicht auch noch!«, zischte sie und zog aus ihrem braunen St. Pauli-Pullover eine Kette mit einem langen Stein hervor und führte sie Enna vor. Es war ein Pendel und schimmerte in abwechselnd grünen und lila Farbtönen. Enna verglich es im Stillen mit einem metallic lackierten Auto, dessen Farbe sich je nach Blickrichtung zu wechseln schien. »Außerdem trage ich ihr zuliebe schon diesen Stein, der mich angeblich vor bösen Dingen schützen soll«, fügte sie hinzu. »Aber den Träumen nach zu urteilen, klappt es ja offensichtlich nicht sonderlich gut. Es ist so eigenartig, Enna. Im Traum blicke ich von oben auf mich herab. Es kommt mir so vor, als würde mein Geist mich verlassen und sich die Szene von oben ansehen. Manchmal ist alles wie verschwommen. Dann wieder glasklar.« Hilflos schüttelte sie den Kopf und fügte zaghaft hinzu: »Nur die grobe Silhouette eines Mannes ist zu erkennen. Jedoch nicht sein Gesicht. Doch eine Sache sehe ich immer wieder ganz klar und deutlich: seine Hand. An seinem Finger trägt er einen ziemlich großen Ring. Ein üppiger, grüner Stein mit einem Wappen oder so etwas darauf. Ach, ich kann es nicht genau beschreiben.« Liv war verärgert. Wenn sie wenigstens den Zusammenhang ihrer Träume verstehen würde, wäre sie nicht so frustriert gewesen.

»Und was geschieht dann?«, fragte Enna, »Ich meine, bevor du aufwachst?«

»Ich glaube, es ist der Moment, in dem mein Geist zu mir zurückkommt. In dem Augenblick wache ich immer wieder auf.« Liv war verzweifelt. Anders wusste sie einfach nicht, wie sie es Enna erklären sollte. Sie verstand es ja selbst nicht.

»Ich weiß nicht, wer der Mann ist und an welchem Ort ich bin. Und dennoch verspüre ich, während ich träume, eine starke Verbundenheit. Es ist so, als würde ich ein anderes Leben träumen. Wie soll ich das Edith denn erklären? Sie würde das nicht verstehen.«

Enna verzog die Lippen. Manchmal war sie ihrem Alter gedanklich weit voraus.

»Doch, ich glaube, das würde sie, Liv! Sie meint es gut mit dir. Sei froh, dass du eine so fürsorgliche Tante hast, die sich ständig um dich sorgt. Es ist das Einzige, was zählt. Du weißt, wovon ich spreche. Ich wäre froh, wenn meine Mutter sich überhaupt einmal von ihrem Sofa erheben und mir ein Brot schmieren würde. Aber Mama betrinkt sich stattdessen lieber und Papa treibt sich in den Spielcasinos herum und verprasst unser ganzes Geld. Wir können uns unser Leben nun mal nicht aussuchen, Liv.« Und Enna wusste, wovon sie sprach. Mit ihren sechzehn Jahren hatte sie mit ihren verkorksten Eltern schon so einiges durchstehen müssen.

17

»Das wäre auch zu schön, um wahr zu sein«, prustete Liv.

Einer der Schüler räusperte sich lauthals, sichtlich genervt von ihrem Gerede. Enna verdrehte die Augen. Sie fing an zu fantasieren und flüsterte Liv leise zu. »Wenn ich das könnte, dann wäre ich am liebsten an einem ganz anderen Ort. Zum Beispiel wäre ich gerne eine der großartigen Elben-Heldinnen aus dem Buch, welches ich gerade lese. Die Elben können so unglaublich tolle Dinge tun wie zum Beispiel ...«, doch sie hörte wieder auf zu erzählen, als sie in Livs gedankenverlorenes Gesicht blickte. Enna war der allergrößte Fantasie-Fan, den man sich vorstellen konnte. Bücher waren stets für sie ein geistiger Hochgenuss, eine zauberhafte Welt, in die sie eintauchen konnte.

Hatte sie ein Buch zu Ende gelesen, sah man sie schon mit einem Neuen in der Hand. Liv hielt nicht sonderlich viel von Fabelwesen und anderen mystischen Geschöpfen. Dennoch, wenn Enna ihr etwas vorlas oder aus ihren Büchern erzählte, hörte sie ihr stets gern zu. Das war schon von Kindheitstagen an so gewesen. Sie wusste, dass sich ihre Freundin Enna nur so wohlfühle und es ihr half, in andere Welten einzutauchen, um sich von ihrer eigenen zerrütteten abzulenken. Liv dagegen faszinierten eher ferne Länder und längst verschollene Orte. Sie liebte Hamburg und sie liebte ihr Zuhause. Doch eines Tages um die Welt zu reisen und so viele Länder wie nur möglich sehen zu können, war stets ihr größter Traum. So wie ihre Tante Edith es einst tat. Liv glaubte, dass es keinen Ort gab, an dem ihre Tante noch nicht gewesen war. Nur zu gerne lauschte sie deren Abenteuergeschichten und ließ sich mitreißen. Doch heute war Liv von etwas ganz anderem abgelenkt und ständig in Gedanken versunken. Und wenn Enna ihre beste Freundin so betrachtete, sprachen Livs tiefe Augenränder eine deutliche Sprache. Also hörte sie auf, von ihrem Lieblingsthema zu plaudern, und widmete sich wieder dem eigentlichen Thema.

»Also, was ich eigentlich damit sagen will, ist: Wenn es jemand verstehen wird, dann Tante Edith!«

Die Schulglocke riss beide aus ihrer leisen Unterhaltung. Vor lauter Freude schnappten sich die Schüler ihre Taschen und Rucksäcke und konnten gar nicht schnell genug aus dem Klassenzimmer hinausrennen. Liv packte in Ruhe ihre Sachen zusammen, griff sich ihren geliebten braunen St. Pauli-Pullover und schlurfte zum Lehrertisch hinüber, um sich Herr Bergens Standpauke anzuhören.

»Enna!«, rief der Lehrer zu ihr rüber. »Da du höchstwahrscheinlich eh auf Liv warten wirst, könntest du bitte in der Zeit den Fernseher ausmachen und ihn wieder in den Schrank zurückstellen?«

»Klar, kein Problem, Herr Bergen!«, antwortete sie und ging seiner Bitte unverzüglich nach.

»Und nun zu dir, Liv. Was ist denn in den letzten Wochen eigentlich mit dir los? Mir ist aufgefallen, dass du seit geraumer Zeit sehr unkonzentriert bist und dich oft in deinen Gedanken verlierst.«

Liv zuckte nur mit den Schultern und verzog die Mundwinkel. Denn sie wusste wirklich nicht, wie sie ihm das erklären sollte. Herr Bergen war im Gegensatz zu den meisten Lehrern ein noch recht junger, außergewöhnlicher und nebenbei bemerkt auch ein ziemlich gut aussehender

Mann. Er war einer dieser Lehrer, die man schon fast mochte - obwohl er ein Lehrer war. Er lehrte Geschichte auf dem Gymnasium, was für die meisten zwar ziemlich langweilig war, aber dennoch schaffte er es jedes Mal, den Unterricht ein wenig spannender zu gestalten. Oft fühlten sich die Schüler eher von ihm verstanden, als von den anderen Lehrern. Vor allem hatten Liv und Enna einen guten Draht zu ihm, da sie sehr am Geschichtsunterricht interessiert waren. Ihr größtes gemeinsames Hobby war es, in ihrer Freizeit nach sogenannten Lost Places zu suchen. Am liebsten mit einem kleinen Wettbewerb, wer von ihnen einen als Erstes entdeckt.

»Ich weiß es auch nicht, Herr Bergen. Zur Zeit schlafe ich einfach nur nicht so gut und komme dadurch wohl nicht richtig zur Ruhe. Aber es ist wirklich alles in Ordnung. Es geht mir gut«, flunkerte Liv.

Herr Bergen musterte sie eine Weile schweigend und seufzte anschließend.

»Nun gut, Liv. Noch sind deine Noten in Ordnung, soweit ich das mitbekommen habe. Ich kann nur das Fach Geschichte beurteilen. Ich weiß, dass dir dieses Thema sehr liegt, aber du musst wirklich an deiner Konzentration arbeiten. Ansonsten sehe ich für dein nächstes Zeugnis nicht so rosige Zeiten. Wenn das neue und somit auch das letzte Schuljahr für euch beginnt, solltest du wirklich aufpassen. Das nächste Jahr wird auch das härteste von allen werden. Liv, es sind zwar jetzt offiziell Ferien, aber du kannst dich trotzdem jederzeit bei mir melden. Du hast ja meine E-Mail-Adresse.«

»Vielen Dank, Herr Bergen«, antwortete Liv ein wenig verwundert über sein doch sehr ungewöhnliches Angebot und sah zu Enna herüber, die bereits an der Tür auf sie wartete.

Sie beendeten das Gespräch, schlossen die Tür und gingen gemeinsam mit Herrn Bergen in Richtung Schulausgang.

»So, und jetzt erzähl doch mal. Was habt ihr in den Ferien denn überhaupt so vor? Wenn ich mal fragen darf?« Sein Blick wechselte von Enna zu Liv. »Nein, lasst mich raten! Wie ich euch beide kenne, geht es doch ganz bestimmt wieder auf eine Entdeckungstour?« Er grinste, als hätte er gerade den Jackpot geknackt. »Stimmts? Unbekannte Orte entdecken? Nach alten Ruinen suchen? Wohin soll die Reise denn dieses Mal gehen?«

»Erwischt!«, grinste Enna und hob die Hände in die Luft. »In ein paar Tagen wollen wir uns wieder auf die Suche machen. Dieses Mal geht es an den wunderschönen Ort«, sie imitierte einen Schlagzeuger, der einen Trommelwirbel erklingen lässt, und verkündete dann voller Stolz: »Lüneburger Heide!«

»Lüneburger Heide?«, wiederholte er und zog die Stirn in tiefe Falten. »Wie seid ihr denn auf diese Idee gekommen?«

»Tja, also eigentlich dank Ihres Geschichtsunterrichts und des interessanten Ausfluges, den wir vor einigen Wochen mit Ihnen durch die Heide zu der alten Kaserne gemacht hatten«, erklärte Enna. »Seit diesem Ausflug träumt Liv nämlich von einem merkwürdigen Ort in der Heide ...«, doch bevor Enna völlig unüberlegt und euphorisch weiter plappern konnte, stupste Liv sie heimlich an und gab ihr zu verstehen, dass sie jetzt besser schweigen sollte. Alles begann erstaunlicherweise zu der Zeit, als sie die Klassenfahrt unternommen hatten. Sie träumte von einem Sturm, der über die Heide zog und hörte Stimmen, die sie leise riefen. Sie sah einen Bunker, der tief unter die Erde führte, und dort stieß sie auf eine dunkle Kammer. Danach wachte sie meistens schweißgebadet auf. Dabei kannte sie die Heide schon seit ihrer Kindheit. Aber nie wurde sie nach einer Wandertour, einem Picknicktag im Sommer oder nach dem Schlittenfahren im Winter in den Kieskuhlen von solchen Träumen geplagt. Sie wusste weder, was es mit diesem mysteriösen Ort auf sich hatte, noch was die Stimmen ihr sagen wollten. Allerdings wusste sie eine Sache ganz genau: Sie musste dem Ganzen unbedingt auf den Grund gehen. Also plante sie mit ihrer Freundin die Reise und stellte eine Route zusammen. Jedoch wollte sie nicht, dass ein Lehrer oder sonst jemand erfuhr, auf welcher Mission sie wirklich waren. Man würde sie sofort für verrückt erklären, allerdings dachten das die meisten Schüler eh schon von Liv. Beliebt waren die beiden Mädchen nicht unbedingt. Wenn niemand etwas wusste, konnte sie auch keiner stören. So hatte Liv es am liebsten.

»Nun also ...«, stotterte Enna und versuchte, sich aus ihrer Erklärung wieder herauszuwinden. »Egal. Jedenfalls ziehen wir in wenigen Tagen los und versuchen einfach mal unser Glück. Die Heide ist achthundert Fußballfelder groß, wir finden ganz bestimmt etwas, was noch niemand zuvor entdeckt hat.«

»Da bin ich mir sicher!«, fügte er bei und nickte ihnen zuversichtlich zu. Er verabschiedete sich von den beiden Mädchen und wünschte ihnen wundervolle Sommerferien. Danach stieg er in seinen nagelneuen Bentley ein. Man musste kein Autokenner sein, um zu sehen, dass es ein ziemlich teurer Schlitten war. Die grelle Sonne spiegelte sich in dem hellen silberfarbenen Auto wieder und das laute Gebrüll des Motors erinnerte sofort an einen Bären, der seine Beute verteidigen wollte. Enna schreckte dabei kurz auf, als Herr Bergen das Gaspedal durchdrückte und davon sauste.

Als der Lärm sich gelegt hatte, hob Enna die Hände in die Luft und schloss entspannt ihre Augen. »Aah! Endlich Ferien! Endlich Freiheit!«

Liv spitzte nur wütend die Lippen.

»Spinnst du eigentlich Enna?«, und schubste ihre Freundin sauer an. »Du kannst ihm doch nicht einfach von meinen Träumen erzählen. Du hast doch eben selbst gesehen, was im Klassenzimmer los war. Die halten mich eh schon alle für völlig durchgeknallt. Herr Bergen muss das nicht auch noch von mir denken.«

»Schon gut, schon gut. Entschuldige«, entgegnete Enna und trat reumütig einen Schritt zurück. »Ich habe in diesem Moment gar nicht darüber nachgedacht, als er uns gefragt hat.«

»Dein Glück, dass Herr Bergen nicht weiter nachgehakt hat. Mir ist das so oder so schon total unangenehm. Es reicht schon, dass du es weißt«, gab sie ihr zu verstehen.

Enna bereute ihre Tat.

»Du hast ja recht, Liv. Tut mir echt leid. Du kennst mich doch, ich bin eine Plapperliese. Manchmal redet mein Mund schneller, als ich nachdenke. Zack! Das passiert eben einfach so. Aber weißt du was?«, sie packte Liv fröhlich gestimmt am Arm und hielt die andere Hand zur Sonne hin gestreckt. »Wir beide können jetzt die nächsten sechs Wochen tun und lassen, was wir wollen. Das wird absolut großartig. Keine beknackte Chloe, keine Schule und keine

Aufgaben, die wir erledigen müssen. Und das Allerbeste ist, dass unsere erste gemeinsame Reise schon in ein paar Tagen beginnen wird. Wer weiß, was uns alles Aufregendes passieren wird. Ich sage es dir, Liv: Das werden die tollsten Sommerferien ever. Ich kann es spüren.«

Obwohl Liv über ihr Verhalten noch ein wenig angefressen war, musste sie lachen.

»Ja, Enna. Auf dass wir in der letzten Pampa von Hamburg große Abenteuer erleben und als Heldinnen zurückkehren werden.«

»Na klar! Wirst schon sehen, Liv. Warts nur ab.«

»Okay, du Heldin«, lachte Liv und stupste sie erneut an. Sie konnte nicht lange auf ihre Freundin sauer sein. Dafür war sie ihr einfach zu wichtig und brachte ihr stets gute Laune. Es war wirklich ein Jammer, dass Ennas Eltern so sehr mit sich selbst beschäftigt waren und eigentlich gar nicht wussten, was für eine tolle und loyale Freundin ihre Tochter war. Ihr halbes Leben verbrachte sie die meiste Zeit bei Liv. Tante Edith nahm Enna ständig zu sich, wenn ihre Eltern mal wieder nicht in der Lage waren, sich um sie zu kümmern. Wenn man es genauer nahm, hatte Edith sie großgezogen. So wuchsen Enna und Liv praktisch wie Geschwister auf. Das schweißte sie eng zusammen. Ein Versuch, die beiden zu trennen, wäre einfach unmöglich gewesen.

»Na, dann lass uns endlich nach Hause gehen. Tante Edith wartet bestimmt schon auf mich und du musst noch für den Ausflug deine restlichen Sachen packen«, fügte Liv hinzu.

»Aber für eine Cola bei Mike ist ja wohl noch Zeit, oder?«

»Na klar. Wie immer, Enna.«

2. Das Zeichen

»Man, hab ich einen Brand im Hals!«, schnaufte Enna, als sie mit Liv völlig verschwitzt unter der alten Neugrabener Bahnhofsbrücke ankamen. Nur noch wenige Schritte trennten sie von ihrem Lieblingskiosk. Es war einer dieser typischen Kneipen an den Bahnhofsecken, wo man sich morgens auf dem Weg zur Arbeit noch einen Kaffee "To Go!" holte und die dazu passende Zeitung. Von Zigaretten über Süßigkeiten und diversen Getränken konnte man so ziemlich alles in dem kleinen verstaubten Laden erwerben. Und in dieser alten Kaschemme arbeitete Mike, der wahrscheinlich mindestens genauso alt war wie der Bahnhof selbst. Zwar wussten Liv und Enna nicht genau, wie viele Jahre er schon auf dem Buckel hatte, doch sicherlich schon so viele, dass er eigentlich nicht mehr arbeiten sollte. Jeden Tag trug er eine abgewetzte Jeans Hose, ein gestreiftes Hemd à la "Achtzigerjahre" und über seinen kurzen grauen Haaren eine dunkelblaue Kapitänsmütze. Ein klassischer älterer "Hamburger Jung". Von all seinen Kunden konnte er sich die Gesichter merken und wenn mal ein etwas längeres Gespräch aufkam, meist auch den Namen. Er speicherte einfach alles in seinem Kopf ab. So war es natürlich auch bei Liv und Enna. Sichtlich von starken Rückenbeschwerden geplagt, trat Mike in leicht gebeugter Haltung aus dem

Kiosk heraus. Trotz Schmerzen drehte er sich genüsslich eine Zigarette und fuhr mit der Zunge am Klebestreifen entlang.

»Ahoi, ihr seuten Deerns! Habt ihr euren Onkel Mike schon vermisst?«, lachte er herzlich auf und fasste sich darauf schmerzerfüllt an seinen Rücken. Als er sich seine Zigarette anzündete, grinste er die beiden Mädchen an: »Heute seid ihr aber spät hier.«

»Moin Moin Kapitän!«, antwortete Liv und warf ihm einen typischen Seemannsgruß mit der Hand zu. Es war schon fast zu einem Ritual geworden, sich bei Mike noch eine Cola oder einige Schokoriegel zu kaufen, bevor Enna und Liv den Rest des Heimweges antraten. Doch allem Anschein nach waren sie nicht die Einzigen, die sich von Zeit zu Zeit dort gerne aufhielten.

An der Seitenwand des Kiosks stand ein kräftiger, unheimlich aussehender Mann mit tätowierten Armen und einem langen grau-silbernen Bart. Lässig lehnte er sich mit dem rechten Bein an der Hauswand an und schien sich von nichts und niemanden aus der Ruhe bringen zu lassen. Tiefenentspannt schaute er durch die Gegend, während er auf einem Zahnstocher herum kaute. Sein Kopf war an den Seiten komplett kahl rasiert und gab so den Blick auf eigenartige Narben frei. Sie sahen aus wie ein eingebranntes Muster und Liv überlegte einen kurzen Moment, ob Menschen sich freiwillig solche Schmerzen zufügen lassen würden. Das wäre wirklich verrückt. Es war kein sonderlich schönes Zeichen, dafür aber leicht zu merken. Ein großer Kreis, der sich nach unten hin überkreuzte und zwei weitere kleine Kreise bildete. Mit seinem üppigen, langen Zopf erinnerte er sie an einen modernen Wikinger. Seine Haare waren ebenfalls grau-silbern, teilweise geflochten und zum Teil mit einigen einzelnen Dreadlocks durchzogen, aus denen filzige Strähnen herausragten. Das Ganze war dann zu einem großen und langen Zopf gebunden, der ihm bis zur Hüfte reichte. Liv musterte ihn von Kopf bis Fuß. Eine schwarze Sonnenbrille bedeckte seine Augen und unter seiner schwarzen Lederweste trug er ein enges weißes T-Shirt sowie eine dunkle Hose. Auf seiner Gürtelschnalle war ein riesiger schwarzer Pferdekopf zu erkennen, mit grünen Steinen als Augen. Sein Motorrad war passend zu seinen Haaren in Grausilber metallic lackiert, und die smaragdfarbenen Felgen glänzten Liv auch ohne Sonnenstrahlen direkt entgegen. Das Wort "Dezent" war für diesen protzigen Kerl ein absolutes Fremdwort.

»So ein Schmierlappen!«, dachte Liv laut. »Irgendwie ist er mir richtig unheimlich. Jedes Mal, wenn wir hier am Kiosk sind, ist er auch da, steht nur blöde in der Gegend herum und glotzt einen an. Hat der denn nichts Besseres zu tun?«

Enna wunderte sich ein wenig über Livs schroffe und gereizte Art. Es kam selten vor, dass Liv von einer Sache so genervt war.

»Ignoriere ihn einfach. Er macht doch gar nichts«, antwortete Enna und stand bereits mit einem Bein im Laden. »Komm, holen wir uns etwas zu trinken. Es ist wirklich unglaublich heiß draußen.«

Mit gekniffenen Augen sah Liv den Mann noch einen Moment lang an und musterte ihn, ehe sie herum wirbelte und ihrer Freundin in den Laden folgte. Enna riss den Kühlschrank auf und griff sich die kälteste von allen Dosen heraus. Noch ehe sie bezahlte, machte sie sich über das Getränk her und trank sie in einem Zug komplett aus.

»Ah, das tat gut.« Sie wischte sich mit der Hand über den Mund. »Am besten nehme ich mir für den Weg gleich noch eine mit.« Sie griff sich noch eine weitere Dose, bevor sie schnurstracks zum Kassentresen rannte und auf Mike wartete, damit sie bezahlen konnte.

»Willst du denn gar nichts?«

»Doch, doch. Natürlich!«, entgegnete Liv und schaute gedankenversunken aus dem Fenster. Schnell schnappte sie sich ein kühles Wasser und eine Packung Chips. Als sie den Kiosk wieder verließen, stand der unheimliche Kerl immer noch an die Wand gelehnt und kaute auf seinem Zahnstocher herum. Liv betrachtete ihn mit Argusaugen. Irgendetwas schien ihr an diesem Mann ganz und gar nicht geheuer zu sein. Dieses Mal fiel ihr Blick auch auf seine Hände. Plötzlich traf es sie wie ein Schlag. Wie elektrisiert stand sie da und starrte ihn an. Er trug genau denselben Ring an der Hand, den Liv schon so oft in ihren Träumen gesehen hatte! Sie kniff die Augen zusammen. Konnte das möglich sein? War es nur Zufall? Gab es den Ring aus ihrem Traum wirklich? Wie wahrscheinlich war es, dass er ausgerechnet jetzt die Hand dieses Mannes schmückte? Aber auch beim zweiten Blick stach ihr der massive Stein mit dem eigenartigen Zeichen ins Auge. *Das gibts doch nicht! Das ist nicht wahr!?*, redete sie mit sich im Geiste und schüttelte den Kopf. Es konnte nur ein völlig absurder Zufall sein. Wie um alles in der Welt war das denn nur möglich?

Schnell lief sie zu Mike rüber, der sich mit Enna noch ein wenig unterhielt.

»Mike, weißt du, wer das ist?«, fragte Liv, behielt jedoch ihr wahres Interesse an den Mann für sich. »Du kennst doch so gut wie jeden hier in Hamburg!«

Mike schaute zu dem dünkelhaften Mann hinüber, der im selben Moment zu bemerken schien, dass man über ihn sprach. Genervt schnippte er seinen zerkauten Zahnstocher auf den Boden und setzte sich prompt auf sein Motorrad. Mit einem dröhnenden Geräusch fuhr er davon. Auch Mike sah dem Mann skeptisch nach und grübelte weiter.

»Nee du. Eigentlich kenne ich so ziemlich jeden, der meinen Laden betritt. Aber wer der Macker da ist, das kann ich dir beim besten Willen nicht sagen. Dabei streift der hier oft umher. Manchmal kommt er in meinen Laden und kauft sich ne Buddel oder etwas. Aber schnacken tut er weder mit mir oder sonst jemandem. Ich weiß nicht, wo er herkommt, wer er ist und was der hier so machen tut. Meist ist er jeden Tag zur selben Zeit hier. Dann steht er eine Weile herum, tüddelt da so rum und fährt wieder wech.«

»Vielleicht ist er ja ein Agent mit einem geheimen Auftrag und spioniert uns alle aus«, scherzte Enna, was Mike ebenfalls zum Schmunzeln brachte.

»Mir egal!«, wetterte Liv. Sie fand das ganz und gar nicht lustig. »Ich finde ihn einfach nur megaunheimlich.«

Verwundert zog Enna die Augenbrauen nach oben. Sie verstand nicht, warum Liv neuerdings auf so unwichtige Dinge gereizt reagierte. Sie konnte nur vermuten, dass es an der akuten Müdigkeit lag, und ging nicht weiter auf das Gespräch über den mysteriösen Mann ein.

Nach dem kurzen Small Talk mit Mike machten sich die beiden Freundinnen auf den Weg. Am Ende der Kreuzung

trennten sie sich. Enna erklärte Liv, dass sie zu Hause ihre Sachen zu packen hätte, die sie für ihre Reise benötigten und sich dann unverzüglich auf den Weg zu ihr machen würde. Doch Liv war wie betäubt. Wie ein dumpfes Rauschen verschwanden Ennas Worte in ihren Ohren.
Enna gab es schließlich auf. Irgendwie schien ihre Freundin heute einfach nicht bei der Sache zu sein. Sie beließ es dabei sich zu wiederholen und verabschiedete sich von ihr.
Livs Gedanken drehten sich weiter um den riesigen Kerl mit dem mysteriösen Ring, den er an der Hand trug. Sie konnte es nicht fassen. Seit Wochen träumte sie kontinuierlich von diesem einen Moment. Konnte es denn tatsächlich wahr sein, dass er der fremde Mann in ihren Träumen war?

Wahrscheinlich habe ich ihn einfach unbewusst mit einbezogen, weil ich ihn hier ständig herumlungern sehe und er so eine auffällige und einprägende Erscheinung hat. Ja! Das wird es sein. Ganz klare Sache. Das ist alles völlig normal. Das ist nichts, worüber ich mir Sorgen machen müsste.

Sie redete es sich weiter ein, nur um eine logische Erklärung zu finden, während sie die Straße überquerte und in eine Seitengasse einbog, die über einen kleinen Hügel hinauf führte.

3. Tante Ediths Garten

Zu Hause angekommen, schob Liv die kleine, rostige Pforte des Zauns auf und stapfte mit ihren abgewetzten schwarzen Doc Martens durch den Garten. Auf der Auffahrt stand schon der sonnengelbe VW Bus. Von innen kitschig und in den grellsten Hippie Farben geschmückt, mit einer kleinen Küchenzeile und einem winzigen Schlafplatz ausgestattet. Liv erinnerte sich gerne an die Zeiten, als sie mit dem Bus ans Meer gefahren sind. Edith war bereits zu Hause. Hinter dem Bus, in der letzten Ecke am Gartenzaun, stand ein in die Jahre gekommener Holzschuppen. Lauter kleiner Vogelhäuser zierten die schäbige Rumpelkammer. Sie hatte noch nie einen Blick dort hinein geworfen. Nur Edith wusste, womit der alte Kasten gefüllt war. Schon beim Eintreten in die ländliche Oase roch es herrlich nach den wilden Kräutern wie Minze, Salbei, Thymian und Lavendel, die den gesamten Garten schmückten und in jeglichen Ecken gediehen. Auf der anderen Seite des großen Beetes sprießten allerlei Arten von Gemüse: Tomaten, Karotten, Kartoffeln und Gurken wuchsen in der kleinen gemütlichen Grünanlage. Auch Erbsen rankten in sämtliche Richtungen und umschlangen alles, was auch nur irgendwie in die Höhe ragte. Selbst bei einer plötzlichen Zombieapokalypse hätten sie hier wahrscheinlich für eine ganze Weile reichlich zu essen. So dachte es sich Liv schon des Öfteren.

Riesige Sonnenblumen, deren Köpfe bereits jetzt zu hoch hingen, als das Liv sie genauer betrachten könnte. Buntgemischte Blumen wie Petunien, Islandmohn, Geranien oder auch Livs geliebte Papageientulpen wuchsen in all ihrer Farbenpracht. Der selbst angelegte Weg aus mehrfarbigen Pflastersteinen und zertrümmerten Kacheln erinnerte an einen Regenbogen. Je weiter man in den Garten vordrang, umso mehr teilte sich der Pfad und führte in die einzelnen Beete. Irgendwo dort konnte Liv schon den dicken, grauen und zerzausten Haarknödel erkennen, den ihre Tante stets mit einem orangefarbenen Tuch auf ihrem Kopf zusammenband. Wie so oft kniete sie in einem Gemüsebeet und zog einige unerwünschte Pflanzen heraus.

»Hi Edith«, rief sie zu ihr herüber und stapfte in Richtung Terrasse. Sofort stieß ihr ein angenehmer Geruch in die Nase. Ein herrlich duftender und frisch gekochter Eintopf stand bereits auf dem Gartentisch und wartete auf sie.

»Hallo mein Spatz. Geh dir schon mal die Hände waschen. Ich bin auch gleich fertig und dann können wir gemeinsam essen.«

Im Schatten angekommen, warf sie erleichtert ihren Rucksack auf den Gartenstuhl. Liv band ihre schneeweißen langen Haare aus ihren unzählig vielen Dreadlocks zusammen und wusch sich erst einmal ihre verschwitzen Hände und das Gesicht. Als sie sich so im Spiegel betrachtete, fasste sie sich gedankenversunken an ihre Kehle. Sie konnte sich noch genau daran erinnern, wie es sich anfühlte, keine Luft zu bekommen und kurz vor dem Erstickungstod zu stehen. Genauso präsent war der feuchte

Sand, in dem sie klitschnass gelegen hatte. Und dann hatte es noch den wildfremden Menschen gegeben, von dem sie nicht einmal das Gesicht erkennen konnte. Sogar den festen Druck seiner Hände konnte sie noch spüren, als er sie verängstigt festgehalten und um ihr Leben gebangt hatte. Bei diesem Gedanken bekam sie eine richtige Gänsehaut. Für sie war es mittlerweile nicht mehr nur irgendein dummer Albtraum, der einem mal für eine Weile in Erinnerung blieb. Nein, dieser immer wiederkehrende Traum fühlte sich dafür einfach viel zu real an.

Sie trat ganz nah an den Spiegel und betrachtete ihr linkes Auge. Diese merkwürdige, sehr außergewöhnliche Pupille, die nicht rund wie eine Normale war, sondern eher der einer Katze glich.

Wie oft war sie schon bei Augenärzten gewesen, die alle völlig unterschiedliche Meinungen dazu besaßen. Doch niemand konnte sich einen Reim darauf machen, warum das eine Auge so seltsam aussah.

Wer bin ich? Wie viele Male hatte sie sich diese Frage bereits gestellt? Wie oft hatte sie ihre Tante gebeten, gemeinsam mit ihr nach ihren Eltern zu suchen oder zumindest herauszufinden, woher sie stammen könnte. Aber Edith redete sich andauernd heraus und erzählte ihr jedes Mal nur irgendeine andere wilde Geschichte. Doch egal, was die ältere Frau ihr auftischte oder weismachen wollte, Liv wusste immer, dass rein gar nichts davon der Wahrheit entsprach.

Mit einem Kopfschütteln brachte sie sich wieder ins Hier und Jetzt. Rasch ging sie zur Veranda hinaus und setzte sich an den Gartentisch. Bei der Hitze hatte sie zwar nicht sonderlich große Lust auf heißen Eintopf, aber wie Edith schon so oft sagte: An heißen Tagen soll man auch heiß essen! Liv hielt sich brav daran und nahm sich eine Kelle.

Ediths gesamte Kleidung und ihr Gesicht waren von Erde beschmutzt. Liv betrachtete ihre Tante und musste schmunzeln, als diese sich so zu ihr gesellte. Doch anstatt sich gleichermaßen eine Kelle vom Eintopf zu nehmen, griff sie zu ihrer kleinen geschwungenen Pfeife, die aussah, als würde sie aus einem Magie-Film stammen. Sie zog eine kleine Tabakdose hervor, die ebenfalls auf dem Tisch lag und stopfte sich genüsslich ein wenig von dem grünen Zeug in ihre Pfeife hinein. Als sie sie anzündete, paffte sie einige Male kräftig daran und pustete eine dicke schwere Wolke von sich.

»Und? Wie war der letzte Schultag?«, fragte Edith ganz unbeschwert. Doch anstatt darauf zu antworten, hustete Liv.

»Pah!«, prustete sie und wedelte mit der Hand vor der Nase herum.

»Musst du das stinkende Zeug denn ständig rauchen? Vor allem dann, wenn ich essen will?«

»Ach!«, grinste sie schon leicht berauscht und paffte erneut an der Pfeife. »Papperlapapp. Das schärft die Sinne und befreit den Geist. Außerdem ist es gut für meinen grauen Starr.« Sie zwinkerte und hüpfte fröhlich vom Stuhl auf. Tänzelnd hob Edith die Hände in die Luft und schloss für einen Moment lang die Augen. Erst dann pustete sie den Rauch wieder aus. »Aaah! Herrlich, wenn Geist und Körper stets im Einklang harmonieren. So kann ich meine Wahrnehmungen noch viel intensiver aufnehmen.« Zufrieden mit sich und ihrer Welt lächelte sie, und trällerte darauf fröhlich ein altes Lied vor sich hin. Tänzelnd und schwingend drehte sie sich auf der Terrasse umher, als würde sie einen langsamen Walzer tanzen. Liv sah ihr dabei zu und konnte nicht anders, als anfangen zu lachen.

»Du hast wirklich einen kleinen Knall, liebste Hippie Tante.« Sie stand auf, trat einige Schritte auf sie zu und drückte sie ganz fest. Sie musste an die Worte von Enna denken. Sie hatte wirklich Glück mit ihrer Tante. »Aber weißt du was? So liebe ich dich am meisten.«

XXMRFЧIΓ

Nach dem Essen verschanzte sich Liv in ihrem Zimmer. Müde warf sie sich auf ihr Bett und versuchte, über die letzten Wochen nachzudenken. Es dauerte nicht lang, bis sie erschöpft in den Schlaf gefallen war. Sie träumte. Sie sah sich an einem Felsen entlang laufen. Plötzlich stand sie inmitten eines Tornados. Ihr Haar wirbelte umher und ihre Kleidung war klatschnass. Dieser Tornado bestand nicht aus Wind, sondern aus reinem Wasser. Sie sah in den Strudel hinauf und spürte, wie sich ihre Füße vom Boden lösten. Sie bekam Panik. Keuchend und winselnd drehte sie sich in ihrem Bett. Träume, in denen man in eine Schlucht hinab fällt und kurz vorm Aufprall erwacht, gaben einem schon ein widerliches Gefühl. Hier sauste Liv jedoch in rasender Geschwindigkeit nach oben. Schweißgebadet wachte sie auf. Hektisch zog sie ihren Hoodie aus und schmiss ihn auf den Boden, wobei sie ihre Halskette unabsichtlich mitriss. Die Kette folgte dem Pulli, polterte über den Holzboden und landete in das hereinbrechende Sonnenlicht des Fensters. Die Strahlen schimmerten durch das Pendel und ließen es in metallischen Farben glänzen.

Augenblicklich fiel ihr das eingebrannte Muster wieder ein, welches den Kopf des Mannes schmückte. Liv setzte sich auf und schaltete ihren Laptop an. Bei dem Blick auf die Uhr runzelte sie die Stirn. Ganze drei Stunden hatte sie geschlafen. Dabei kam es ihr wie fünf Minuten vor. Enna wollte schon längst hier sein, also schrieb sie ihr eine Nachricht, um sich zu vergewissern, ob es ihrer Freundin gut ging.

Dann malte sie das eigenartige Zeichen auf ein Blatt Papier. Was sollte sie nur im Internet eingeben? Ein Kreis? Drei Kreise? Tierkreiszeichen? Liv hatte keine Ahnung. Grübelnd kritzelte sie weiter auf dem Papier herum.

Es klopfte an der Tür und Enna trat mit einem bedrückten Gesichtsausdruck und leichten Spuren der Verärgerung herein.

»Sorry, Liv. Ich musste mich noch um meine Mama kümmern.«

»Schon gut, Enna. Du musst dich dafür nicht entschuldigen. Ich hab eh gepennt. Ganze drei Stunden. Wer hätte das gedacht? Was war denn los mit deiner Mom?«

»Ach, ich will da gar nicht lang drüber reden. Wir hatten Krach, weil ich die nächsten Wochen bei euch bleiben will. Am Ende des Streits war sie aber froh darüber, dass ich ging. Also alles cool. Erzähl mir lieber, was du gerade da machst?« Enna sah auf das Stück Papier. Für einen Fantasyfan war es ihr ein Leichtes, dies zu erkennen. »Du zeichnest das Trollkreuz?«, fragte Enna. »Wieso?«

»Was zum Geier ist denn bitte ein Trollkreuz?« Liv verzog das Gesicht.

»Ich zeige es dir«, entgegnete Enna, tippte in Livs Laptop herum und las ihr vor.

»Das Trollkreuz oder auch Trollkors genannt, ist ein Zeichen aus der nordischen Mythologie. Meist hat man es als Amulett getragen. Heutzutage wird es oft als Tattoo Vorlage benutzt. Dieses Symbol soll böse Magie abwehren. Es soll vor Trollen und anderen üblen Wesen schützen. Warum hast du dieses Zeichen überhaupt gemalt?«

»Ich sah es vorhin an dem Mann. Der gruselige Kerl hatte es auf seinem Kopf eingebrannt.«

»Ok Liv. Du machst mir langsam echt Angst. Ich habe den Mann vorhin auch beobachtet und der hatte definitiv kein Symbol auf seinem Kopf. Das hätte ich doch gesehen.«

Liv verzog die Lippen. Hatte sie sich getäuscht? War das nur eine Halluzination? Ein Produkt ihrer Müdigkeit?

XXMRFЧIΓ

Allmählich brach der Abend an und endlich wehte ein wenig kühler Wind über das Land. Liv saß mit Enna und Edith auf der Veranda. Gemeinsam genossen sie die feuerrote Abendsonne und tranken ihren geliebten Kräutertee. Er duftete so herrlich nach Kirschen, Himbeeren und Heideblüten, dass Liv ihre Nase absichtlich über den Dampf hielt, um den liebreizenden Duft einzuatmen. Jedes Mal empfand sie es so, als würde sie in dieser kleinen Tasse ein Meer aus Blüten, Früchten und Kräutern in der Hand halten. Dieser Tee roch nach Heimat, nach Familie und Freundschaft, und gab Liv stets ein wohliges Gefühl.

Hier war es so schön ruhig am Ende von Hamburg und am Rande der Heide. Nur die Grillen zirpten lauthals in den trockenen Gräsern und gaben ihnen ein Ständchen.

»Wo ist eigentlich unser verrückter Vogel?«, fragte Liv. »Ich habe ihn seit heute Morgen nicht mehr gesehen.«
»Ehe du es sagst«, antwortete Edith lachend. »Da kommt er gerade angeflogen.« Sie zeigte in den Himmel und schaute ihrem geliebten Falken dabei zu, wie er auf sie zugeflogen kam. Ganz sanft landete er mit seinem eleganten, weißen Federkleid auf der Absperrung der Veranda. Er krächzte fröhlich auf, als würde er sie alle freundlich begrüßen. Edith trat auf ihn zu und der Vogel hüpfte ihr sofort auf die Schulter. Der Anblick der beiden war immer wieder amüsant, da sie an Pirat und Papagei erinnerten. Nur dass dieser Falke für seine Art überdurchschnittlich groß war. Auch wenn Liv mit dieser doch recht seltenen Vogelart aufgewachsen war, fand sie es jedes Mal erneut faszinierend, dass ihre Tante ihm so sehr vertraute und ihn Tag für Tag fortfliegen ließ. Nie hatte Edith Angst, dass der Falke eines Tages nicht mehr zurückkehren würde.

Egal wie lange er auch fort war, dieses bildschöne und anmutige Tier kam stets zu ihr zurück. Sie saßen noch eine ganze Weile auf der gemütlichen Veranda, lauschten Tante Ediths Geschichten und genossen gemeinsam den lauen Abend, bis die Nacht hereinbrach.

Am nächsten Morgen saßen sie alle wieder in der kleinen, rustikalen und bäuerlichen Küche, während Edith das Frühstück zubereitete. Ein kräftiges Frühstück mit Kartoffeln, Spiegeleiern und einigen Scheiben Roastbeef strömten einen so herrlichen Duft herbei, dass den beiden Mädchen das Wasser im Munde zusammen lief. Während sie auf das leckere Essen warteten, schmierten sie sich für ihre morgige Reise schon einmal ein paar Brote, derweil erkundigte Tante Edith sich über Ennas Eltern.

»Mein Liebes. Du kannst jederzeit hierbleiben«, sagte sie und strich ihr dabei liebevoll übers Haar, ehe sie sich wieder den Spiegeleiern zuwendete. »Aber das weißt du ja«, lächelte Edith und gab darauf ihrem bildschönen weißen Falken, der wie so oft auf ihrer Schulter saß, ein Stück rohes Fleisch.

»Und vor allem kannst du jederzeit mit uns darüber reden«, fügte Liv hinzu. »Man sollte immer über alles reden können.«

Lachend hustete Enna ihren Schluck Tee, den sie gerade getrunken hatte, wieder aus. »So, so. Über alles reden, sagst du. Apropos über alles reden, Tante. Liv möchte ebenfalls mit dir über etwas sprechen.«

Verärgert schlitzte Liv die Augen in Ennas Richtung, spitzte ihr Lippen und gab ihrer Freundin einen festen Tritt unter dem Tisch. Sie konnte nur noch hoffen, dass Edith es bei dem lauten Brutzeln in der Pfanne nicht gehört hatte. Doch weit gefehlt.

»Was gibt es denn, mein Schatz? Worüber möchtest du mit mir sprechen?«

»Verflucht Enna!«, dachte sie und warf ihrer besten Freundin einen grantigen Blick zu, der ihr Angst einflößen sollte. Doch Enna ignorierte diesen gekonnt und schmierte, ohne auch nur einmal ihren Blick zu erwidern, seelenruhig die Brote weiter.

Genervt rollte Liv mit den Augen, fasste sich aber schließlich wieder. »Ich habe seit einigen Wochen ständig dieselben Träume. Sie lassen mich teilweise gar nicht zur Ruhe kommen.« Edith schaltete den Herd aus und schob die Pfanne auf die kalte Herdplatte. »Und worum geht es in deinen Träumen?« Für Edith waren Träume eine sehr spirituelle und wichtige Sache. Jeder Traum trug eine Wahrheit in sich. Liv wusste das. Genau deswegen wollte sie dieses Gespräch auch nur zu gerne umgehen.

»Ich träume von einem unbekannten Ort, der nicht auf unserer Welt ist. Aber irgendwie fühle ich, dass er auch in Wahrheit existiert. Ich sehe einen großen breiten Wasserfall und wie ich dort am Boden liege. Dann träume ich von einem dunklen Raum voller Staub und altem Kram. Stimmen sagen mir, dass ich dort hineingehen soll, um meine Bestimmung und mein Schicksal anzunehmen.«

Edith, die mit dem Rücken zu ihr am Herd stand, fiel vor lauter Schreck der Pfannenwender auf den Boden. »Ein Wasserfall sagtest du?« Sie hob den Wender wieder auf, wobei der Falke von ihrer Schulter flog und auf den Küchentisch zu Liv und Enna hüpfte.

»Ja! Ein gigantischer Wasserfall, der einen breiten Fluss speist. Zwei Menschen versuchen, mich wiederzubeleben. Ja, ich weiß, das ist totaler Blödsinn.«

»Das geht jetzt schon viel zu lange so, Tante«, sprach Enna, während sie den Falken streichelte. »Liv kommt ja kaum noch zum Schlafen.«

»Ja, deine tiefen Augenränder sprechen wirklich für sich«, räumte Edith ein. »Was ähm ..., was sagen dir denn diese Stimmen? Kannst du es genau verstehen, was sie wollen?«, fragte sie ernsthaft.

»Nicht so richtig. Es klingt eher wie ein dumpfes Hallen. So, als wenn man dicke Ohrenschützer trägt und nur die Stimmenklänge hören kann. So, als wären sie in einem anderen Raum oder zu weit weg. Das Einzige, dessen ich mir sicher bin, ist, dass ich dorthin gehen soll, um meiner Bestimmung zu folgen. Ich soll nach Hause kommen, sagen sie. Das ist der wahre Grund, warum wir in die Heide gehen wollen.« Liv schluckte. Nun hatte sie es ausgesprochen. »Jetzt hältst du mich bestimmt für völlig verrückt, oder?«

Tante Edith blickte sie einen ganzen Moment lang an, bis sie tief durchatmete und einen Schritt auf sie zutrat. »Nein, ganz und gar nicht, mein Kind. Wirklich nicht. Im Gegenteil. Wenn dein Gefühl dir sagt, dass du gehen musst, dann musst du gehen!« Diese entspannte und ruhige Reaktion von ihr machte Liv stutzig. Warum fand Tante Edith das Ganze denn überhaupt nicht eigenartig? Natürlich liebte Edith vor allem die außergewöhnlichen Dinge im Leben. Spirituelle Dinge. Sie glaubte an Geister und an ihre Steine, und dass es höhere Mächte gibt. Aber war es dennoch nicht etwas seltsam für sie, dass ihre Ziehtochter im wahrsten Sinne des Wortes einem wirren Traum hinterherjagen wollte? Andererseits beruhigte genau dies Liv. Enna und Edith waren nun mal die Einzigen, denen sie alles anvertrauen konnte. Sie fragte nicht weiter nach. Sie war froh, es überhaupt losgeworden zu sein.

Edith stellte ihr und Enna das fertige Frühstück vor die Nase. »Ich werde dir für heute Nacht eine Tinktur aus unseren guten Heideblüten, Lavendel, Baldrian und Minze kochen. Danach wirst du schlafen wie ein Baby. Und morgen früh wirst du für deine Reise bereit sein«, versicherte ihr Edith. »Ich würde ja mitkommen, aber meine Beine machen diese Wandertouren einfach nicht mehr mit. So oft, wie ich sie selbst liebend gern gemacht habe. Es geht einfach nicht mehr.«

»Mach dir keine Sorgen, Tante«, beschwichtigte Enna sie. »Wir werden gut auf uns aufpassen.«

XXⱮRFᛐΙΓ

Neugierig warf Edith am nächsten Morgen einen Blick in Livs Zimmer, um zu sehen, wie sich die beiden Freundinnen auf ihre Reise vorbereiteten.

»Und ihr zwei? Habt ihr denn auch alles für eure kleine Abenteuerreise?« Doch ein Blick in Livs ermüdetes Gesicht änderte auch Ediths gut gelaunte Ader.

»Wie ich sehe, hat meine Tinktur aus Lavendel und Baldrian dir anscheinend nicht viel gebracht. Konntest du wieder nicht schlafen?«

»Ach«, Liv rieb sich gähnend die Augen. »Die Nacht war genauso kurz, wie die letzte. Aber hey, langsam gewöhne ich mich daran. Zumindest hat Enna fröhlich vor sich hin geschnarcht. Also, wie sieht es aus, Enna? Was sagt die Checkliste?«

»Mal sehen!«, antwortete Enna, holte die Liste hervor und gab sie Liv, um das gesamte Gepäck zu überprüfen.

»Zwei Taschenlampen sowie ein paar Ersatzbatterien?«

»Check!«

»Pflaster, Desinfektionsmittel, Tabletten?«

»Check!«

»Ein Wurfzelt und zwei Isomatten?«

»Jawohl! Check!«

»Insektenspray und Sonnencreme, Zahnbürsten, Zahnpasta, Haargummis, Haarbürste und ein kleiner Spiegel?«

»Sind eingepackt, Madame!«

»Topf, Teller, Besteck, Gaskocher und ein Klappmesser?«

»Check!«

»RavioliiiundanderewiderwärtigeKonservenbüchsendieto taleheeekelhaftschmeckenaaaberdenMahaaagenfülleeen?« Enna sang es so, als würde sie ein christliches Lied mit einem Rap Song mischen. Liv schaute Enna an und brach bei ihrem geistlichen Konservengesang in schallendes Gelächter aus.

»Dann hätten wir noch zu guter Letzt Wasser, Klopapier, Feuchttücher, zwei Waschlappen, Wechselkleidung und Regenjacken?«

»Japp. Alles da.«

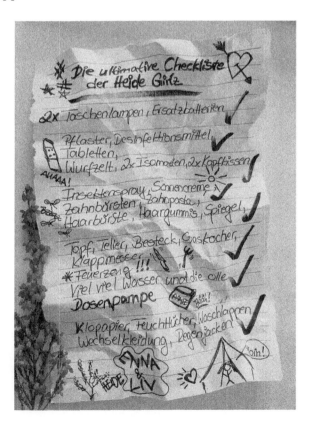

»Gut, ich glaube, dann hätten wir alles so weit. Nur noch die mobilen Akkulader für unsere Handys einpacken, ein wenig Geld in die Hosentaschen stecken und dann kanns endlich losgehen.«

»Hast du nicht vielleicht doch noch etwas vergessen?«, fragte Edit und Liv wusste sofort, worum es ihr ging. Liv drehte sich zu ihrer Tante um und deutete auf die Kette um ihren Hals.

»Nein, habe ich nicht. Du sagst mir ja jeden Tag, dass ich sie tragen soll, auch wenn ich immer noch nicht verstehe, wozu. Dabei ist sie viel zu groß und schwer. Ich habe schon genug zu schleppen. Aber ja, hier siehst du? Der fette Klunker hängt bereits um meinen Hals.« Tante Edith war erleichtert und überhörte einfach Livs unverschämte und schroffe Antwort, als sie die Kette an ihr sah. Beruhigt streichelte sie den Falken, der wieder seelenruhig auf ihrer Schulter saß. »Gut, mein Kind. Versprich mir, ihn immer bei dir zu tragen. Dieser edle Stein ist mehr als Schmuck. Er wird euch leiten und in dunklen Stunden stets beschützen.«

Die beiden nickten nur und sagten dazu nichts mehr. Sie waren es einfach schon zu sehr gewohnt, dass Tante Edith ihnen solche kuriosen Dinge erzählte und ihnen ständig ihre spirituelle Ader aufschwatzen wollte. Im ganzen Haus lagen unzählige dieser Steine herum. Glänzende Edelsteine standen in jeglichen Größen, Formen und Farben in jedem Raum. Sogar das große Windspiel auf der Terrasse bestand nur aus verschiedenen Kristallen, die Edith einzeln zusammengebunden hatte. Nachts, wenn der Wind wehte, konnte man die Steine aneinanderschlagen hören und am Tage bildeten sie ein buntes Farbenspiel, wenn die Sonne darauf schien. Liv verstand nie so richtig, warum sie so sehr an diesen ganzen Klunkern hing. Aber sie liebte ihre Tante über alles. Also tat sie ihr natürlich den Gefallen und trug die Kette. Sie schulterten ihre Wanderrucksäcke und gingen zur Terrasse hinaus, wo sie sich von Edith verabschiedeten.

»Machst du dir denn gar keine Sorgen um uns, dass wir tagelang so tief in der Heide übernachten wollen? Ich meine, so ganz alleine? Im Wald?«, betonte Liv.

»Aaach«, winkte sie ab und schenkte den beiden Abenteurerinnen ein vertrautes, warmes, zuversichtliches Lächeln: »Ihr werdet schon auf euch aufpassen. Es ist deine Bestimmung, diesen Weg zu gehen. Außerdem bist du nicht auf den Kopf gefallen und kannst dich wehren. Ich weiß, dass man über dich wachen und dich beschützen wird.« Verschwörerisch blickte sie ihren Falken an. »Warum sollte ich mir also Sorgen machen?«, nun zog sie ihre Augenbrauen hoch und wippte leicht mit ihren Füßen auf und ab. »Aber nur mal so aus reiner Neugierde. Welchen Wanderweg habt ihr euch denn ausgesucht?«

Enna holte ihr Smartphone aus der Hosentasche und zeigte ihr die Route auf einem Bild, welche sie sich aus dem Internet heruntergeladen hatte.

»Wir beginnen mit der beliebtesten Wanderroute, dem Heidschnuckenweg, der hier von Neugraben-Fischbek aus über die Lüneburger Heide führt und wenn wir wollen, sogar bis ganz nach Celle. Nur werden wir nicht direkt auf den bekannten Wanderwegen laufen, sondern ein wenig fernab der Wege gehen. So werden wir eher das Glück haben, etwas Unentdecktes aus dem Zweiten Weltkrieg zu finden. Ob verlassene Bunker oder ein alter Stützpunkt. Irgendwo müssen doch noch ein paar Ruinen zu finden sein. Wenn der Krieg in Lüneburg endete, dann muss es einfach etwas Verstecktes in der Heide geben. Ich bin mir ganz sicher, dass wir was finden werden. Also lass uns losgehen. Der Wald ist 107.000 Hektar groß. Wir werden also eine Weile unterwegs sein.«

Einige Meter entfernt, drehten sich die Mädchen noch einmal um, um Edith und ihrem Vogel ein letztes Mal zu winken.

»Also manchmal redet deine Tante echt wirres Zeug«, schmunzelte Enna und schob den Riemen von ihrem schweren Rucksack wieder zurück auf ihre Schulter.

»Ja, sie erzählt wirklich oft merkwürdige Geschichten.« Achselzuckend und kopfschüttelnd schaute Liv ihre Freundin fragend an. »Vor allem, dass ich angeblich irgendeine Bestimmung habe, erwähnt sie immer wieder. Was soll das denn bitte für eine Bestimmung sein? Stattdessen wäre es wirklich schön, endlich ein paar Antworten zu bekommen. Zum Beispiel, woher ich denn nun wirklich komme. Ich liebe meine Tante über alles, aber mein Herz verlangt einfach nach Antworten.«

»Das kann ich verstehen, Liv. Aber dennoch, was auch immer sie damit meint: Sie ist und bleibt die Beste.«

4. Von Idioten umzingelt!

Hamburg, Neugraben, Fischbeker Heide

Anstatt wie geplant ihre Reise direkt am Heidschnuckenweg zu beginnen, überlegten sie sich lieber vorerst von der Röttiger Kaserne aus zu starten. Heute war die alte Kaserne zu einer noblen Altenheimresidenz erbaut worden, doch sie erhofften sich dennoch zumindest in der Nähe eine der alten Ruinen zu finden. Sie kannten eine Stelle im Maschendrahtzaun, durch die schon etliche andere Jugendliche auf das verwahrloste Gelände gelangen konnten. Die Anziehungskraft für Teenager war deutlich sichtbar. Überall lag Unrat herum und bezeugte die Bequemlichkeit der Gäste. Welch ein Idyll könnte es hier sein, wenn alle ihren Müll wieder mitnehmen würden? Liv war kurz davor zu explodieren. Aber was half es?

Die breiten Tore der alten Kaserne und die von Gestrüpp und Moos zugewucherten Schießstände erinnerten an längst vergangene Zeiten der Soldaten und Kriegsepochen. Heute schmückten Graffitis und andere Kritzeleien die alten Gemäuer. Sie liefen weiter an den ehemaligen Übungsplätzen entlang, die es an vielen Stellen in dieser Gegend gab. Als sie den Wald erreichten, stand die Sonne an ihrem höchsten Punkt und schien gnadenlos. Die Erde war trocken, staubig und schrie förmlich nach Wasser. Es war Ende Juni und endlich konnte man mal wieder einen langen und durchgängigen Sommer genießen. Diese abrupte Hitze war allerdings für jeden Hamburger etwas zu viel des Guten. Liv war verschwitzt, konnte sich aber noch zusammenreißen. Aber die helle, milchige Haut ihrer besten Freundin brachte trotz guter Sonnencreme die ersten Anzeichen eines fiesen Sonnenbrandes hervor und die kleinen Sommersprossen schossen nur so aus ihrem Gesicht. Enna hasste es, wenn sie noch mehr von den kleinen Pusteln bekam, die ihr Gesicht schon zu Genüge schmückten. Liv fand dagegen, dass gerade diese niedlichen Sprossen absolut perfekt zu Ennas leuchtend roten Haaren passten.

Gerade als sie zu einem weiteren zerstörten Gebäude gelangten, hörten sie von irgendwo wildes und lautes Geschrei. Wie aus dem Nichts sauste links von ihnen ein Typ auf einem Mountainbike einen Hügel herunter und raste an den Mädchen vorbei. Zahllose kleine Kieselsteine und Staub schossen wie Regen auf sie herab. Vor lauter Schreck sprangen die beiden zur Seite. Ohne zu überlegen, bäumte Liv sich schützend vor Enna auf.
»Sag mal, bist du völlig bescheuert? Musst du hier im Wald heizen wie ein Oberschwachkopf?«, brüllte Liv wutentbrannt los. Der Kerl bremste scharf ab, drehte sich mit seinem Fahrrad um neunzig Grad herum und wirbelte dabei den ganzen trockenen und dreckigen Staub vom Boden auf. Schließlich hielt er an und wandte sich den beiden Mädchen von links zu.

»So eine verdammte Scheiße!«, prustete er und riss sich seinen sportlich blauen Helm vom Kopf. Cool und lässig schüttelte er sich einige seiner dunkelbraunen Strähnen aus dem Gesicht.

»Nick, hast du das drauf?«, rief er in den Wald hinein.

»Ja, aber das Video ist trotzdem voll für die Tonne!«, rief eine Stimme zurück. »Wenn du bei der Landung einfach zwei Mädchen über den Haufen fährst. Das kann ich beim besten Willen nicht rausschneiden. Das müssen wir wohl nochmal drehen, Digga.«

»So ein verdammter Mist«, ärgerte er sich weiter. »Dabei war mein Sprung gerade echt genial.«

»Entschuldige mal, du Vollhorst. Du hättest uns beinahe über den Haufen gefahren und alles, was dir wichtig ist, ist ein beschissenes Video?« Empört machte Liv ihrem Ärger Luft. Ohne dass sie es selbst bemerkte, schossen kleine wütende Blitze aus ihrem katzenartigen Auge.

»Ja! Sorry! Tut mir echt leid. Das war keine Absicht von mir. Es ist ja auch nichts passiert. Also entspannt euch wieder«, sprach er und fuhr sich mit den Fingern lässig durch sein leicht gelocktes Haar. »Sowas wie euch habe ich hier echt nicht erwartet.«

»Wie bitte?« Sie glaubte, sich verhört zu haben. »Was hast du da gerade gesagt? Dass uns nichts passiert ist, liegt nicht an dir. Warum steht dahinten niemand, um Leute zu warnen, die hier lang gehen. Leute, wie wir!«, fauchte Liv und ballte schon die Fäuste, bereit zuzuschlagen.

Der Junge riss die Augen auf. »Äh ... Nein, ich meinte natürlich nicht wie euch. Ich wollte sagen, wir haben überhaupt niemanden so tief im Wald erwartet. Hier ist sonst nie jemand.« Ratlos zuckte er mit den Schultern, nicht mehr wissend, was er noch darauf antworten sollte. Er wusste, dass der Satz - wenn auch unbeabsichtigt - vollkommen daneben war. Enna schmunzelte dagegen, während sie ihn bereits optisch scannte und feststellte, dass er ein ziemlich süßer Kerl war. Im Gegensatz zu Liv fand sie das Ganze sehr amüsant. Es war ja wirklich nichts passiert. Erschrocken hatten sie sich. Das war alles. Liv hingegen überlegte immer noch, ihm vielleicht doch noch eine reinzuhauen. Sie war eh schon durch den akuten Schlafmangel gereizt. Ihr Herz raste vor lauter Adrenalin, so sehr hatte sie sich verjagt. Sie konnte es noch nie ausstehen, wenn man sie so überraschte.

»Der ist aber niedlich«, murmelte Enna so leise, dass nur sie es hören konnte. Jedenfalls dachte sie es.

»Spinnst du, Enna? Der ist doch nicht niedlich! Nein, das ist nur ein Vollidiot, der uns gerade über den Haufen fahren wollte!« Sie antwortete viel zu laut, sodass er es auch hören konnte.

»Bleib mal locker! War doch keine Absicht«, beschwichtigte er das Ganze noch einmal. »Ach und übrigens danke für das Kompliment.«

Eine Sekunde lang dachte Liv, dass er mit dem Kompliment das Wort Vollidiot meinte, doch sein Blick wandte sich schnell zu Enna und er zwinkerte ihr dabei schelmisch zu. Ein wenig peinlich berührt, erwiderte sie sein Lächeln.

»Schon gut, schon gut. Spulen wir einfach nochmal zurück und beginnen von vorn«, schlug er vor.

»Kommt mal runter!«, rief er in den Wald hinein. Daraufhin fuhren zwei weitere Jungs ebenfalls mit ihren Bikes den Hügel hinab und hielten neben ihm.

»Das war ja echt der absolute Oberhammer!«, lachte einer von ihnen. Seine kaffeebraune Haut glänzte in der Sonne, als er seinem Kumpel stolz ein High-Five gab. Er band sich seine ausgefransten schwarzen Rastazöpfe zu einem großen Zopf, ehe er sich ebenfalls den Mädchen zuwandte. »Hi, ich bin Felix und das sind meine beiden Kumpels Nick und ...«, in dem Moment fuhr ihm Liv dazwischen »Und der Typ, der uns gerade umnieten wollte. Ja, Danke!«

»Okaaay«, raunte er und verdrehte leicht die Augen. »Das ist Aeden und das war ganz bestimmt nicht seine Absicht.«

»Komm schon, Liv«, schubste Enna sie an. »Jetzt sei doch nicht so ein Griesgram!«, und reichte, um das Ganze zu schlichten, Felix die Hand.

»Also, ich bin Enna und das ist meine überaus freundliche und allerbeste Freundin Liv.«

»Witzig, Enna!«, zickte Liv sie an und winkte den Jungs noch etwas desinteressiert zu, wobei Aeden direkt ihr linkes Auge auffiel. »Oh wow, was ist denn mit deinem Auge los?«

»Blöde Frage. Was soll damit sein? Es sieht halt nicht aus, wie bei allen anderen. Dein Pech, wenn es dir nicht gefällt. Das bin ich eh schon gewohnt.«

»Nein, nein. Ganz im Gegenteil. Ich finde, das sieht total cool aus. Ist das irgendwie ein genetischer Fehler oder sowas in der Art? Es sieht aus, als würden sich kleine Blitze in der Pupille bewegen.«

Völlig verdutzt zuckte Liv nur mit den Schultern und stotterte vor sich hin. Bis jetzt hatte sie noch nie jemand so etwas gefragt oder ihr gesagt, dass man ihr Auge als schön empfand. »Ja«, antwortete sie zögernd. »Das weiß leider niemand so genau. Aber Danke«, jetzt lächelte sie ein wenig und wischte sich eine ihrer Dreadlocks aus dem Gesicht. Tatsächlich fühlte sie sich zum ersten Mal geschmeichelt.

»Kein Ding. Passt echt total zu deinen Haaren«, antwortete Aeden locker und zwinkerte ihr ebenfalls lässig zu. Eine unangenehme Stille entstand zwischen ihnen. Ein Moment, in dem niemand wusste, was er so richtig sagen sollte, fühlte sich wie eine halbe Ewigkeit an. Doch Enna brach Gott sei Dank die gefühlt endlos lange Pause und plapperte fröhlich wieder los.

»Was macht ihr hier eigentlich genau?«, richtete sie ihren Blick interessiert auf die Kamera, die in Nicks Händen lag. »Dreht ihr etwa einen Film?«

»So in etwa«, antworte Aeden. »Ab und zu drehen wir verschiedene Stunts von uns mit den Bikes und stellen sie dann ins Internet. Mittlerweile haben wir schon eine ziemlich große Fanbase. Die Mädels fahren da wirklich voll drauf ab.« Er grinste stolz.

»Ach, bestimmt habt ihr uns auch schon mal im Netz gesehen«, erzählte er euphorisch weiter, bis er bemerkte, dass Liv alles andere als begeistert war und eher von seinem Gerede genervt wirkte.

»Nee. Kennen wir nicht!«, entgegnete sie ihm frech.

»So«, sagte Felix und sprang förmlich dazwischen, um vom Thema abzulenken.

»Und was treibt euch zwei hier so tief in den Wald? Sucht ihr etwa Pilze und bewerft nebenbei Eichhörnchen mit Steinen, oder wie?«, lachte Felix, als hätte er einen total originellen Witz erzählt. Nur leider lachte dabei niemand und alle sahen ihn nur völlig perplex an. Aeden und Nick waren an Felix schlechte Scherze schon gewöhnt.

»Siehst du denn nicht, dass sie Wanderrucksäcke tragen, du Holzkopf?«, sagte Nick und steckte seine Kamera in seinen Rucksack.

Liv rollte mit den Augen. »Wir sind auf der Suche nach unentdeckten Ruinen aus der Kriegszeit. Genaugenommen suchen wir nach einem ganz bestimmten Schutzbunker, den ich ...«, sie überlegte kurz, »den es angeblich noch in der Heide geben soll.« Davon mal abgesehen, dass sie die Jungs überhaupt nicht kannte, wollte sie auf gar keinen Fall den wahren Grund verraten. Trotzdem kramte sie in ihrer Tasche und holte eine selbst gezeichnete Skizze hervor.

»Ok. Haha. Sehr witzig!«, lachte Aeden schadenfroh und nahm das Bild genauer unter die Lupe, die Liv in der Hand hielt und ihm entgegen streckte.

»Das ist doch nur irgendeine olle Kritzelei. Habt ihr denn keine Karte oder etwas ähnliches? Also wir sind, wie schon eben erwähnt, ständig hier. Nick, ich glaub, da ist dein Wissen gefragt«, sagte er und drückte ihm das Bild in die Hand.

»Na, mal sehen.« Nick überlegte und musterte die Skizze eine Weile. Doch auch er konnte sich keinen Reim darauf machen. »Ja. Also, wie gesagt. Wir kennen diesen Wald wirklich sehr gut. Aber solch einen Schutzbunker haben wir hier noch nie entdeckt.«

»Genau deswegen suchen wir solche verlorenen Orte«, zischte Liv. »Eben, weil sie noch unentdeckt sind oder zumindest vom Tourismus nicht überlaufen wurden.«

»Ja, verstehe.« Nick starrte weiterhin gebannt auf die Skizze, als würde er ein Rätsel lösen.

Aeden sah seinen Freund an. »Oh nein, den Blick kenne ich von dir. Lass mich raten. Du hast eine Idee, Nick. Ich sehe es in deinen Augen.«

»Ja, die hab ich. Ich hätte da tatsächlich eine Idee, aber dazu müssten wir einmal nach Hause fahren. Mein Großvater hatte mir doch diese unzähligen Karten vererbt.«

»Dein Opa? Was hat dein Opa denn jetzt damit zu tun?«, fragte Liv.

»Gut. Das mag hier jetzt echt ein ziemlich merkwürdiger Zufall sein, aber mein Opa hatte damals hier noch bis zum Ende des Krieges gedient.«

»Ja, der Krieg endete genau hier in der Heide«, bestätigte Enna. »Lohnt sich ja doch, hin und wieder etwas mehr in Geschichte aufzupassen als sonst«, lachte sie.

»Mein Großvater erzählte mir, dass er einer der höheren Befehlshaber war. Über die Jahre hinweg sammelte er die vielen Landkarten. Er dachte sich wohl, dass sie später einmal viel Geld wert sein werden. Kurz bevor er verstarb, hat er mir all seine Karten vererbt. Karten von allen Stützpunkten und Stadtplänen aus ganz Hamburg und all den angrenzenden Bundesländern.«

Begeistert von dem irrwitzigen Vorschlag tippte Enna Liv auf die Schulter an. »Liv, hör doch, das ist absolut perfekt. So finden wir ganz sicher diesen Bunker. Wie lange braucht ihr denn, bis ihr wieder hier seid? Es fängt schon an zu dämmern. Wir würden uns so langsam mal gerne eine gute Stelle zum Zelten aussuchen.«

»Zelten? Wie bitte?« Aeden lachte lauthals los. »Ihr wollt doch nicht allen Ernstes hier in der Heide übernachten?«

»Na, was hast du denn gedacht, wie wir hier durch die Heide wandern wollten? Die Fischbeker und die Lüneburger Heide sind so riesig, dafür haben wir mindestens eine Woche eingeplant.«

Was für ein hochnäsiger Kerl, dachte sich Liv und bereute es schon fast, ihnen überhaupt so viel erzählt zu haben. Schließlich ging es sie nichts an. Sie kannte sie ja nicht einmal. Allerdings konnte sie nicht leugnen, dass Nicks Idee mit den Karten die perfekte Lösung war.

»Respekt, dass ihr das zu zweit durchzieht. Zelten ist persönlich ja nicht so mein Ding. Aber klar, das klingt einleuchtend«, räumte Aeden ein.

»Na gut, ein Vorschlag«, sagte Nick. »Was haltet ihr davon, wenn Felix, Aeden und ich die Karten holen und uns ebenfalls ein Zelt und Campingsachen schnappen und wir uns dann morgen Vormittag an einem Standort treffen?«

»Die Idee finde ich super«, antworte Enna.

»Und was sagt unsere kleine Eisprinzessin dazu?«, fragte Aeden und zwinkerte Liv erneut zu. »Bist du dabei?«

Liv zögerte einen Moment. Sie wusste nicht so recht, was die von der ganzen Sache halten sollte. Ganz zu schweigen von seinem Kommentar. Doch ein Blick in Ennas leuchtende Augen reichte aus, um zu wissen, was richtig war. Immerhin vertraute ihr Enna. Vollkommen egal, wie verrückt die Geschichte auch war. Liv war es ihr allemal schuldig, ihr ebenso zu vertrauen. »Klar bin ich dabei«, stieß sie eine Spur zu trotzig hervor: »Schließlich will ich diesen Bunker ja auch finden. Es reicht vollkommen, wenn ihr uns einfach die Karten bringt. Ihr müsst uns dann ja nicht auch noch begleiten.«

»Ach, ist doch kein Ding. Ein kleiner Wanderausflug wird uns schon nicht umbringen«, erwiderte er grinsend:

»Wenn ihr in den Wald zelten geht, dann können wir das schon lange«, und zuckte mit den Schultern.

»Also, haben wir euer Wort?«, hakte sie noch einmal nach, denn so ganz traute sie den Jungs nämlich immer noch nicht.

»Ja, morgen Vormittag um elf Uhr«, antwortete Nick.

Sie tauschten ihre Telefonnummern aus, verabschiedeten sich voneinander und fuhren mit ihren Bikes davon. Enna und Liv schauten den Jungs noch nach. War das eine gute Entscheidung gewesen, drei wildfremde Jungs um Hilfe zu bitten? Liv war misstrauisch dem Ganzen gegenüber. Andererseits interessierten sie die alten Karten schon. Vielleicht hatte der rotblonde Junge mit seinen doofen Kumpels ja recht.

Enna wusste ganz genau, was ihrer Freundin durch den Kopf ging und wandte sich Liv zu. »Mach dir keine Sorgen. Es wird uns schon nicht schaden, mal über die Karten zu stöbern.«

Liv nickte. »Na, dann suchen wir uns mal ein gemütliches Plätzchen.«

5. Was zum Geier

Hamburg, Lüneburger Heide

Vollkommen schweißgebadet zog Enna den Reißverschluss vom Zelt auf und schnappte erst einmal tief nach Luft. Die vormittags Sonne schien so kraftvoll, dass man im Zelt zu ersticken drohte. Während Liv ein Stück weiter vorne auf einem großen Stein saß, in die endlose Landschaft aus einem fliederfarbenen Meer blickte und mal wieder vor sich hin grübelte.

»Hey, seit wann bist du denn schon auf?«, rief Enna zu ihr rüber.

»Ich glaube, seit fünf Uhr oder so. Hab nicht auf die Uhr geguckt«, antwortete sie ihr, ohne sich umzudrehen.

»Wieder einer dieser Träume?«

»Ja. Ganz schlimm. Ich konnte danach kein Auge mehr zumachen. Diese Müdigkeit bringt mich wirklich noch um, und diese verfluchte Hitze, es war nicht mehr auszuhalten im Zelt.«

»Welcher Traum war es denn dieses Mal? Der Wasserfall oder der Bunker?«, fragte Enna besorgt und mittlerweile völlig ratlos, wie sie ihr helfen könnte.

»Weder noch. Bis jetzt wiederholten sich die Träume immer wieder, doch dieser heute Nacht war ein ganz neuer.

Ich habe geträumt, wie ich bei dem heftigsten Unwetter nach etwas im Schlamm buddelte. Es goss in Strömen, es blitzte und donnerte. Ich bohrte wie verrückt meine Finger tief in den Schlamm hinein und versuchte, verwachsenes Gestrüpp heraus zu reißen.« Sie blickte auf ihre Finger. Sogar in ihren Fingerkuppen konnte sie noch das Kribbeln spüren, als hätte sie es wirklich durchlebt. Aber ihre Hände waren sauber. Kein Regen. Kein Schlamm. »Ich war wie besessen, Enna. Es war alles so merkwürdig. Völlig kurios und gleichzeitig vollkommen real. Das verrückteste kommt aber noch: Auch du warst dieses Mal dabei«, betonte sie.

»Ich?« Enna stieg aus dem Zelt heraus und lief auf Liv zu. »Was habe ich denn gemacht?«

»Du hast hinter mir gestanden und an mir gezerrt. Hast mich gerufen und mich dabei geschüttelt. Ich reagierte nicht. Wie ein wild gewordenes Tier grub ich weiter. Ich war wie in Trance, weißt du?«

»Das ist wirklich total strange, Liv«, ihre Freundin zog verunsichert die Augenbrauen hoch. »Gut, das klingt zwar nicht unbedingt verrückter als die anderen Träume, die du schon hattest, aber trotzdem.«

Enna gähnte laut. Sie hatte nicht sonderlich gut geschlafen. Der Boden war hart. Ständig hatte sie das Gefühl, einen Stein oder einen Stock im Rücken zu spüren und die kleinen Krabbelviecher und Mücken ließen sie ebenso wenig zur Ruhe kommen. Sie wagte es nicht, auch nur ein einziges Wort darüber zu erzählen, da sie wusste, wie schlecht es Liv seit Wochen ging.

»Sag mal, wie viel Uhr ist es denn überhaupt?«

»Halb elf«, antwortete Liv. »Die Jungs müssten gleich hier sein. Ich habe ihnen bereits vor einer Stunde unseren Standort geschickt.«

»Was? Halb elf ist es schon?« Enna bekam Panik. Ungepflegt und verschlafen stand sie mitten in der Heide und hatte keine Gelegenheit, in Ruhe wach zu werden. »Warum hast du mich denn nicht geweckt? Ich muss mich sofort fertigmachen.« Hastig rannte sie zum Zelt zurück, holte ihre Waschutensilien heraus und machte sich in Windeseile zurecht. Sie versuchte, ihr dickes rotes Haar mit einem schnellen Pferdezopf zu bändigen, und setzte sich ihre große runde Brille auf. Etwas unbeholfen legten die beiden das Wurfzelt zusammen, stopften es total verbeult in die schmale Zelttasche hinein und rollten die Schlafsäcke ineinander.

Mit gepackten Sachen setzten sie sich wieder auf die Steine, warteten und stopften sich noch die letzten geschmierten Brote von gestern in den Mund. Keine zehn Minuten später sahen sie auch schon die Jungs aus der Ferne auf ihren Mountainbikes anfahren.

Liv wusste nicht, was sie von dem Ganzen halten sollte. Die Reise hatte sie sich wirklich anders vorgestellt. Nun hingen ihr drei Personen - die sie kein Stück kannte - am Rockzipfel. Andererseits war sie neugierig gewesen, ob Nick ihr mit seinen Karten tatsächlich helfen könnte.

Nach einer kurzen Begrüßung holte Nick auch schon eine Karte aus seinem Rucksack hervor und faltete sie auf einem Stein auseinander. »Gestern Abend habe ich noch die besten Pläne herausgesucht. Doch ich denke, mit dieser hier können wir am ehesten etwas anfangen. Es ist nämlich keine offizielle Karte. Es könnte sein, dass auf ihr Orte und

Wege sind, die auf den anderen nicht aufgezeichnet oder zu erkennen sind. Also können wir davon ausgehen, dass diese hier alle Schächte, Schutzbunker und geheime Verstecke der Soldaten zeigt und wir sie entdecken können.«

»Das ist so aufregend und historisch.« Enna gesellte sich begeistert zu ihm und strich behutsam über das Pergament. Selbst der alte und modrige Geruch war für sie ein Genuss. »Ich finde das total cool, dass du so etwas noch hast. Das hier sind wenigstens noch echte Karten. Welche, die man fühlen kann.«

Ein wenig verwundert über ihren Enthusiasmus sah er sie an. »Du meinst, so wie Bücher?«

Enna bekam große Augen. »Ja. Ganz genau. Bücher geben dir das Gefühl, in eine andere Welt einzutauchen. So, als wären die Geschichten, die in ihnen stecken, lebendig. Es ist, als wäre ich ein Teil des Geschehens. Ich muss immer ein Buch bei mir haben. Ansonsten fühle ich mich nicht wohl.«

Nick grinste. Enna und er verstanden sich auf Anhieb. »Ja, so geht es mir mit meinen Karten auch. Es ist schon komisch, ich kann mich noch zu gut daran erinnern, wie mein Opa immer auf diese Karten starrte und zu mir sagte- »Karten tragen etwas Magisches in sich«. Tja, und nun ist er fort. Doch diese Karten bleiben mir. Sie erinnern mich stets an ihn. Und irgendwie, wenn ich mich mit den Karten beschäftige, dann ist Opa auch wieder bei mir.«

»Ach herrje, das tut mir wirklich sehr leid mit deinem Opa«, antwortete Enna mitfühlend, während sie die Karten weiter studierten. Doch allmählich wurde Liv ungeduldig. Ihr war ganz und gar nicht nach Small Talk zumute.

»Schon klar. Ihr habt euch lieb. Schluss mit der Gefühlsduselei. Zeigt mal her. Vielleicht sehe ich ja was, was ihr bei eurem endlosem und todlangweiligem Geplapper übersehst.«

»Ist ja gut, du Zicke!«, warf Enna ihr beleidigt zu. »Wir wollen diesen Bunker genauso finden wie du! Aber deswegen musst du nicht gleich wieder so gemein sein. Von deinen ollen Launen bekommt man noch ein Schleudertrauma.« Allmählich gingen ihr Livs Stimmungsschwankungen gehörig auf den Geist und auch Nicks zorniger Blick zeigte ebenfalls, dass er Livs Aussage ziemlich unverschämt fand.

Liv ignorierte Ennas Ansprache gekonnt, obwohl sie ganz genau wusste, dass ihre Freundin absolut recht hatte. Manchmal konnte Liv ihre Gefühle nicht im Zaum halten und redete dann einfach drauf los, ohne sich vorher über die Konsequenzen Gedanken zu machen. Sie beugte sich weit über die Karte in der Hoffnung, überhaupt aus diesen unübersichtlichen Zeichen, Messungen und Graden etwas entdecken zu können. Während sie die Landkarte völlig unbeholfen weiter studierte, rutschte ihre Halskette mit dem schweren Stein aus ihrem Shirt.

»Schicke Kette«, sprach Aeden und kniete sich darauf zu ihr.

»Danke. Genaugenommen ist es ein Pendel«, antwortete sie zügig und legte es in ihre Handfläche.

»Meine Tante hat es mir einst geschenkt.« Doch dann lachte sie und begutachtete den glänzenden Stein in ihrer Hand. »Eigentlich hat sie mir eher aufgezwungen, es zu tragen. Sie besteht darauf, dass ich es stets bei mir haben soll. Sie ist regelrecht davon besessen. Wie ein Tattoo

gehört es seitdem zu mir. Und mittlerweile ist es irgendwie ein Teil von mir.« Sie zuckte mit den Schultern. »Nun, ja, sie steht eben total auf diesen Esoterik-Blödsinn. Aber ich nicht. Ich glaube nicht an so etwas.«
»Wirklich nicht?«, entgegnete Aeden. »Ich irgendwie schon. Also zumindest an ein paar dieser Dinge.«
Liv war verblüfft. So hatte sie diesen eingebildeten Kerl wirklich nicht eingeschätzt. »Ich kenne mich damit zwar nicht gut aus, aber ich glaube schon daran, dass es gewisse Kräfte gibt, von denen wir nichts wissen oder sie nicht sehen können. So ein Pendel wird durch die Schwerkraft geleitet. Wenn man es hin und her schwenkt, kann es bestimmte Strömungen wahrnehmen.«
Nickend stimmte sie ihm zu, verwundert darüber, dass er solch eine Ahnung davon hatte. »Halte es doch einfach mal über die Karte. Vielleicht sagt es dir ja, wo du deinen geliebten Bunker finden kannst.«
»So ein Quatsch«, prustete sie. »Jetzt verarschst du mich aber.« Aber Aeden machte keinen Witz. Er meinte es absolut ernst mit seiner Theorie. Sie nahm ihre Kette vom Hals und hielt es - scherzhaft gemeint - mit der linken Hand über die Karte, um sich über seinen Vorschlag lustig zu machen. »So meinst du?« Sie lachte. »Und am besten sage ich dann womöglich noch so einen blöden Zauberspruch wie: Oh, du magischer Stein. Zeige mir den Weg, der mich zu dem verschollenen Schutzbunker bringt?«, und fuchtelte dabei mit der anderen Hand herum. Wie erwartet passierte nichts. »Ha! Siehst du, ich habe es doch gesagt, dass das totaler Blödsinn ist.«
Doch auf einmal fing der Stein an, wie wild zu vibrieren und leuchtete von innen hell auf. Die Kette zog wie ein

Magnet in Richtung der Karte, bis sie mit einem Mal an einer bestimmten Stelle stehenblieb und sich im Kreise drehte.

»Was zum Geier ...?« Vor lauter Schreck ließ sie die Kette los und sprang einen Satz zurück.

»Bitte sagt mir jetzt, dass ihr das auch alle gerade sehen könnt!« Doch Felix, Nick und die anderen brachten vor Entsetzen keinen einzigen Ton heraus. Wie erstarrt standen sie da und blickten auf das Pendel, welches sich noch hell leuchtend auf demselben Fleck drehte.

Gebannt schauten sie alle auf die Karte und trauten ihren Augen nicht. War das ein Trick? Wenn ja, von wem? Was waren das für Jungs? Sofort musste Liv an den Typen mit dem Motorrad am Kiosk denken. Kreuzten nur merkwürdige Gestalten ihren Weg? Nach dem ersten Schock kniete sich Aeden neben die Karte und betrachtete die Stelle, an der der Stein lag, genauer. Schließlich hörte er einfach auf zu vibrieren. Das Licht erlosch und das Pendel fiel zur Seite, als wäre nichts gewesen.

Alle schwiegen. Niemand wusste, was er sagen sollte. Sie brauchten einen Moment, um zu realisieren, was da gerade geschehen war, bis Aeden schließlich das Schweigen unterbrach.

»Gut Mädels. Was ist hier los? Was ist das hier?«, fragte er. Doch sie antworteten nicht.

»Liv?« Er drängte sie erneut zu sprechen. Sie konnte es nicht weiter hinauszögern. Sie musste ihnen die Wahrheit sagen.

»Also eins vorweg. Ich hatte wirklich absolut keine Ahnung, dass meine Kette so etwas kann. Wirklich nicht. Aber ...«, sie stockte kurz und atmete laut. »Schon gut. Ich erzähle es euch. Aber bitte versprecht mir, dass ihr mich nicht für verrückt halten werdet.« Felix prustete. »Ich denke, nach einem leuchtenden Stein würden wir so einiges glauben. Aber versprechen können wir es natürlich nicht.«

Liv atmete noch einmal tief durch und erzählte ihnen letztendlich die ganze Geschichte. Natürlich war es für die Jungs schwer zu akzeptieren, dass sie einem wirren Traum nachjagte. Und dennoch versuchten die drei, ihr zu glauben.

»Das heißt aber nicht, dass dort der Bunker ist«, schlussfolgerte Nick. »Ich meine, was hat diese Kette denn bitte mit deinem Traum zu tun? Geschweige denn mit diesem Bunker? Das war doch bestimmt nur ein Zufall? Vielleicht haben wir uns alle auch gerade nur mit dem Pendel geirrt? Dafür gibt es sicher eine ganz logische Erklärung.«

»Ja. Der Boden ist ja auch nicht eben«, stotterte Felix. »Nur deswegen hing das Pendel so schief ... oder so.« Krampfhaft suchte er nach einer plausiblen Begründung. Dabei wussten alle ganz genau, was sie soeben gesehen hatten.

»Am besten versuchst du es einfach nochmal, Liv«, schlug Enna vor.

Liv schüttelte den Kopf »Nein, die Kette fasse ich ganz bestimmt nicht nochmal an. Ihr habt sie doch nicht alle.«

»Gut. Dann mache ich es eben.« Aeden nahm das Pendel in die Hand.

»Pendel!«, räusperte er sich. Er kam sich schon etwas eigenartig vor, während ihn die anderen dabei beobachteten. Doch er wusste, was er gesehen hatte, und daran musste er in diesem Moment festhalten. »Pendel! Zeige uns den Weg!«

Aber dieses Mal passierte nichts. »Merkwürdig. Eben funktionierte es doch. Das haben wir doch alle genau gesehen.«

»Wahrscheinlich reagiert es nur auf dich!«, schlug Enna vor.

»Wie kommst du darauf?«, fragte Liv. Sie wollte immer noch nicht glauben, was gerade passiert war.

»Na ja. In den meisten Fantasy Geschichten, die ich so lese, gibt es meistens Steine, Ringe oder sonstige Gegenstände, die an bestimmte Person gebunden sind.«

Schallend lachte Liv los. »Ach, hör doch auf, Enna. Wir sind hier aber nicht in irgendeiner deiner Märchen. Das hier ist die Realität!«

»Ja! Schon klar!«, erhob Enna ihren Ton. Sie hatte wirklich die Nase voll von ihren Stimmungsschwankungen. »Aber spätestens jetzt solltest sogar du verstanden haben, dass deine Tante es dir nicht einfach so aus einer ihrer esoterischen Launen in die Hand gedrückt hat. Was auch immer das für ein Ding ist, es will dir etwas zeigen.« Enna atmete heftig. Jetzt war sie mindestens so gereizt wie ihre Freundin selbst. »Verflucht noch eins. Du willst wissen, was das alles auf sich hat? Dann versuch es nochmal!«

Liv schaute in die Runde und musste feststellen, dass auch die Jungs nicht gerade begeistert waren, wie sie mit Enna und ihnen umging. Alle waren hier, um ihr zu helfen. Sie hatte nicht das Recht, sie so zu behandeln.

»Es tut mir leid, Leute. Enna, du hast vollkommen recht. Entschuldige bitte. Meine Laune ist zurzeit wirklich nicht die Beste. Ich scheine allmählich nicht mehr ich selbst zu sein. Dieser andauernde Schlafentzug raubt mir noch den Verstand.«

»Schon in Ordnung. Lass uns einfach weitermachen.«

Liv nickte und Aeden drückte ihr die Kette in die Hand. Kaum hängte sie das Pendel erneut über die Karte, fing es sofort wieder an zu vibrieren und blieb genau an demselben Punkt stehen.

»Das ist doch total verrückt!«, schrie Liv.

»Nein! Das ist der absolute Hammer«, grinste Enna und anstatt geschockt zu sein, hüpfte sie aufgeregt vor sich hin. »Ich wusste es. Ich habe es schon immer gewusst. Es gibt magische Dinge auf dieser Welt.« Enna konnte sich gar nicht mehr einkriegen vor lauter Freude. »Wir müssen dahin!«

Liv überlegte kurz. »Nick, kannst du uns bitte auf der Karte erklären, wo das ist?«

»Na, mal sehen«, antwortete er und betrachtete die Karte genauer. »Das ist hier ganz am Rande von der Heide, sozusagen die Grenze, bevor es weiter in die Lüneburger Heide hinein geht. Das ist noch ein ganzes Stück zu Fuß, aber wenn wir gleich losgehen, dann könnten wir bis zum Abend vielleicht dort sein.«

Daraufhin schmiss sich Aeden seinen Rucksack auf den Rücken und griff zu seinem Bike. »Na dann? Worauf warten wir noch?«

6. Donnerwetter

Einige Stunden liefen sie bereits den Wanderweg entlang. Schon am Morgen war es wieder unfassbar schwül gewesen. Dass kein einziges Lüftchen wehte, machte es nicht erträglicher. Sie hatten das Gefühl, als ob die Natur selbst den Atem anhielt und gespannt beobachtete, was die jungen Wanderer so vorhatten.

Ein Segelflugplatz in der Ferne machte sich bemerkbar, denn immerzu sahen sie über die Stunden hinweg einige Miniflugzeuge in der Luft fliegen. Hier und da hörte man das Klopfen eines Spechtes und die kleinen Blaumeisen huschten aufgeregt in den Schatten der Bäume. Die Luft war ebenso stickig wie an den Vortagen. Der feine staubige Sand schien in ihre Lungen zu kriechen und machte das Atmen schwer. Die enorm großen Rucksäcke erschwerten das ermüdende Wandern. Die zahllosen Birken, Kiefern und Eichen sorgten zwar fleckenhaft für Schatten, trotzdem war es so brütend heiß, dass jeder einzelne Sonnenstrahl - selbst zu dieser späten Stunde - wie Feuer auf der Haut brannte. Felix starrte auf seine Uhr. Es würde bald anfangen zu dämmern.

Der Anblick dieser atemberaubenden Landschaft voller Blaubeersträucher und der bereits blühenden Heide entschädigte für die Strapazen und machte das Ganze wieder wett. Liv fragte sich, ob es wohl an dem milden Winter und sehr warmen Frühling lag, dass die Blumen schon viel weiter waren, als sie es zu dieser Jahreszeit eigentlich sollten? Die gesamte Heide sah aus wie ein Meer aus rosa und lila farbigen Flecken, soweit das Auge reichte, und bildete einen perfekten Übergang zu dem rosig schimmernden Horizont. Liv strich mit der Hand über die trockenen und farbenfrohen Heidesträucher. Verträumt blickte sie über die weiten Felder. Mittlerweile hatte sich ihr Gemütszustand ein wenig beruhigt. Auch wenn sie am liebsten Edith angerufen und gefragt hätte, was es mit dem Pendel auf sich hatte. Doch irgendwie fühlte sie, dass ihre Tante es so wollte, und sie erinnerte sich daran, dass sie permanent darauf bestand, die Kette bei sich zu tragen. Die kleinen Sträucher erinnerten sie ebenfalls an Edith und sie musste schmunzeln. »Calluna Vulgaris.«

»Callu Vul-was?«, fragte Nick etwas verwirrt.

»Calluna Vulgaris«, wiederholte sie lachend. »So nennt man die gemeine Besenheide, oder einfach auch Heideblüte genannt«, erklärte sie weiter und deutete auf die unzähligen fliederfarbenen Büsche. »Meine Tante nennt sie so. Bei uns im Garten wächst sie in jeder Ecke. Alles ist voll von dem trockenen Gestrüpp. Sie benutzt sie als Heilmittel, wie so viele verschiedene Pflanzen. Den ganzen Spätsommer über sammelt und mixt sie die Heide mit diversen Blüten, Gewürzen und anderen Kräutern, um daraus Tee herzustellen. Meine Tante und ich sind richtig süchtig danach, trinken ihn buchstäblich das ganze Jahr über. Wir nennen ihn "Tante Ediths Heideschlückchen". Sogar Honig wird aus diesen kleinen lila Blüten hergestellt«, erklärte sie und zuckte kurz mit den Schultern. »Hm, schmeckt gar nicht mal so übel. Na ja, also, wenn man Honig mag.«

»Und ich dachte immer, es wäre einfach nur eine Pflanze«, wunderte sich Nick. »Aber als Heilpflanze oder ein Kraut zum Teetrinken habe ich sie noch nie eingestuft.« Er grinste Liv an. »Tja, man lernt nie aus.«

Liv musste lachen. »Den ollen Spruch hast du sicherlich auch von deinem Opa.«

Nick fasste sich an den Kopf. »Ja«, sagte er und grinste dabei ein wenig verschmitzt. »Es verging kein Tag, an dem er nicht mit einer seiner Weisheiten ankam.«

Felix schnaufte entnervt, nachdem er bereits zum fünften Mal über eine der dicken Wurzeln, die sich durch den Wanderweg gedrückt hatten, stolperte. Ihm war das ganze trockene Gestrüpp vollkommen egal. Er war total aus der Puste. Dabei war er der sportlichste von allen. Eigentlich war er es gewohnt, in den strengen und harten Kickboxkursen, dem Ausdauertraining, dem Schwitzen und der Anstrengungen standzuhalten. Er hatte die Schnauze voll. Verärgert und verschwitzt warf er sein Fahrrad samt dem Gepäck zu Boden. »Es reicht. Ich bin völlig K.O.. Lasst uns bitte endlich eine Pause einlegen. Es ist, als würden wir durch die Sahara wandern und kein Ende ist in Sicht. Ich schlage vor, dass wir hier rasten und unsere Zelte aufschlagen oder zumindest eine Pause einlegen. Es dürfte auch nicht mehr lange dauern, bis es dunkel wird. Ich denke nicht, dass wir heute noch das finden werden, wonach wir suchen. Ich kann nicht mehr.«

»Das brauchen wir auch nicht!«, sagte Nick. »Ich glaube, wir sind da!«

Vollkommen entgeistert blickte Liv ihn an. »Was meinst du mit: Wir sind da? Hier ist doch weit und breit nichts zu sehen.«

»Aber laut der Karte soll hier in diesem Umkreis etwas sein.«

Aeden schlug vor, dass es das Beste wäre, das Gepäck abzulegen, um sich in der Gegend besser umschauen zu können. Sie legten ihre Fahrräder und Rucksäcke am Boden ab und liefen in verschiedene Richtungen. Bis auf Kieskuhlen und von Moos übersäten Hügeln fanden sie nichts. Auch nach längerer Suche fanden sie kaum was, außer der Heide, Büschen und kleine Waldinseln. Liv war stocksauer.

»So eine Scheiße!«, schrie sie. »Warum ist denn hier nichts, verdammt nochmal? Das kann doch nicht sein. Hier muss doch etwas sein. Bist du dir ganz sicher, dass wir hier auch richtig sind, Nick?«

Er bejahte es ihr mit einem kurzen Nicken.

Es hatte keinen Zweck. Die Sonne begann bereits unterzugehen und überließ dem Mond das Firmament.

»Hör mal, wir sind so langsam alle echt im Eimer«, sprach Aeden und erhoffte sich von Liv etwas mehr Verständnis zu bekommen. »Wir sind den ganzen Tag bis hierhin durchgewandert. Lass uns rasten, ausruhen und dann machen wir uns gleich am Morgen wieder auf die Suche.«

Liv atmete laut aus. Auch wenn sie frustriert war und ihr diese Entscheidung absolut widerstrebte, so musste auch sie sich eingestehen, dass eine Pause für alle das Beste war. Obwohl es ihr schon fast davor graute, erst einzuschlafen, nur um dann nach kurzer Zeit aus ihren Albträumen gerissen zu werden. Sie brauchte dringend eine Antwort. Sie brauchte die Gewissheit.

Alle schauten sich noch ein wenig um, bis sie eine geeignete Stelle fanden, an der sie ihre Zelte aufschlugen und ihr Lager aufbauten. Die Erde erholte sich langsam von der drückenden Tageshitze und gemächlich senkte sich die vornehme Abendkühle ein. Die Natur atmete nach einem heißen, anstrengenden Junitag auf, bereitete sich auf die frische, nächtliche Ruhe vor. Nichts störte das harmonische Miteinander von Mensch und Tier.

Nick baute ein sicheres Lagerfeuer aus einigen Steinen und zündete die gesammelten Stöcke, kleine Äste und Sträucher an. Das Feuer brannte sofort lichterloh und sie machten es sich gemütlich, während die Sonne allmählich hinter den Bäumen verschwand. Die Grillen stimmten ihr Abendprogramm fröhlich ein, die Vögel zwitscherten um die Wette, wohlwissend, dass Eulen und Fledermäuse bald ihren Nachtdienst antreten, um nach Beute zu jagen.

XXMRFᚻIᚱ

Mittlerweile war es fast dunkel geworden und bei der wohligen Atmosphäre kamen sie ins Gespräch. Es war eine gute Zeit, um sich etwas besser kennenzulernen. Sie unterhielten sich über ihre unterschiedlichen Leben und wie sich ihre Freundschaften entwickelt haben.

Felix erzählte, dass Aeden und er sich über ihre Väter kennenlernten. Felix Eltern stammen ursprünglich aus Ghana. Eines Tages ergab sich für seinen Vater die Möglichkeit, in Deutschland zu arbeiten, in der auch Aedens Vater angestellt war. Zu seiner Familie zählten außer den

Eltern noch fünf weitere Geschwister, die mittlerweile alle in einem riesigen Haus lebten und gar nicht so weit von seinen beiden Freunden entfernt.

Nick und Aeden kannten sich dagegen schon von Kindertagen an, waren im Kindergarten bereits unzertrennlich. Nicks hellen, rotblonden Haare hatte er seiner schwedischen Mutter zu verdanken und sein Gesicht schmückten ebenfalls wie bei Enna unzählige Sommersprossen.

Doch während sich alle so fröhlich miteinander unterhielten, lag Liv frustriert mit dem Rücken auf ihrem Schlafsack und blickte in den von Sternen übersäten Himmel. Angespannt spielte sie mit ihren Fingern an ihrer Halskette und konnte den Gesprächen ihrer neu gewonnenen Freunde nur halbherzig lauschen. Irgendwo ertönte ein merkwürdig vertrautes krächzen. Automatisch drehte Liv ihren Kopf in die Richtung, aus der dieser raue Laut kam. Überrascht meinte sie im grünen Gezweige einen weißen Vogel zu erspähen. »Ist das etwa …?« Doch nur nach einem Wimpernschlag war das Vogelgespenst verschwunden und Liv war sich nun gar nicht mehr sicher, ob sie nicht einfach nur halluziniert hatte. *Was für ein merkwürdiger Tag,* trieben ihre Gedanken umher, während sie jedes noch so kleinste Detail durch den Kopf ging.

So tief in ihren Gedanken versunken, bemerkte sie gar nicht, dass sich Enna wieder zu ihr gesellte.

»Na, Liv?«, schaute Enna sie besorgt an. »Ich weiß genau, was du gerade denkst. Wer hätte schon ahnen können, dass wir so einen verrückten Tag haben werden?«

Liv musste schmunzeln. Ihre Freundin kannte sie einfach zu gut.

»Tja, aber wir haben immer noch nichts gefunden«, entgegnete sie frustriert. »Ich verstehe das alles nicht. Warum hat Edith denn nie etwas gesagt? Ich meine, sie wusste dann ja ganz offensichtlich, dass dieses Ding magische Kräfte besitzt.« Sie kam sich dabei völlig bescheuert vor, als sie die Worte aussprach. »Edith war ja schon immer sehr spirituell. Aber in all den Jahren hat sie nicht ein einziges Mal erwähnt, dass ein Stein oder eine Kette solche Kräfte entwickeln könnte. Wenn ihr es nicht wie ich gesehen hättet, ich würde es ja selber nicht glauben. Ich hätte gedacht, ich bin verrückt geworden oder so. Warum hat sie nie etwas gesagt?«

»Na ja, ganz einfach, Liv«, antwortete Enna. »Du hättest es ihr nicht geglaubt. Ich denke, ihr blieb gar nichts anderes übrig, als es dir nicht zu sagen. Und ganz ehrlich, ich glaube daran, dass dieses Pendel etwas mit deinen Träumen zu tun hat. Selbst wenn wir hier nichts finden sollten. Ständig sprach sie von einer Bestimmung. Du wolltest es ja nie hören. Wieso auch? Ich dachte ja selbst, dass Edith wieder eine Pfeife zu viel geraucht hatte und sie nur fantasierte. Sehr lange habe ich darauf gehofft, dass es etwas Mystisches gibt. Ständig lese ich in meinen Fantasy-Büchern davon. Aber so etwas wirklich zu erleben, das ist dann schon etwas anderes.«

»Aber was ist, wenn wir hier nichts finden, Enna? Was passiert dann? Mich macht dieser Schlafmangel noch wahnsinnig.«

Liv erhielt einen aufmunternden leichten Schlag auf die Schulter. »Dann suchen wir eben weiter! Alles wird gut!«, versicherte sie ihr, stand auf und wandte sich wieder den Jungs zu. Sie redeten und philosophierten alle noch bis spät in die Nacht hinein, bis das Feuer niederbrannte und sie völlig erledigt in ihre Zelte krochen.

XXWRFHIΓ

Mitten in der Nacht, als alle fest schliefen, braute sich durch die angestaute Hitze ein mächtiges Gewitter zusammen. Der Wind fauchte durch die kahlen Bäume und von Weitem erhellten einige Blitze den Himmel. Donnernd und grölend brachen sie zu Boden, zerschmetterten eine Kiefer und ließen die Erde noch kilometerweit entfernt beben. Massige Tropfen prasselten in Strömen herab und die ausgetrocknete Landschaft atmete endlich wieder auf.

Tief im Schlaf versunken, rollte sich Liv in ihrem Schlafsack hin und her. Sie schwitzte und keuchte. Ihr Traum war wirr, fesselte sie und war nicht zu unterbrechen. Liv versuchte sich zu konzentrieren. Verschwommen sah sie zwei Gestalten, die ihr etwas sagen wollten, dennoch klang alles dumpf und leise. Hilflos fuchtelte sie mit den Händen und griff immerzu nach etwas, was ihr Sicherheit geben könnte. Vergebens versuchte sie, die Stimmen und Gesichter der beiden Gestalten zuzuordnen. Doch so fremd, wie sie ihr auch vorkamen, wirkten sie dennoch irgendwie vertraut. Ihr innerer Blick suchte verzweifelt weiter, doch um sie herum war nichts. Ihre Augen drehten sich unkontrolliert von links nach rechts und sehnten sich nach einer klaren Sicht. *Halt!* Fern konnte sie die Fremdlinge in einer Rauchwolke des dunklen Tunnels erkennen, die ihr was zuflüsterten.

Wer seid ihr? Was wollt ihr von mir?, rief sie ihnen zu. Dann erkannte sie es. Aus dem Gestammel und den Wortfetzen konnte sie endlich einen Sinn formen: Sie sollte ihnen folgen. Dieses Mal ließ sie sich von den Stimmen leiten und versuchte, zu ihnen zu gelangen. Sie rannte, blieb dennoch in ihrem Traum auf der Stelle stehen. Sie probierte es weiter, sie wollte es endlich durchstehen.

Liv riss die Augen auf und ihr linkes Auge, welches das besondere Mal trug, ließ die kleinen Blitze wieder aufleuchten. Schlafwandelnd stieg sie aus ihrem Schlafsack und ging aus dem Zelt.

»Fürchte dich nicht. Alles wird gut. Die Zeit ist nun gekommen. Folge uns. Wir werden dich leiten.«

Liv folgte der sanften Frauenstimme. Barfuß stand sie nun im Regen, der wie wild auf den Boden prasselte und wo der flüssige, kernige Sand zwischen ihren Füßen seine Bahnen zog. Der Wind jaulte lauthals durch die Bäume, und obwohl es stürmte, bekam Liv von all dem nichts mit. In ihren Traum schien die Sonne. Die Strahlen drängten sanft durch den frühlingshaften Morgentau und bildeten ein märchenhaftes Farbenspiel. In ihrem Kopf lief sie über das herrlich weiche Moos, während sich die Bäume sanft im Winde wiegten und die Blätter wie eine herrliche Melodie aneinander raschelten. Flüsternd sprach die sanfte und lieblich klingende Frauenstimme zu ihr:

»Wenn das Wasser tief ist und der Wind steht still ... Wenn der Himmel klar ist und der Mond scheint hell ... Wenn der Fluss beginnt, seine Kreise zu ziehen, wird der Sturm dich in die Lüfte wehen. Dann wird dich dein Schicksal nach Hause bringen.«

Liv verstand nicht, was dies zu bedeuten hatte. Einige Male wiederholte sie die Worte, doch konnte sie sich keinen Reim daraus machen. Vollkommen gefesselt von ihrem eigenen Traum, trat Liv einen Schritt nach dem anderen und folgte den Gestalten. Sie verspürte keine Angst. Wie ferngesteuert lief sie in Richtung Pfadweg und hatte keine Ahnung, dass sie in Wahrheit völlig durchnässt durch den Sturm taumelte.

Ein weiterer Blitz krachte auf die Erde. So laut, dass Enna im Schlaf zusammen zuckte und vor Schreck aufwachte. »Scheiße, verflucht! Was war das denn? Liv, hast du den Knall gehört? Bist du wach?«, fragte sie und setzte sich auf. Während sie im Dunkeln nach ihrer Freundin suchte, riss sie entsetzt die Augen auf, als sie feststellen musste, dass sie nicht mehr neben ihr lag. Das Zelt war offen und die Vorhänge schlugen durch den Wind. Sofort schnappte sie sich ihre Sneaker sowie eine Taschenlampe und leuchtete aus dem Zelt heraus. Bei dem starken Regen war jedoch nichts zu erkennen.

»Liv! Wo bist du?«, schrie sie immer wieder erneut in die Dunkelheit hinein, bis auch die Jungs davon wach wurden.

»Was ist denn los?«, rief Aeden und schaute aus dem Zelt.

»Ich weiß es nicht. Ich kann Liv nirgends finden. Sie ist weg. Irgendetwas stimmt hier nicht. Wir müssen sie sofort suchen gehen.«

Schnell zogen sich die Jungs ihre Schuhe an und schnappten sich ebenfalls die Taschenlampen. Nick passte das so gar nicht und er kroch widerstrebend aus dem Zelt.

»Ich hasse Gewitter!«, schrie er. »Gefährlicher geht es auch schon fast gar nicht mehr. Blitze suchen sich immer die höchste Stelle und wir stehen genau vor den größten Eichenbäumen, die es in der Heide wahrscheinlich gibt. Gleich werden wir vom Blitz getroffen und dann sind wir alle gebratener Fisch«, regte er sich weiter auf.

»Ach halt die Klappe, du Horst. Reiß dich mal zusammen und such lieber mit«, motzte Aeden ihn an, während er bereits versuchte, irgendetwas in der Finsternis erkennen zu können.

»Warum geht man denn auch mitten in der Nacht bei diesem Wetter aus seinem Zelt raus?«

Enna warf Aeden einen giftigen Blick zu und machte ihm damit deutlich zu verstehen, dass es Mädchen nun einmal nicht so einfach hatten wie Jungs, wenn die Blase drückte.

Im strömenden Regen leuchteten sie in alle Richtungen durch die tosende Finsternis hinein, bis Blitze durch den Himmel schossen und die Heide hell erstrahlen ließen.

»Da! Dort hinten! Ich sehe sie. Sie läuft den Pfadweg entlang.« Schnurstracks rannte Aeden, so schnell er nur konnte, um sie einzuholen. Als er ihr schon näher kam, musste er erkennen, dass sie geradewegs auf einen Abhang zulief.

»Liv! Wo willst du denn hin, verdammt nochmal?«, schrie er ihr hinterher und rannte noch ein Stück schneller, um sie einzufangen. Vom Regen durchtränkt, versuchte er sich dennoch das Gesicht irgendwie trocken zu wischen. »Was zum Kuckuck tust du denn da? Komm zurück. Du fällst dort gleich noch runter.«

Aber sie reagierte nicht und lief weiter. Als er sie schon fast eingeholt hatte und gerade nach ihrem Arm greifen wollte, rutschte sie auf einmal den Abhang hinab. Doch anstatt durch den matschigen Boden auszurutschen, glitt sie förmlich den Hang hinunter, als würde sie das ständig tun. Ohne zu zögern, rutschte er direkt hinterher, überholte sie und schnitt ihr so den Weg ab. Er blieb vor ihr stehen, packte sie an den Schultern und schüttelte sie. »Liv! Was machst du denn hier verdammt nochmal?«, dann sah er ihr besorgt in die Augen, bis er feststellte, dass sie offensichtlich schlafwandelte.

7. Ein mysteriöser Fund

»Das gibt es doch gar nicht. Leute, kommt her!«, schrie Aeden, um das Unwetter zu übertönen, als die drei ihn endlich eingeholt hatten. »Seht mal. Sie wandelt im Schlaf.«

Er hörte, wie Liv etwas vor sich hin stammelte und in eine bestimmte Richtung lief. Nach einem kurzen Versuch zu verstehen, was sie sagte, ließ er sie weiter gehen. Er wollte sehen, wo sich ihr Ziel befand. Es erstaunte ihn sehr, dass es möglich war, beim Schlafwandeln so zielstrebig zu sein. War das überhaupt möglich? »Scheint so, als wolle sie irgendwohin.«

»Aber das hat sie bis jetzt noch nie getan.« Enna traute ihren Augen nicht. So oft hatte sie schon neben ihrer besten Freundin genächtigt. Noch nie hatte sie schlafgewandelt. »Soweit ich weiß, soll man die Menschen nicht wecken, sondern nur versuchen, sie wieder in ihr Bett zurückzuschicken, ohne das sie sich dabei verletzen oder aufwachen«, erklärte Aeden. Wie alle anderen war auch er vollkommen gefesselt von dem, was er jetzt gerade erlebte. Neben den Sorgen, die er sich über dieses besondere Mädchen mit ihrem ungewöhnlichen Äußeren machte, war er auch geradezu fasziniert von ihr. Was trieb Liv an? War es dieser Stein an ihrer Kette? Oder etwas anderes? Der Vollmond, der hinter den Wolken seine Bahn zog?

Enna hatte für seinen Vorschlag so gar kein Verständnis. »Es pisst wie aus Eimern! Es blitzt und es donnert. Wir sind alle schon völlig klitschnass und du willst sie nicht wecken?«, rief Enna ihm zu und schüttelte sich die Regentropfen aus den Haaren. Der Gedanke gefiel ihr ganz und gar nicht. Sie wollte nur schleunigst ihre Freundin aus dem Schlaf reißen und wieder zum Zelt rennen, um aus den nassen Klamotten zu kommen.

Doch plötzlich rannte Liv wie von der Tarantel gestochen los und blieb nach weniger Meter weiter abrupt wieder stehen. Wie ferngesteuert schwenkte sie ihren Kopf nach unten und starrte auf einen verwachsenen Hügel neben einem Baum. Sie kniete sich auf den matschigen Boden, fing an, das Gestrüpp auszureißen und die Erde mit ihren Händen fort zu schaufeln.

»Was um Himmelswillen macht sie denn da? Was ist denn in sie gefahren?«, schrie Enna und schaute vollkommen geschockt zu Liv hinüber. Angst und Ungewissheit überkamen sie. Schleunigst rannte sie zu ihrer Freundin. Enna versuchte sie wachzurütteln und rief immer wieder ihren Namen. Mit einem Mal kam Enna dieser Moment irgendwie bekannt vor, bis es ihr buchstäblich wie Schuppen von den Augen fiel. Es war bis auf das kleinste Detail genau der Traum, den Liv die Nacht zuvor geträumt hatte. Sofort ließ Enna von ihr ab und fing stattdessen an, ihr zu helfen.

»Was wird das denn jetzt wieder? Bist du jetzt auch von allen guten Geistern verlassen worden?«, rief Felix zu Enna und blickte verstört zu seinen Kumpels rüber.

»Liv hatte mir gestern von ihrem Traum erzählt. Genau von diesem Moment hatte sie geträumt. Am Ende ihres Traumes fand sie etwas. Ich glaube, das sind keine Träume! Es sind Visionen! Hier ist etwas versteckt. Kommt und helft uns!« Die Jungs trauten ihren Ohren nicht. Aber die Neugier in ihnen übermannte sie. Sie legten die Taschenlampen auf den Boden, griffen sich einige robuste Stöcke und fingen an zu graben. Nach einer Weile mit völlig verschlammten und durchnässten Klamotten stießen sie auf etwas Hartes. Ein dumpfes Geräusch ertönte. War das vielleicht eine Metallkiste? Oder sogar etwas Größeres? Oder eine Tür?

Sie buddelten und gruben an der Stelle so lange weiter, bis sich tatsächlich eine eiserne Tür zu erkennen war. Sie war klein und rund. Schief verzogen und mit den Wurzeln des Baumes fest verwachsen.

»Das gibts doch nicht!«, rief Felix erstaunt. »Da ist tatsächlich eine Tür. Und es sieht aus wie ein ...«, er brachte den Satz vor lauter Schock nicht zu Ende.

»Ein Schutzbunker! Wir haben den Eingang zu einem Schutzbunker gefunden«, beendete Aeden seinen Satz. Fassungslos standen sie auf und blickten gebannt auf den Eingang.

Liv schien allmählich wieder zur Besinnung zu kommen und starrte entsetzt ihre mit Schlamm bedeckte Kleidung und Hände an. Dann schaute sie sich verstört um. Ihre Gedanken überschlugen sich: *Wie war ich nur hierher gekommen? War das wieder ein Traum? Hörte das nie auf? Nie?*

»Was? Wie? Warum regnet es plötzlich so stark? Gerade war doch alles noch ...?« Vollkommen verwirrt blickte sie abwechselnd in die Gesichter ihrer Freunde. Sie hielt alles für einen Traum. Eben lag sie noch friedlich im Schlafsack und nun saß sie total verdreckt im Schlamm, während sich über ihr das schlimmste Gewitter abspielte. »Ich habe schon wieder geträumt. Was stimmt denn nicht mit mir, verdammt?« Panisch blickte sie in den Himmel. Langsam wusch der Regen ihr Gesicht sauber.

Enna beugte sich zu ihr hinab und versuchte, sie beruhigen. »Liv! Es ist alles gut. Das war kein Traum. Ich denke, du hattest eine Vision. Eine Vorhersehung.«

Verwundert sah Liv Enna an. War sie jetzt nicht mehr allein die Verrückte? Steckte das an? Musste sie sich jetzt auch um Enna sorgen?

»Was meinst du damit?«

»Sieh doch. Du hast ihn gefunden.« Voller Stolz fasste sie ihr an die Schulter. »Den Bunker. Du hast ihn tatsächlich gefunden.«

Verblüfft sah Liv zu der verschlammten eisernen Falltür. Wie konnte das sein? Sie konnte sich an die Stimmen erinnern, jedoch nicht daran gegraben zu haben. Nick unterbrach ihre Unterhaltung.

»Leute, ich will uns ja hier allen nicht die Stimmung vermiesen. Aber das Wetter wird schlimmer. Lasst uns am besten zu den Zelten zurücklaufen«, schlug er verunsichert vor. »Bevor wir noch vom Blitz getroffen werden.«

»Bei diesem Wetter ist es nirgends sicher. Aber ja, lasst uns abhauen«, rief Aeden.

»Nein!«, schrie Liv und wischte sich den Regen aus dem Gesicht. »Ich muss wissen, was das hier ist. Irgendetwas oder irgendjemand«, stotterte sie »hat mich hierher geführt. Bitte!«

Aeden überlegte nicht lang und half ihr auf. »Okay, vielleicht kriegen wir die Tür ja auf. Aber wenn nicht, laufen wir sofort zurück und warten bis morgen früh, wenn sich der Sturm wieder gelegt hat. Mit dem Wetter ist echt nicht mehr zu spaßen.« Mit seinen klitschnassen Händen griff er direkt nach dem Henkel und zog mehrere Male kräftig daran, doch es rührte sich nichts.

»Tja, diese Tür wurde anscheinend schon ziemlich lange nicht mehr geöffnet«, stellte Nick fest.

»Macht mal Platz, Kollege! Jetzt kommt der Kraftprotz!« Felix schob sich unerwartet dazwischen und zog dabei sein vom Regen durchnässtes T-Shirt aus. »Ich kenne da einen Trick.« Er verdrehte das Shirt einige Male mit den Händen und wickelte es anschließend um den Türgriff. Er atmete tief ein und riss mit einem kräftigen Ruck am Shirt, sodass sich die Tür einen Spalt öffnete. Der Junge hatte wirklich Kraft. Vielleicht sogar mehr, als seine starken Arme vermuten ließen. Mit seinen großen Händen umfasste er den Griff der Tür und schob die schwere Metallplatte langsam auf. Die Tür machte dabei ein so lautes, quietschendes und schräges Geräusch, dass es ihnen in den Ohren schmerzte. Aus dem Dunkel kam ihnen ein ekelerregend modriger und stickiger Geruch entgegen. Ein wehender und pfeifender Zug entstand, der den alten Staub direkt aus der Tür hinaus wehte. Aeden leuchtete mit seiner Taschenlampe hinein. Viel konnte er jedoch nicht erkennen. Außer einen dunklen Gang voller Spinnennetze und Staub war nichts zu sehen.

Etwas mulmig zumute, stellte sich Enna hinter Nick. »Das sieht ja nicht gerade einladend aus. Wollen wir da wirklich hineingehen?«

»Soll das ein Scherz sein, Enna? Natürlich gehen wir da rein. Außerdem können wir uns darin etwas ausruhen und warten, bis der Regen aufgehört hat«, antwortete Liv.

»Zumindest, bis der Sturm sich legt. Immerhin ist es hier etwas windgeschützt. Alles ist besser, als hier draußen zu bleiben«, entgegnete Aeden. »Also kommt. Ich gehe auch vor!« Er hielt sich an den Rand der kleinen Öffnung des Bunkers fest, wischte die vielen Spinnenfäden weg und machte den ersten Schritt tief in die Finsternis hinein. Als er einige der Stufen hinab gestiegen war, blickte er durch das schmale Loch hinauf und hielt Liv die Hand hin. Eigentlich fand sie ihn bis jetzt nicht sonderlich sympathisch. Aber dass er komplett ihrer Meinung war, ganz selbstsicher in den Bunker stieg und nach ihrer Hand griff, gefiel ihr und verstärkte ihre Abenteuerlust. Sein klatschnasses Shirt klebte so eng an ihm und seine rehbraunen Augen leuchteten. Schon klar, warum die Mädchen alle total auf ihn standen. Ja, er war ohne Zweifel ein hübscher Kerl. Liv war es nicht gewohnt, dass Leute in ihrem Alter so nett zu ihr und ihrer besten Freundin waren, und erst recht nicht Jungs. Ihr gefiel es, dass Aeden so gar keine Angst oder Abneigung zeigte. Aber vielleicht lag es auch einfach an dieser außergewöhnlichen Situation. Er war mindestens genauso neugierig wie sie, was da unten sein könnte.

Sie streckte ihre Hand entgegen und stieg durch das schmale Loch die steilen Stufen hinab, worauf die anderen folgten. Felix schob schnell einen dicken Stein zwischen die Tür, damit sie nicht zufallen konnte. Sie folgten einem schräg senkenden Gang hinunter, bis sie vor einigen Stufen standen, die noch tiefer in die alten Katakomben des Bunkers hinabführten. Schrittweise tasteten sie sich behutsam durch die Dunkelheit. Es roch modrig nach abgestandener Luft, dass sie sich angewidert die Nasen zuhalten mussten. Einige Ratten huschten erschrocken zwischen ihren Füßen davon. Liv ekelte sich vor den Viechern, aber sie begriff auch, es musste noch einen anderen Eingang geben. Durch die schwere Eisentür konnten sie hier nicht hineingelangt sein. Ihre Neugier verdrängte den Ekel. Was verbarg sich hier alles?

Enna riss sie mit einem schrillen Schrei aus ihren Gedanken. »Hier sind Spinnen! Riesige, eklige, widerliche Spinnen. Was fressen die? Ratten?«

Wild um sich schlagend zerfetzte sie die großen Spinnennetze, die hier schon lange herum hingen. Liv sah nicht eine davon laufen. Vielleicht lag es am fehlenden Licht. Möglicherweise gab es hier aber auch seit Ewigkeiten keine Spinnen mehr. Was sollten sie auch fressen? Es war nur niemand hier unten gewesen, um die Netze zu zerstören.

Ennas Haare waren voller klebriger Spinnennetze. Und nicht nur die Haare. Liv winkte ungeduldig ab. »Ach, jetzt sei doch keine Memme, Enna«, lachte sie und zog Enna an der Hand. »Die paar ollen Spinnen werden uns schon nicht fressen. Und außerdem: Du wolltest ein Abenteuer, hier haste ein Abenteuer!«

Angewidert rümpfte Enna die Nase und folgte ihr stillschweigend. Liv empfand solch eine Euphorie, dass sie alles um sich herum ausblendete. Für sie gab es nur noch eines: Sie musste herausfinden, was sie hierher geführt hatte. Aeden schien es genauso zu gehen. Wie sie durchleuchtete er jeden einzelnen Winkel der Gänge und Mauern. Unten angekommen, führte ein weiterer Gang nach rechts. Die Luft wurde dünner und die Gänge fortlaufend schmaler.

Am Ende des Tunnels sahen sie eine breite Tür mit einem großen Gitterfenster. Liv leuchtete hindurch, doch konnte sie nicht viel erkennen. Felix und Aeden machten sich an der Tür zu schaffen. Mit größter Anstrengung und unter lautem Quietschen schoben sie sie mühselig auf. Gründlich durchleuchteten sie den Raum, bis Nick einen großen Stromkasten entdeckte.

»Schaut mal. Vielleicht geht der ja noch!«, rief er und klappte den Kasten auf.

»Quatsch, hier geht gar nichts mehr, du Holzkopf. Hier war schon seit ewigen Zeiten niemand. Warum sollte hier noch der Strom ...«, doch Aeden konnte seinen Satz nicht einmal beenden, da flackerten die alten Lampen schon auf und brachten Licht ins Dunkel. Nun war er der Holzkopf.

Noch mehr Ratten quiekten erschrocken auf und suchten ihr Heil in der Flucht. Unbekannte Geräusche waren eine Sache. Licht war viel schlimmer. Ihre Augen hatten noch etwas anderes als Dunkelheit und Zwielicht gesehen. Sie waren in einem riesigen Raum, in dem ein unglaubliches Chaos herrschte: Rostige Klappbetten standen neben Dutzenden von Staub überzogenen Kisten. Berge alter Bücher lagen achtlos auf dem Boden. Werkzeuge und sogar Waffen fanden sie in dem Durcheinander. Auf den Betten entdeckten sie zerlumpte Kleidungsstücke, an denen sich die Ratten schon gütlich getan hatten, und am Ende des Raumes war eine Küchenzeile eingebaut worden. Offensichtlich haben hier Soldaten eine sehr lange Zeit gegessen und geschlafen.

Auf der rechten Seite standen die alten verstaubten Abhörgeräte. Unzählige Drähte ragten aus den Maschinen, womit allem Anschein nach in den Kriegszeiten Telefonleitungen abgehört wurden. Nick und Enna schreckten auf, als sie um die Ecke des Raumes bogen und auf dem Stuhl ein Skelett sitzen sahen. Die Kleidung war durchlöchert. Somit war geklärt, wovon die Ratten sich ernährt hatten. Fasziniert von den blanken Knochen ging Felix zu dem verstorbenen hin und beäugte das sitzende Knochengerüst mit den Kopfhörern auf dem weißen Schädel.

»Was ist das hier eigentlich genau für ein Bunker?«, schaute er sich fragend um.

»Dies ist ein sogenannter Untergrund Bunker. Ein altes Versteck aus der Kriegszeit. Die Bunker wurden meist zum Schutz der Soldaten gebaut und dienten gleichzeitig zur Überwachung. Diese unterirdischen Gänge ziehen sich noch viel weiter durch die Heide«, erklärte Nick. »Mein Opa hatte mir von solchen Verstecken oft erzählt. Wenn es einige Zeit still war und man keine neuen Befehle bekam, brauchte man einen Ort, um abzutauchen. Womöglich haben die Soldaten monatelang hier gelebt.« Er schaute auf den vereinsamten Wehrmann. »Oder er war bis zum Schluss hier ganz alleine«, schlussfolgerte er traurig.

»Es wäre so grausam, wenn es so gewesen ist. Zu wissen, dass ein Mensch so lange alleine war«, sagte Enna traurig. »So etwas wünscht man doch wirklich niemandem, so einsam und verlassen zu sterben. Ob er wohl Familie hatte?«

Lautes Schweigen war die Antwort auf die Frage. Was sollten sie auch sagen: Sicherlich hatte er Eltern. Geschwister? Wissen konnte das keiner.

»Es ist ein Wunder, dass wir dieses Versteck überhaupt gefunden haben«, erklärte Nick und deutete dabei auf Livs Hals. »Ohne dein Pendel hätten wir diesen Bunker wahrscheinlich nie entdeckt.«

Sie schauten sich weiter um und durchsuchten die Schränke. Sie hatten großes Glück. In einem Metallschrank fanden sie noch original verpackte Kleidung. Die Ratten hatten den Schatz nicht plündern können.

»Dem Himmel sei dank!«, rief Liv aus, »Ich dachte schon, wir finden einen tollen Bunker und holen uns gleichzeitig eine Lungenentzündung. Meine Tante wüsste jetzt eine Menge zu sagen. Sie würde uns einen starken Kräutertee kochen und uns in dicke Decken wickeln, so nass wie wir sind. Los, raus aus den nassen Klamotten. Wir holen uns noch den Tod.«

Jeder griff sich einige der Sachen und zog sich um. Liv schnappte sich ein dunkelgrünes T-Shirt sowie eine schmale Trainingshose und zog sich rasch in einer Ecke um. Felix fand ein noch recht gut erhaltenes Hemd und zog es hastig über. Mit seinem durchtrainierten Oberkörper sah er aus, als wäre er schon jahrelang einer der oberen Befehlshaber im Bundeswehrdienst.

Laut klappernd schlug er seine Schuhe aneinander und salutierte vor den anderen. »Aufstellen Kadetten! In Reih und Glied! Salutiert vor eurem Kommandanten Leutnant Felix!«

»Halt die Klappe, du Idiot«, prustete Aeden lachend, schubste ihn neckisch und setzte Felix einen Helm auf den Kopf.

»Nun, Soldaten. Was machen wir jetzt?«, fragte Enna. »Livs Visionen werden uns ja wohl kaum wegen ein paar alten Klamotten hierher geschickt haben!«

Liv überlegte. Sie konnte sich nur daran erinnern, wie sie durch den Wald gelaufen und den Stimmen gefolgt war. Dann war alles wieder verschwommen. »Ich soll hier etwas finden«, grübelte sie weiter und sah sich im Raum um.

»Das Pendel!« Aeden und Liv sprach den Satz gleichzeitig aus, als wäre es unter ihnen abgesprochen. Verwundert sahen sie sich an.

»Es hat dir schon einmal geholfen. Versuche es einfach noch mal.«

Sofort nahm sie ihre Kette vom Hals und hielt sie instinktiv in die Luft. Ohne groß darüber nachzudenken, fragte sie das Pendel: »Zeige mir dein Geheimnis!«

Einen kurzen Moment geschah nichts. Liv wollte die Kette gerade wieder um ihren Hals legen, als der lilafarbene Kristall von innen hellgrün aufleuchtete und sich vibrierend aus ihren Händen entriss. Wie ein Pfeil schoss das Pendel durch den Raum und fiel am Ende des Raumes zu Boden. Wie ein Magnet drehte es sich im Kreis herum. Sofort rannten alle zu der Stelle. Der dicke Holzboden wirkte hier und dort so, als hätte man ihn schon einmal geöffnet. Liv schnappte sich eine der Brechstangen und rammte sie zwischen den Holzdielen, die daraufhin mit einem Ruck krachend auseinanderbrachen. Ihre Augen wurden größer und größer, denn ein paar Handgriffe weiter fand Liv eine kleine dunkelbraune Kiste, die aus dem Erdloch zaghaft hervorlugte. Gemeinsam mit Enna buddelte sie den so eben entdeckten Fund aus und legte sie auf einem Schreibtisch ab. Vollkommen gebannt starrten alle auf die edle Verzierung, die den Deckel und die Seitenwände schmückte.

»Los! Machen wir sie auf«, rief Liv völlig aufgewühlt.

»Was da wohl drin ist?« Aeden nahm die Kiste in die Hand und schüttelte sie, als wäre es ein Weihnachtsgeschenk. Auf dem ersten Blick schien es nur eine ganz gewöhnliche Schatulle zu sein.

»Hört sich an, als wären kleinere Teile drin«, entgegnete er.

»Da ist ein Schloss dran. Liegt hier irgendwo ein Schlüssel herum?«, schlug Enna vor.

»Es sieht aber nicht aus wie ein Schloss«, antwortete Nick nachdenklich und betrachtete die Kiste genauer. »Eher wie eine Art Mechanismus«, und damit sollte er recht behalten. Es war wirklich kein normales Schlüsselloch. Ein sonderbares Zeichen ragte um das Schloss empor. Wie der Abdruck eines Wappens. Ratlos standen sie vor der verschlossenen Schatulle, was Liv wiederum absolut rasend machte. Wie konnte es eine Kiste geben ohne ein richtiges Schloss? Es ging ihr dermaßen auf die Nerven, dass sie nur etappenweise Fortschritte machten. Es war zum Haareraufen. Geduld war nicht ihre Stärke.

»Das kann doch nicht angehen. Hat einer von euch zufällig einen Dietrich dabei? Irgendwie müssen wir dieses verdammte Ding doch öffnen können?«, voller Verzweiflung und Ungeduld spottete und drängte sie.

Schnell lief Liv zu der Stelle zurück, an der die Kiste gelegen hatte, in der Hoffnung, einen Schlüssel zu finden. Vielleicht würde es ja etwas geben, was wie ein Stempel oder dergleichen aussieht. Irgendwas, was zu dieser Musterung in der Kiste passen würde. Fehlanzeige.

Sie durchsuchten die Schränke, die zerfetzten Kleidungsstücke sowie sämtliche Bücher in dem modrigen Kabuff. Doch auch dort war nichts zu entdecken.

Sie hatten alles durchsucht. Wenn der Schlüssel nicht hier war, wo konnte er dann sein? Er musste hier sein, oder sie würden ihn nie finden. Sie konnten doch nicht die ganze Bunkeranlage durchsuchen. Das war nicht fair. Das durfte einfach nicht sein. Plötzlich hielt Liv inne. Sie schloss die Augen. Etwas hatten sie übersehen. Etwas, dass sie alle nicht sehen wollten.

Angewidert richtete sie ihr Augenmerk auf das Skelett. Nick und Enna folgten ihrem Blick. Der Schlüssel konnte nur noch bei dem Toten versteckt sein. »Ich werde da nicht suchen!« Enna ging zwei Schritte zurück. Jeder konnte ihren Ekel deutlich erkennen. Statt noch weiter zu reden, schüttelte sie nur immer wieder den Kopf. Erst Spinnen, dann Ratten und jetzt einen Toten. Das war zu viel des Guten.

»Okay. Wir spielen das aus! Keiner von uns will das! Aber wir haben nur einen Weg sicherzugehen.« Aeden schaute in die Runde und versuchte, tapfer zu lächeln. Nur zu deutlich war zu sehen, er wollte auch nicht verlieren.

Sie nickten alle. Nick sammelte einige Bleistifte zusammen, die unterschiedlich lang waren, und steckte sie geordnet in seine Hand.

»Muss ich wirklich? Ich ekel mich so davor. Ich werde nie mehr schlafen können. Bitte, lasst mich da raus.« Enna schlug die Hände vors Gesicht.

Liv nickte nur. »Ich zieh von mir aus zweimal. Für Enna mit. Eigentlich ist das ja auch meine Sache. Ich dürfte euch gar nicht darum bitten.«

»Liv, du bist doof. Wir sind doch die Jungs. Die Helden. Die Krieger. Wir müssen die Frauen beschützen. Das ist in jedem Film so.« Felix lächelte über seinen Witz und zog prompt den kürzesten Bleistift.

Er hatte verloren und musste somit die Kleidungsstücke des Skelettes untersuchen. Innerlich schrie Felix vor Angst, aber in Gegenwart von seinen Kumpels und den Mädchen wollte er natürlich nicht als Jammerlappen dastehen. Würde er jetzt kneifen, nach der Ansprache eben, würden Nick und Aeden ihn bis in alle Ewigkeit damit aufziehen. Er ballte die Fäuste, atmete zweimal tief aus und stapfte zu dem Knochengerüst hinüber. Mutig griff Felix in die Jackentasche hinein.

Kaum berührte er die fleischlose Gestalt, schon fiel die in sich zusammen und sackte vom Stuhl aus rumpelnd zu Boden. Furchtergriffen schrie Felix ungewollt wie ein kleines Mädchen auf und die anderen sprangen vor Schreck einen Satz zurück.

Danach blickten sich alle an und mussten notgedrungen anfangen, über sich selbst zu lachen. Was sollte auch schon großartig passieren? Der Mensch war längst tot.

Aber als Felix nun auch den Rest des Knochengerüstes nach einem Schlüssel abgesucht hatte, waren sie kein Stück weiter gekommen. Es war vergebens. Lang grübelte jeder von ihnen nach, wie sie diese kleine Kiste öffnen könnten. Bis Enna einen Geistesblitz hatte.

»Ich hätte da eine Idee!«, antwortete Enna. »Liv, was hältst du davon, wenn Herr Bergen sich die Kiste ansehen würde. Bestimmt kann er uns dabei helfen, dieses Rätsel zu lösen.«

»Wer ist Herr Bergen?«, fragte Nick.

»Das ist unser Geschichtslehrer«, erklärte Enna. »Er ist schon viel herumgekommen in der Welt und sammelte gemeinsam mit seinen Eltern von überall seltene Artefakte. Er kennt sich mit so was wirklich sehr gut aus. Ich bin mir ganz sicher, dass er uns genau sagen kann, was das für eine Art Mechanismus ist. Also, wenn es jemand weiß, dann wohl er!«

Aeden verzog die Lippen. »Wollen wir nicht erst einmal versuchen, selbst das Rätsel zu lösen, bevor wir es irgendwem in die Hand drücken?«

Verwundert hob Liv die Augenbrauen. »Irgendwem? Das ist unser Geschichtslehrer. Wir kennen ihn schon drei Jahre. Er hat echt viel Ahnung. Euch kennen wir keine zwei Tage. Nur mal so nebenbei bemerkt.«

Dem war nichts mehr hinzuzufügen. Irgendwie hatte die Ziege Liv ja auch recht, sprach Aeden innerlich zu sich selbst. »Wo wohnt er denn überhaupt?«, fragte er.

»Nicht sehr weit weg von uns. Wir könnten morgen Nachmittag bei ihm sein.«

»Das ist echt keine schlechte Idee, Enna«, räumte Liv ein. »Am besten, wir machen uns morgen früh auf den Rückweg. Vielleicht haben wir ja Glück und er ist zu Hause. Er kann uns sicher weiterhelfen.«

Aeden gefiel das Ganze nicht. Aber weder hatte er das Recht, es ihnen zu verbieten, noch wusste er, warum ihn so plötzlich Zweifel plagten. Diese ganze Situation und Geschehnisse waren eh schon vollkommen verrückt gewesen. Aber das verschaffte ihm ein unbehagliches Gefühl. Jedoch behielt er vorerst seine Sorgen und Bedenken für sich.

XXMRFчIr

Während der Sturm draußen weiter tobte, beschlossen sie, dass es das Beste wäre, einfach im Bunker zu nächtigen. Die Sonne würde eh schon bald aufgehen und sie wollten zumindest einige Stunden geschlafen haben, bevor sie ihre Rückreise antraten. Jeder schnappte sich eines der verstaubten Klappbetten und versuchte, es für sich in dem staubigen und modrigen Kabuff irgendwie erträglich zu machen. Einer nach dem anderen fiel in den ersehnten Schlaf, bis auf Liv und Aeden. Vor lauter Erschöpfung schnarchte Felix wie ein brummender Traktor. Liv bekam kein Auge zu. Das lag aber weniger an dem Schnarchen, sondern an der ganzen Aufregung. Gedanken umkreisten sie. Nicht nur die Kiste war ihr ein Rätsel. Was hatte es mit den seltsamen Worten auf sich? Wenn das Wasser tief ist und der Wind steht still? Ein Fluss, der seine Kreise zieht und ein Sturm sie in die Lüfte weht? Sie verstand es einfach nicht. Es machte alles keinen Sinn. Aeden konnte ebenfalls kein Auge zu machen. Alles war so aufregend. Heimlich beobachtete Aeden Liv dabei, wie sie auf ihrer Matratze lag und die kleine mysteriöse Kiste weiter beäugte.

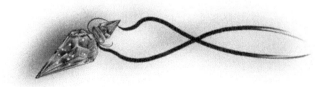

8. Neue Kraft

Hamburg, Neugraben

Ein kurzer Trip nach Hause, eine schnelle Dusche, frische Klamotten und zwischendurch was zu essen mussten ausreichen, um sich so schnell wie möglich mit den Jungs am Neugrabener Bahnhof zu treffen. Jeder Einzelne von ihnen wollte wissen, was es mit der kuriosen Schatulle auf sich hatte. Edith schien nicht zu Hause zu sein. Der Bus war weg und die Türen verriegelt. *Schade*, dachte sich Liv. Denn sie hätte wenigstens die kurze Zeit gern genutzt, ihrer Tante einige Fragen über die magischen Dinge, die ihr widerfahren waren, zu stellen. Das musste sie für später aufschieben.

XXMRFᚼIᚱ

Kaum aus dem Bus gestiegen, fielen ihre Blicke auch schon auf das pompöse Haus, welches auf der gegenüberliegenden Straßenseite vor ihnen stand. Ein hoher, dicht verwachsener Zaun, der sehr der Umzäunung eines Gefängnisses glich, hinderte jeden, der hier vorbei ging, auf das Gelände zu sehen. Herr Bergen schätzte sein Privatleben sehr. Zu fünft standen sie an der Straße und betrachteten fassungslos das monströse Anwesen. So etwas kannten sie nur aus dem Fernsehen oder Kinofilmen, dass ihr Lehrer aber so feudal lebte, hatten sie nicht erwartet.

»DAS soll sein Haus sein? Seid ihr euch da auch ganz sicher?«, fragte Felix erstaunt, dessen Kinnlade vor Erstaunen einfach unten blieb.

»Ja! Das ist der Sitz der Familie Bergen!«, erklärte Enna so stolz, als wäre sie auf dem Ansitz ebenfalls zu Hause. »Seine Eltern waren wirklich sehr erfolgreiche und hoch angesehene Archäologen. Schon als kleines Kind reiste Martin Bergen mit ihnen an die außergewöhnlichsten Orte, um Entdeckungen zu machen. Seine gesamte Kindheit wurde dadurch geprägt. Aber eines Tages wurden sie auf wirklich grausame Art und Weise ermordet. Und das genau hier.«

»Oh Gott. Was ist denn passiert?«, fragte Nick.

»Da bin ich mir leider auch nicht ganz sicher. In den Medien konnte ich nichts Konkretes finden. Der Fall wurde auch nie gelöst. Was man aber lesen konnte, war, dass es ein regelrechtes Blutbad gewesen sein soll. Ich stelle es mir wie in einem Horrorfilm vor. Überall Blut und Leichen.« Kurz schüttelte sie sich, als ob sie frieren würde. Liv sah sie entsetzt an. Das war kein Film. Das war traurige Realität. Und sie kannten den Lehrer, dem dies widerfahren war. Kannten und mochten ihn. Enna schien den Blick zu spüren. Mit angemessener Stimme fuhr sie fort: »Durch den Tod seiner Eltern erbte Martin Bergen, ihr einziger Sohn, alles. Seitdem lebt er hier.«

»Und das wusstest du alles schon längst und sagst es mir nicht?«, fragte Liv. Sie war fassungslos, dass ihre Freundin ihr solch eine grausame Geschichte verschwiegen hatte. »Wir erzählen uns doch sonst immer alles?«

Enna zuckte nur mit den Schultern. Bis heute kam es ihr überhaupt nicht in den Sinn, darüber zu sprechen. »Ich hab gedacht, du kennst die Geschichte über Bergens Eltern. Jeder in der Schule weiß doch, was passiert ist. Selbst mit Tante Edith hatte ich mal drüber gesprochen. Sie hat doch auf ihn aufgepasst, als er ein kleiner Junge war.«

»Scheint, als hättest du mit jedem darüber gesprochen. Nur nicht mit mir.« Liv war enttäuscht. Nicht, dass irgendetwas schön an dieser Geschichte war. Aber sie kam sich total dumm vor, offensichtlich die Einzige gewesen zu sein, die noch nie von dem Horrorhaus und seinen Bewohnern gehört hatte. Herr Bergen war ihr Lehrer. Wie könnte sie ihm denn jetzt begegnen, nachdem sie so etwas erfahren hatte? Sollte sie ihm ihr Beileid aussprechen? Das machte man doch eigentlich so. Auch wenn es so lange her war? Tante Edith wusste solche Dinge.

»Ihr müsst mir etwas versprechen. Herr Bergen redet nicht gern darüber. Erwähnt den grausamen Vorfall nicht. Und die meisten hier sind Fremde für ihn. Es ist Sonntag. Wir haben nicht mal gefragt, ob er uns sehen will. Oder Zeit hat.«

Liv und alle anderen konnten das nachvollziehen.

Noch leicht verdutzt von dem Anblick dieses riesigen Anwesens und dass ein Lehrer tatsächlich dort lebte, liefen sie über die Straße. An dem zweiflügeligen geschwungenen Tor des Hauses angelangt, verfolgte eine Kamera von oben herab auffällig ihre Bewegungen. Allein das schreckte schon ab. Saß irgendwo ein Wachmann und verjagte sie gleich mit einem großen Wachhund?

Liv schüttelte den Kopf, so war Herr Bergen nicht. Vielleicht empfing er sie nicht. Doch das würde er ihnen selber sagen und niemanden von einer Security Firma ans Tor schicken.

Entschlossen, nicht noch einen Moment zu warten, drückte Enna bereits auf die Klingel. Ein altmodisch langer Glockenklang ertönte und passte so gar nicht zu dem Tor mit der hightech Überwachungsanlage, vor dem sie gerade standen.

Während sie auf eine Antwort warteten, stellte Aeden dieselbe Frage von Felix noch einmal. »Also jetzt mal im Ernst Leute. Ist es nicht dennoch etwas eigenartig, dass er genau in dem Haus lebt, in dem seine Eltern ermordet wurden? Also, ich meine, wäre mir so etwas passiert, dann würde ich da doch keinen einzigen Fuß mehr hineinsetzten«, er machte eine Pause. »Oder doch?«

»Tja, man weiß eben nie so recht, wie die Menschen wirklich ticken. Jeder geht mit seiner Trauer anders um und muss es auf seine Art verarbeiten. Es ist das Haus seiner Eltern. Was hat er sonst noch von ihnen?«, entgegnete Enna und klingelte ein weiteres Mal an der Tür. Sie läutete ein drittes Mal, doch sie hörten nichts außer Schweigen. »Er ist nicht da. Vielleicht will er auch nur seine Ruhe haben. Jeden Tag Kids in der Schule und jetzt noch welche zu Hause. Ich würde mich auch freundlich dafür bedanken. Gehen wir und überlegen uns etwas anderes. Wir können ihm ja auch eine E-Mail schreiben.«

Liv hatte sich schon umgedreht, als plötzlich eine tiefe Stimme ertönte:

»Liv! Enna! Na, wenn das mal keine Überraschung ist. Das Dream-Team der verlorenen Orte«, betonte er lachend.

»Entschuldigt bitte, dass es so lange gedauert hat. Meine Haushälterin ist nicht mehr ganz so fit auf ihren Ohren und hat die Klingel offensichtlich überhört. Was verschafft mir denn die Ehre? Hattet ihr nicht noch vor einigen Tagen erzählt, dass ihr in der Heide auf Entdeckungstour gehen wolltet? Was ist passiert?«

Enna antwortete so schnell und euphorisch, sodass sich ihre Worte schon fast überschlugen. »Doch, doch Herr Bergen! Wir waren ja auch in der Heide. Und genau deswegen sind wir auch hier. Sie werden nicht glauben, was wir ...«, sie stockte kurz. »Also, das ist wirklich eine ganz verrückte Geschichte, Herr Bergen ...« Enna wollte gerade Luft holen, um ins Detail zu gehen, als Liv sie mit einem lauten Räuspern ausbremste. Es war abgemacht, dass sie zwar von ihrer Reise erzählen, jedoch nicht die magischen und skurrilen Einzelheiten dabei erwähnten. Dass Livs Halskette plötzlich ein Eigenleben entwickelte, sie schlafwandelte und genau dahin führte, wo sie die Kiste fanden, wäre wohl etwas zu viel des Guten gewesen. Eine abgeschwächte Version, dass sie mitten in der Heide - natürlich nur durch Zufall - einen alten Bunker entdeckten, in dem sie ein Skelett und eine mysteriöse Kiste fanden, war nun wirklich aufregend genug. Wenn er ihnen das glauben würde, wären sie schon vollkommen zufrieden.

»Nun ja, jedenfalls sind wir von unserer Reise schon wieder zurück«, beendete Enna ihren Satz. »Wir haben nämlich einen unglaublich tollen Fund gemacht. Das müssen sie sich unbedingt ansehen, Herr Bergen. Wir würden wirklich gerne ihre Meinung dazu hören.«

Einen kurzen Moment lang war es ruhig. »Nun gut. Das klingt ja wirklich außerordentlich interessant. Na, dann kommt mal rein.«

Das schwarze Tor öffnete sich summend. Plötzlich blickten sie in eine andere Welt. Um zur Villa zu gelangen, mussten sie von der Straße aus einen Park durchqueren. Ein Garten war das nicht mehr, dafür sprengte die Größe den Rahmen. Eine schar Gärtner waren sicherlich damit beschäftigt. Der Rasen war perfekt geschnitten. Selbst die Rasenkanten schienen mit dem Lineal gezogen worden zu sein. Der Weg war gepflegt und mit edlen Steinmustern gepflastert. Die vielen Pflanzen und Sträucher, die sich an der Auffahrt aneinanderreihten, wurden in aufwendig kitschigen Figuren und Formen geschnitten.

Am Eingang des Hauses angekommen, stellten sie ihre Fahrräder ab. Herr Bergen öffnete ihnen die elegante und reich verzierte Teakholztür, die in einen langen und breiten Flur führte. Trotz der modernen und prunkvollen Erscheinung seines Anwesens war es in seinem Haus dafür ziemlich altertümlich. Düster war es hier. Dunkel und überhaupt nicht einladend. Die Wände waren mit demselben edlen massiven Teakholz verkleidet. Liv war eingeschüchtert. Die Decke schien unerreichbar hoch zu sein, sodass sie sich selber sehr klein und unscheinbar vorkam. Auf dem Boden standen alte Artefakte, historische Statuen und Fragmente sowie Säulen in verschiedenen Größen aus dem Römischen Reich. Oder waren sie griechisch? Gab es da einen Unterschied? Liv war sich nicht sicher.

Außergewöhnliche Steingebilde lagen vor ihr auf einem kleinen und niedrigen Tisch. Wie auf einem Podest waren sie nebeneinander aufgereiht. Beim näheren Betrachten sah man eigenartige und unlesbare Schriftzüge, die in die Steine eingraviert waren. Es war offensichtlich eine alte und fremde Schrift. Nur ein erfahrener Sprachexperte hätte die Chance gehabt, diese Zeichen jemals lesen zu können.

Sie alle fühlten sich, als wären sie in einem Museum für Ausgrabungen und Entdeckungen der gesamten menschlichen Evolution. Bei dem Anblick stockte ihnen förmlich der Atem. Es gab soviel auf einmal zu sehen, dass sie nicht wussten, wohin sie als Erstes blicken sollten.

An den Wänden hingen klassische Bilder in goldenen, verschnörkelten Rahmen, was Nick aus der Barockzeit oder sogar noch älter schätzte. Er griff nach seinem Smartphone, um ein Foto davon zu machen, aber Herr Bergen kam ihm zuvor und bat ihn höflich, dies zu unterlassen.

»Die Bilder, beziehungsweise die Farben dieser Gemälde, können das Blitzlicht leider überhaupt nicht ausstehen«, betonte er und drückte mit leichtem Druck seine Hand nach unten. Etwas eingeschüchtert steckte Nick wortlos nickend sein Handy wieder in die Hosentasche. Auch wenn Martin Bergen noch relativ jung erschien, erweckte seine Ausstrahlung doch ziemliche Ehrfurcht in einem.

In den anderen Rahmen hingen alte Schriftrollen aus Papyrus oder einer ähnlichen Art von Papier.

Liv fuhr mit ihren Blicken flüchtig über die Kunstwerke und Schriften, und blieb schließlich an einem ganz bestimmten Bild hängen. Das Gemälde, welches direkt über diesen kuriosen Steinen hing, schien sie magisch anzuziehen, sodass sie ihre Augen nicht mehr abwenden konnte.

Sie sah einen großen Baum samt der starken tiefgehenden und ineinander verschnörkelten Wurzeln. Die Farben schimmerten in metallischen Tönen. Doch der Teil, der eigentlich aus Ästen und Blättern bestehen sollte, sah eher so aus, als lägen über den Baumstämmen verschiedene Länder oder Welten.

»Das ist Yggdrasil!«, erklärte Herr Bergen, als er sich zu Liv gesellte.

»Yggdra was?«, fragte Liv.

»Der Baum Yggdrasil.« Der Lehrer lachte. »Der Ursprung aller Welten in der nordischen Mythologie. Wenn das neue Schuljahr anfängt, steht das auch auf dem Unterrichtsplan.«

Liv verstand immer noch nicht, was das für ein Baum war und was es mit diesen Welten auf sich hat.

Enna stieß dazu und redete wieder dazwischen. »Ach, das ist doch Yggdrasil. Ich erkenne ihn aus einigen meiner Fantasy Büchern.« Sie schaute weiter auf das Gemälde. »Mal überlegen. Hier unten ist Midgard, was so viel bedeutet wie "die Welt der Menschen", oder kurz gesagt, die Erde.« Enna fuhr leicht mit dem Finger über das Bild rüber, ohne es zu berühren, und zeigte weiter auf die einzelnen Welten. »Hier ganz oben, also die Baumkrone ist Walhalla, die Welt der Götter.« Dann blieb ihr Blick am linken Ast hängen. »Eigenartig«, dachte Enna laut, fuhr aber weiter fort. »Hier ganz oben rechts ist eine der größten Welten, Jötunheim. Reich der Eisriesen und Trolle. Sie besteht hauptsächlich aus Felsbrocken und Gestein. Aber seit wann sind die beiden Welten miteinander verbunden?«, fragte sie, doch ihr Blick wanderte sofort auf die linke Seite des Bildes.

»Das hier sieht genauso merkwürdig aus. Ist das nicht Alfheim? Welt der Elben?«

»Ja. Ganz genau, Enna. Ich glaube, du kannst im nächsten Jahr den Unterricht für mich übernehmen«, witzelte ihr Lehrer.

Enna ging nicht auf den Witz ein. Sie hatte etwas Neues entdeckt und wollte der Sache auf den Grund gehen: »Aber so kenne ich das gar nicht. Ich habe ja schon einige Versionen von dem Baum und den Welten gesehen. Aber hier sind sie irgendwie...«, sie überlegte, um das passende Wort zu finden. »Vertauscht?«

»Das stimmt«, entgegnete er. »Also zum Teil zumindest.«

»Nach Ragnarök geriet alles ins Wanken. Der Baum der Welten brach und verdrehte dabei die Welten so sehr, dass sie sich verschoben oder sich zum Teil ineinander mischten. Andere Äste brachen ebenfalls ab und ordneten sich wieder neu. Aber das ist eher bildlich gesprochen. Es ist nicht so wie auf der Erde, wenn sich die Erdkrusten verschieben.«

»Also wurden die Welten lediglich neu sortiert?«, fragte Enna.

»Ganz genau!«, bestätigte er. »Als der Baum auseinanderbrach, da brach auch der Ast von Midgard. Er fiel anschließend auf die Erdoberfläche und bildete dadurch seine eigenen Wurzeln. So entstand die Welt der Menschen neu und wurde stetig größer. So wie ihr sie heute kennt.«

»Dann will ich lieber nicht wissen, wo die Midgard Schlange heute ihr Unwesen rumtreibt«, kicherte sie.

»Aber was ist mit der Welt Nidavellir?«

»Wow! Also du hast ja wirklich ziemlich viel Ahnung, Enna«, sagte er erstaunt. Liv dagegen verstand nicht einmal die Hälfte von dem, was die beiden erzählten. Sie wusste zwar, dass Enna für ihr Leben gerne Fantasy las, aber dass sie sich in der nordischen und germanischen Mythologie so gut auskannte, hätte sie nun wirklich nicht erwartet. *Elben? Trolle? Das Feuerreich?* Das alles war ihr absolut unbekannt und irgendwie auch suspekt. *Eine Schlange? Und wer ist eigentlich dieser Ragnarök?*, durchfuhr es sie und stand weiterhin völlig perplex daneben, während sie versuchte, dem Gespräch zu folgen. Aber auch wenn Liv im Augenblick noch nicht alles verstand, zog das Bild sie weiter in seinen Bann. Als sie genauer auf die verschiedenen Welten blickte, überkam sie plötzlich ein eigenartig vertrautes Gefühl. Sie hatte dieses Bild oder so ein ähnliches noch nie zuvor gesehen, und dennoch kam ihr alles irgendwie bekannt vor. Nur wusste sie nicht woher. Auf einmal fingen in ihr die Stimmen, die sie bis dato nur aus ihren Visionen und Träumen kannte, ganz leise an zu flüstern. So leise, als wären sie weit weg in ihrem Hinterkopf. Sie senkte den Kopf, drückte mit zwei Fingern gegen ihre Schläfen und gab einen leicht zischenden Ton von sich.

»Was ist mit dir, Liv?«, fragte Herr Bergen besorgt.

»Was ist los? Hast du Schmerzen?«, fragte Enna ebenfalls, bereute dies jedoch sofort, da sie eigentlich schon wusste, was mit ihr los war.

»Ach, es ist nichts. Mein Kopf, macht sich nur gerne in letzter Zeit etwas selbstständig und ich bekomme schnell Kopfschmerzen«, antwortete sie. Natürlich wollte sie nicht die Wahrheit erzählen. »Aber sehen Sie? Es geht schon wieder. So schnell wie die Kopfschmerzen kommen, so schnell gehen sie auch wieder«, versuchte sie das Ganze zu verharmlosen.

Herr Bergen nickte, war jedoch nicht sonderlich überzeugt.

»Na gut«, räumte er ein. »Lasst uns doch einfach am besten nach draußen in den Garten gehen und dann zeigt ihr mir mal, was ihr so Mysteriöses gefunden habt. Meine Haushälterin bringt uns ein paar kühle Getränke. Ein-zwei Stunden kann ich noch für euch erübrigen. Gegen neunzehn Uhr muss ich nämlich noch zu einer Gedenkfeier, um dort eine Ansprache zu Ehren meiner Eltern zu halten.«

Wortlos folgten sie Herrn Bergen, der sie vom Flur aus direkt in das Wohnzimmer führte, wo es anschließend zum Garten hinaus ging und man schon den gigantischen Swimmingpool sehen konnte. Das Wohnzimmer war wie der Flur sehr aufwendig und pompös gestaltet. Ein edler, brauner und fein gewebter Teppich, auf dem ein riesiges weißes Ledersofa stand und ein Flachbildfernseher, der so groß war, dass er einer Kinoleinwand glich, dominierten den gesamten Raum. Den Jungs fiel sofort das Regal auf, in dem sich so ziemlich jede Spielekonsole befand, die jemals auf den Markt erschienen war. Auf der anderen Seite stand ein beachtlicher Kamin aus dunklem Mahagoni, worüber zwei große Fackeln und in der Mitte ein wahrhaft gruseliges Ölgemälde hingen. Auf den ersten Blick nahm Liv an, es sei ein Stier, der mit lodernden Augen im Schnee stand. Im Hintergrund ein dichter Wald, der aussah, als würde er gerade von einer Schneelawine überrollt werden und daneben eine tiefe Schlucht, die in das dunkle stürmische Meer hinein führte. Doch beim genaueren Hinsehen erkannte sie, dass es gar kein Stier war, sondern nur der Statur eines Stieres ähnelte. Es war eher eine Art mutierter Hund, der zum Teil wie ein Hund und zum anderen Teil wie ein riesiger Wolf aussah, mit mächtigen Hörnern, wie bei einem spanischen Stier. Sie dienten offensichtlich als Waffe. Dieses Wesen könnte also alles von vorne aufspießen und hatte gleichzeitig Schutz für sein Maul.

Angst überkam sie, denn die furchteinflößende Kreatur schien ihr geradezu in die Augen zu schauen. Sie wollte ihren Blick abwenden, doch konnte sie es nicht. Es zog sie in seinen Bann und in die Dunkelheit mit. Eine Hand klatschte auf ihre Schulter, was sie aufschrecken ließ. Dennoch war sie froh darüber, da sie sich dadurch von dem Blick dieses grässlichen Monsters entreißen konnte.

»Wuäh! Also das nenne ich mal ein echt hässliches Vieh!« Angewidert rümpfte Aeden seine Nase. »Nicht du natürlich«, scherzte er und schubste Liv leicht. »Warum hängt man denn bitte sowas auf?«, flüsterte er. »Was soll das überhaupt darstellen? Ist das ein Schwein? Ein Hund mit Hörnern? Ein Stier? Was ist das bitte?«

»Keine Ahnung? Aber ich finde, es ähnelt dir sogar ein wenig«, scherzte sie und schubste ihn zurück. »Es hat deine Augen«, grinste sie ihn an.

Aeden gefiel ihre freche Art. Sie wirkte wie ein Mädchen, dass sich nicht alles gefallen ließ und auch einem gerne mal die Stirn bot.

»Kommt ihr zwei?«, rief Herr Bergen vom Garten ins Haus hinein und winkte sie zu sich.

Als sie alle unter dem Pavillon Platz nahmen, der vor dem Pool aufgerichtet war, kam auch schon die Haushaltshilfe und brachte kühlende Getränke. Mühsam trug die recht betagte Dame das schwere Tablett mit dem Eistee, mehreren klirrenden Gläsern und hielt es mit Ach und Krach fest. Sie tat einem richtig leid und wirklich gut fand es auch keiner, dass eine alte Frau noch schuftete. Liv konnte das nicht weiter mit ansehen und stand auf, um ihr entgegenzugehen.

»Warten Sie, ich nehme Ihnen das mal ab.«

»Ach nein, mein Kind. Das ist schon in Ordnung.« Leicht verängstigt, fiel der Blick der Haushälterin sofort auf Herrn Bergen. Erst sah er sie mit ernstem Gesichtsausdruck an, nickte ihr aber freundlich zu und gab somit zu verstehen, dass es in Ordnung sei Liv das Tablett zu geben.

»Vielen Dank meine Liebe«, sagte die zitternde Dame, blickte Liv in die Augen und starrte auf ihr seltenes Mal. Dabei erschreckte sie sich so sehr, dass ihr das Servierbrett mit dem Eistee aus den Händen zu entgleiten drohte.

In dem Augenblick, als das Tablett anfing zu kippen und Gefahr lief herunterzufallen, fokussierte Liv mit ihrem Auge genau die komplette Szene. Plötzlich verlangsamte sich dieser Moment und Liv sah, wie das Tablett in Zeitlupe aus den Fingern rutschte. Jetzt hieß es schnell genug reagieren. Sie fing das Servierbrett auf und brachte es elegant wieder in die Waagerechte. Stolz hielt sie es in den Händen, als wäre nichts passiert. Die Zeit lief abermals in normaler Geschwindigkeit und der Eistee schwappte nur ein klein wenig über. Liv stand wie angewurzelt da und starrte schockiert auf die immer noch vollen Gläser. *Was war das denn jetzt schon wieder?*, dachte sie sich. *Habe ich gerade tatsächlich die Zeit kontrolliert? Oder kam es mir nur so vor? Wie kann das sein?*, grübelte sie weiter. Enna riss sie wieder aus ihren Gedanken.

9. Verdammte Dosenpfirsiche

»Wow, Liv. Wie hast du das denn so cool hingekriegt?«, staunte Enna. »Das war ja der totale Wahnsinn, wie schnell du das Tablett aufgefangen hast.« Alle schauten sie verwundert an. Es schien ein Trick zu sein, lange eingeübt und virtuos vorgetragen. Liv war ebenso sprachlos wie alle anderen. Mehr noch. Was passierte mit ihr?

»Ja. Das war wirklich bemerkenswert!«, nickte Herr Bergen beeindruckt und faltete die Hände. Die Blicke aller waren beklemmend. Niemand meinte es böse, sie waren einfach erstaunt über ihr beachtliches Reaktionsvermögen. Es kannte auch niemand ihr neuestes Geheimnis, welches sie erst selbst entdeckt hatte. Sie musste etwas sagen, sonst würde die Situation noch weniger zu ertragen sein.

»Ach«, versuchte sie den Moment irgendwie herunterzuspielen. »Das war nur pures Glück. Ich habe einfach ein gutes Reaktionsvermögen«, lächelte sie weiter. Die wirklich verrückte Geschichte war ja noch nicht mal erzählt. Also entschied sie sich dazu es vorerst lieber für sich zu behalten. Sie atmete kurz durch, bevor sie mit dem Tablet an den Tisch ging, die Getränke verteilte und sich daraufhin in ihren Stuhl setzte. Herr Bergen nahm einen kräftigen Schluck aus seinem Glas und faltete danach wieder die

Hände zusammen. »Gut, dann erzählt mir doch mal, was ihr so Aufregendes erlebt und gefunden habt.«

Liv nahm ihren Rucksack, den sie über den Stuhl gehängt hatte, legte ihn auf ihren Schoß und begann eine kurze Variation der Vorkommnisse: »Enna und ich sind in den Wald gegangen. Dort sind wir auf die drei Wilden gestoßen. Genau gesagt, wir sind beinahe von ihnen überfahren worden. Wer dreht bitte dort irgendwelche Stuntfilme? Jungs machen so etwas. Aber egal. Wir haben geredet und über unsere Tour gesprochen. Weil die drei hier«, und zeigte dabei auf Aeden und seine Freunde, »ein schlechtes Gewissen hatten, - und das hatten sie zu recht -, haben sie uns mit alten Karten geholfen. Woher sie die haben, ist erstmal egal. Wir haben wirklich einen alten Bunker gefunden. Und das hier!« Am Ende ihrer Geschichte angelangt, holte sie ihren Fund aus dem Rucksack und legte es in die Mitte des Tisches.

Herr Bergen starrte die Kiste an, als hätte er einen Geist gesehen und schwieg eine Weile. Er nahm die kleine Truhe in die Hand, überlegte intensiv, während alle gespannt seinem Blick folgten und auf seine Antwort warteten.

»Sie ließ sich bisher leider nicht öffnen«, ergänzte Enna.

»Wir dachten, vielleicht könnten Sie uns sagen, was das für ein Schloss ist, oder ob es eine Art Mechanismus ist und wie wir sie eventuell aufbekommen.«

»Oder wissen Sie schon, was es ist?«, fragte Aeden, wobei Herr Bergens Blick nicht von der Kiste wich. Er beobachtete ihren Gastgeber haargenau. Ihm war der Lehrer von Anfang an suspekt. Dieser ignorierte die Fragen und schien ihn nicht weiter zu beachten. Sein Blick richtete sich noch intensiver auf die Truhe. Seine Augen fingen an zu funkeln und sein Atem verwandelte sich in ein lautes Schnaufen. Doch ebenso schnell riss er sich wieder aus seinen Gedanken und anstatt zu antworten, sprang er von seinem Stuhl auf.

»Hey, wie wär's, wenn ich für uns alle erstmal den Grill anschmeiße, bevor ich zur Gedenkfeier fahren muss. Ich hätte da noch ein paar wirklich wunderbare und saftige T-Bone-Steaks in meinem Kühlschrank, die nur darauf warten gegrillt und verspeist zu werden.« Felix und Nick willigten sofort ein und Enna sowie Liv schienen auch nichts dagegen zu haben.

»Ach, und wenn ihr Lust habt, dann springt doch auch gerne in den Pool, falls ihr Badesachen dabei habt.« So schnell, wie er es vorgeschlagen hatte, verschwand er auch schon ins Haus und ließ sie verwundert zurück.

Aeden zog die Augenbrauen hoch. »Also, euer Lehrer ist ja echt total schräg drauf.« Er schaute sich um und fuhr fort: »Nicht, dass es sowieso schon eigenartig genug wäre, dass wir mitten in den Sommerferien bei einem "Lehrer" zu Hause sind und mit ihm gemütlich im Garten sitzen.« Er fand immer noch, dass das Ganze einen merkwürdigen Beigeschmack hatte. Es war einfach komisch, dass ein Lehrer so überaus zuvorkommend war. Aber andererseits konnte er letztendlich dem kühlen Pool nicht widerstehen, so wie Felix, der leicht mit dem Gartenstuhl wippte und sich dabei hungrig an den Bauch fasste.

»Also gegen ein ordentliches Steak hat ja nun niemand etwas einzuwenden. Außerdem sieht der Pool viel zu einladend aus, als dass ich es ablehnen könnte, wenigstens einmal hineinzuspringen.«

Da konnte Aeden auch nicht widersprechen und zog ein kleines Handtuch und eine Badehose aus seinem Rucksack. »Ihr habt nicht allen Ernstes Badesachen dabei?« Enna lachte und schaute dabei Liv irritiert an.

»Na klar, wir haben immer eine Hose zum Schwimmen dabei. Gerade bei dieser Affenhitze bleibt vor uns eigentlich kein Gewässer sicher. Vor allem, wenn wir mit den Mountainbikes unterwegs sind, ist uns nach den vielen Stunts jeder See und jedes Freibad immer herzlich willkommen.« Aeden grinste schelmisch. Für ihn und seine Kumpels war das völlig normal. Während Felix und Nick kurz hinter den dichten Sträuchern verschwanden, um sich umzuziehen, zog Aeden stattdessen seine Schuhe und sein Shirt aus und schmiss es über den Gartenstuhl. Sein durchtrainierter Körper schien den beiden Mädchen nicht ganz entgangen zu sein und ohne, dass sie es selbst bemerkten, starrten sie auf seine perfekt geformten und gut definierten Bauchmuskeln. Aeden grinste, als ihm die Blicke auffielen. Etwas peinlich berührt, schaute Liv wieder schnell weg und versuchte so zu tun, als wäre es ihr egal. Lachend schüttelte er den Kopf, zog dann aber seine Badehose hinter den Tannen, in Bergens prunkvollen Garten, an.

»Ich will ja nicht, dass ihr mir alles wegguckt«, grinste er charmant, als auch schon seine Hose im hohen Bogen vor Livs Füßen auf dem Boden landete.

»Haha, witzig!«, mäkelte sie herum, doch das half ihr leider auch nichts mehr.

Felix stand schon auf dem Sprungbrett, hüpfte einige Male auf und ab, bis er mit einem kräftigen Absprung einen perfekten Salto im Wasser landete. Gleich im

Anschluss rannte Nick hinterher, sprang auf das Brett und hüpfte mit hochgezogenen Beinen hinein.

»Na, mal sehen, was jetzt unser Schönling bringt«, zischte Liv und rollte mit den Augen. Doch der ließ sich mit dem Blick zu Liv gerichtet einfach nur ganz cool von der Seite in den Pool fallen. Eigentlich hätte sie auch Lust gehabt, eine Runde schwimmen zu gehen. Aber da sie weder Badebekleidung, noch ein Handtuch bei sich hatte und sie sich sowieso nie im Leben vor den Jungs im Bikini zeigen würde, ließ sie diesen Gedanken schnell wieder fallen. Ihr war es viel wichtiger herauszufinden, was es mit dieser Kiste auf sich hatte und warum sie nun auch noch zu allem Überfluss Kontrolle über die Zeit hatte. Liv hatte zu viele Fragen, auf die es einfach keine Antworten gab. Natürlich wusste sie, dass Herr Bergen ihr die meisten davon nicht beantworten, geschweige denn, dass sie ihm das alles überhaupt erzählen könnte. Aber wenn er es schaffen würde, diese mysteriöse Truhe zu öffnen, wäre schonmal eine Sache erledigt.

Nach einer Weile kam Herr Bergen wieder und bat Liv und Enna, ihm beim Essen vorbereiten zu helfen. Sie folgten ihm zurück ins Wohnzimmer, welches direkt in die Küche führte. Die hätte nicht moderner sein können. Der Boden war aus dem feinsten Granit in einem glänzenden nachtschwarz und eine ebenso mächtige und imposante Kücheninsel schimmerte in dem dunklen edlen Anthrazit. Der Gasherd hatte acht Platten zum Kochen und einen solch enormen Backofen, dass ein halbes Rind hinein gepasst hätte.

»Das ist wirklich eine bemerkenswerte Küche, Herr Bergen.« Liv staunte.

»Vielen Dank. Einer meiner größten Leidenschaften, außer Geschichte zu unterrichten, ist es zu kochen.« Er zog ein großes scharfes Messer aus der Schublade, bei dessen Anblick man bereits schlucken musste, während er Liv dabei gezielt anstarrte. Es war regelrecht ein Schlachtermesser, eine Waffe, keines, was man als normales Küchenmesser bezeichnen würde. Er nahm das erste T-Bone-Steak und schlug so rabiat das Stück Fett vom Fleisch ab, sodass Enna kurz aufschreckte. Er bat Enna, sich um den Salat zu kümmern und ihn vorne am Tisch zurechtzuschneiden.

»Liv, würdest du dann bitte die Dosen öffnen und die Obstscheiben in die Schale legen? Es gibt gegrillte Pfirsiche a´ la Fromage de Chevre mit einem Hauch von Thymian und Zitronenschale«, und leckte sich dabei leicht über die Unterlippe. Weder Liv noch Enna hatten eine Ahnung davon, was das überhaupt sein sollte, aber jedenfalls klang es lecker. Außerdem liebte Liv Pfirsiche. Für Tante Ediths einzigartige Pfirsichtorte würde Liv glatt jeden töten. Herr Bergen war ein richtiger Feinschmecker. Eine gute Küche sowie feinstes Fleisch waren für ihn unverzichtbar.

»In der linken Schublade findest du den Dosenöffner und in der daneben eine Gabel.« Sie stand von der Küheninsel auf, holte sich ihre Utensilien und setzte sich wieder auf ihren Platz zurück.

»Nicht, dass wir faul sind oder Sonstiges, aber wo ist denn ihre Haushälterin auf einmal hin?«

»Frau Ernst? Die habe ich eben nach Hause geschickt. Sie kommt dreimal in der Woche für ein paar Stunden vorbei. Ich weiß. Frau Ernst ist eigentlich schon viel zu alt für diesen Job. Aber sie braucht nun mal eine Beschäftigung und eine kleine Finanzspritze bei der miesen Rente heutzutage. Sie hat damals schon für meine Eltern hier gearbeitet. Ich kenne sie seit meiner Kindheit. Nachdem meine Eltern verstorben waren«, er stockte kurz, »bat sie mich, dass sie sich weiter um mich kümmern wolle. Sie braucht nun mal diese Aufgabe und ich wollte sie ihr nicht verwehren. Na ja, und außerdem putze ich nicht sehr gern«, lachte er. »Das liegt mir einfach nicht. Aber ich hab es dennoch gern sauber.«

»Ach, wer macht es schon gern, Herr Bergen. Ich habe nur ein kleines Zimmer und allein das nervt schon, wenn ich es mal aufräumen muss«, antwortete Liv und griff zur ersten Dose. Der Dosenöffner war im Gegensatz zu der ganzen Küchenausstattung in einem miserablen Zustand. Sie drückte mit der Spitze des Öffners tief in den Deckel hinein, doch nur eine Delle entstand.

»Puh. Sagen Sie, haben sie vielleicht einen anderen Öffner hier irgendwo in ihrer sonst so modernen Küche? Das Ding ist doch Schrott.«

»Nein, leider nicht«, erwiderte er lachend. »Der gehörte schon meinem Vater. Ich kann ihn nicht entsorgen. Ich benutze nur diesen einen. Aber ich bin mir sicher, dass du das hinbekommen wirst.«

Und erneut versuchte Liv mit aller Kraft, die Spitze durch die Dose zu drücken, bis sie endlich durchbrach. Doch der Druck war dabei so groß, dass sie sich an einer der verrosteten defekten Stellen so tief in ihre Handinnenfläche stach, dass das Blut nur so aus der Wunde spritze und sich auf der Kücheninsel verteilte.

»Scheiße verdammt!«, rief sie und schnappte sich schnell das Küchentuch, was in ihrer Nähe lag.

»Ach du Scheiße! Wie ist das denn jetzt passiert?«, rief Enna.

»Herrje. Das blutet aber wirklich extrem«, sagte Bergen in einem merkwürdigen Ton. »Am besten du gehst direkt ins Badezimmer und wäschst es einmal.«

Liv starrte auf die blutüberströmte Kücheninsel und hielt ihre zitternde Hand. »Das mache ich. Wo muss ich denn lang, Herr Bergen?«

»Geh einfach durch den Flur entlang und dann weiter rechts. Auf der linken Seite findest du dann das Badezimmer.«

Liv drückte sich ein Tuch fest auf die Wunde, welches ebenfalls schon stark mit Blut getränkt war und ging vom Wohnzimmer aus wieder durch den langen Flur, wie er es beschrieben hatte.

Am Badezimmer angekommen, spürte sie auf einmal wie ihre Halskette, welche sie in ihrer Hosentasche versteckt hatte, plötzlich anfing zu vibrieren. Ein kurzer Blick zur Tasche genügte, um zu erkennen, dass es hell aufleuchtete. Sie drückte mit dem Tuch ihre verletzte Hand an die Brust, um mit der anderen das verborgene Schmuckstück aus ihrer Tasche zu ziehen.

»Was möchtest du mir zeigen?«, flüsterte sie und als würde das Pendel es verstehen, zog es sie mit einer Leichtigkeit sanft und leise den Gang weiter hinunter, bis sie vor einer Treppe stand, die nach unten führte. Sie warf einen kurzen Blick nach hinten und ging die Stufen schnell hinab. Nun stand sie vor einer dicken und massiven Eisentür. Sie versuchte, den Griff so leise wie möglich nach unten zu drücken. Aber natürlich war sie verschlossen. »So ein verdammter Mist!«, murmelte sie verärgert. Trotz der

Schmerzen war sie nun noch neugieriger. Was das alles nur ein schräger und völlig absurder Zufall? »Was ist denn da bloß so Wichtiges, dass du so darauf reagierst?«, flüsterte sie zu dem Stein, als würde der ihr prompt eine Antwort geben.

Als sie sich wieder umdrehte, machte sie vor lauter Schreck einen Satz zurück. Herr Bergen stand plötzlich nur wenige Zentimeter direkt vor ihr und starrte sie mit einem äußerst ernsten Blick an. Unauffällig und so schnell, wie es nur ging, stopfte sie sich ihre Kette wieder in die Hosentasche, in der Hoffnung, dass er es nicht sah. Auf einmal war ihr ganz mulmig und ein akutes Unbehagen überkam sie. Der Lehrer, den sie immer so respektierte und mochte, erschien ihr auf einmal gar nicht mehr so freundlich.

»DAS, Liv, ist definitiv nicht das Bad!«

»Oh. Achso«, stammelte sie nervös vor sich hin. »Ja, da hab ich mich doch tatsächlich glatt verlaufen. Ich Schussel. Meinten Sie nicht, ich soll gerade aus und dann gleich wieder links gehen? Es tut mir wirklich leid. Ich muss bei dem ganzen Blutverlust wohl schon leicht benebelt sein. Es blutet auch wirklich extrem. Ähm, am besten ich fahre jetzt gleich ins Krankenhaus und lasse die Wunde vernähen.«

»Ja!«, antwortete er kalt und trocken. »Das solltest du wohl tun!«

Mit angstvollem Lächeln schob sie sich so nah wie möglich an der Wand an ihm vorbei. Mit schnellem Schritt ging sie den Flur entlang und durch das Wohnzimmer zurück, bis sie draußen bei ihren Freunden ankam und merkwürdigerweise bereits mit fertig gepackten Sachen auf sie warteten. Enna rannte ihr entgegen.

»Liv. Irgendetwas stimmt hier ganz und gar nicht. Wir sollten hier wirklich schnell verschwinden. Ich habe auf einmal ein ganz merkwürdiges Gefühl.«

»Eigenartig. Ich wollte gerade genau dasselbe sagen. Hast du etwas gesehen Enna?«, fragte sie beunruhigt und Enna nickte verstört. »Ja. Das habe ich! Aber das erzähle ich dir besser später.«

Aeden starrte dabei auf das Blut durchtränkte Tuch und ihre Hand. »Liv! Das ist ja eine Menge Blut. Wir sollten dich schleunigst ins Krankenhaus bringen. Wir können uns später unterhalten. Aber lasst uns bitte erst einmal schnellstens hier raus.« Sie warfen die Rucksäcke über ihre Rücken und sprinteten durch das Haus, bis sie an der Haustür ankamen. Herr Bergen war nirgends zu sehen.

»Eigenartig!«, sagte Aeden. »Wo ist er denn jetzt hin?«

»Völlig egal. Lasst uns bitte einfach gehen. Es tut langsam wirklich weh und mir ist schon ganz schwindelig«, erwiderte Liv und drückte weiter geschwächt auf die Wunde.

»Auf Wiedersehen Herr Bergen«, rief Aeden noch höflicherweise durch das Haus, doch es kam keine Antwort. Nick drückte den Schalter an der Haustür, der das Tor unten an der Auffahrt öffnete, und die Jungs schnappten sich ihre Fahrräder. Aeden nahm die verletzte Liv auf der Stange von seinem Fahrrad mit. Enna setzte sich zu Nick.

»Kannst du noch ein wenig durchhalten?«, fragte Aeden sie besorgt, als sie durch das Tor fuhren. Eng an seinem Körper gedrückt hielt sich Liv, so gut sie es konnte, an ihm fest. »Ich denke schon«, keuchte sie. »Es geht schon irgendwie.«

Sie sah ihm in seine tiefen braunen Augen, während er nach vorne schaute und eine ernste Miene zog.

»Stütz dich auf meinen Arm, kleine Eisprinzessin. Nur nicht so schüchtern.«

10. Ein Fehlschlag

Hamburg, Neugraben Fischbek

Liv starrte auf ihre verletzte Hand, während der Arzt die Wunde säuberte. Sie stand völlig neben sich. Der Schock saß tief, was hatte ihn genau verursacht? Sie musste ständig an die wütenden Augen von Herrn Bergen denken. Dazu noch wurden in ihr eigenartige Kräfte entfacht, von denen sie nicht einmal zu träumen gewagt hätte.

Was um alles in der Welt passiert mit mir? In was bin ich da nur hineingeraten? Wer kann mir das alles erklären? Und wem kann ich das überhaupt erzählen? Was wusste Tante Edith eigentlich genau?, ließ sie alles noch einmal in ihrem Kopf Revue passieren.

Der Arzt vernähte noch ihre Hand und gab ihr eine Packung Antibiotika mit, damit sich die Wunde nicht entzündete. Der rostige Dosenöffner hatte einige Splitter in ihrer Hand hinterlassen und der Arzt konnte sie nur mühselig entfernen.

Liv bedankte sich und ging in das Wartezimmer, wo die anderen schon auf sie warteten.

»Hey, sie lebt noch«, grinste Nick sie freudig an und Liv erhob jubelnd, aber dennoch ermüdet die Hände.

»Ist wirklich wieder alles in Ordnung bei dir?«, fragte Aeden.

»Ja, es geht. Mit den Schmerzmitteln, die er mir mitgegeben hat, wirds schon, denke ich. Aber ich glaube, ich möchte jetzt erst einmal nach Hause. Ich bin echt völlig erledigt.«

»Kein Problem«, nickte Aeden verständnisvoll. »Wir bringen dich nach Hause.«

XXMRFhIl

Kurze Zeit später stand Tante Edith mit ihrem Falken auf der Terrasse und wirkte irgendwie nicht sonderlich überrascht, als sie sah, dass ihre beiden Mädchen so schnell wieder zurückgekehrt waren. Als Liv ihre Tante erblickte, rannte sie los und ließ sich nur noch in ihre Arme fallen.

»Ach mein Kind«, streichelte sie ihr liebevoll über den Kopf und sah den Verband um ihre Hand. »Um Himmels Willen, was ist denn bloß mit deiner Hand passiert?«

»Wir haben dir etwas Unglaubliches zu erzählen!«, sagte Liv und drückte ihre Tante noch einmal ganz fest, als hätte sie sie schon eine halbe Ewigkeit nicht mehr gesehen. »Das sind Felix, Nick und Aeden. Wir haben sie im Laufe unserer Reise kennengelernt. Aber Tante, das Pendel! Es hat magische Kräfte ..., und ich habe ... ich bin ... du wirst mir nicht glauben, was ich alles zu erzählen habe.« Sie stockte und wusste nicht so recht, wie sie das Ganze erklären sollte. Dann atmete sie tief durch und sprach sie mit ihrem Namen an. »Ich habe Fragen, Edith! Viele Fragen!«

Edith nickte verständnisvoll, während ihr Blick liebevoll über Livs Gesicht schweifte. »Ich weiß. Die Zeit ist gekommen.«

»Was meinst du?« Liv riss die Augen weit auf. Sie hatte es doch gewusst. Ihre Tante hatte mehr zu erzählen, als nur die Kunst einen Falken zu hegen und zu pflegen, und in Rätseln zu sprechen.

»Ich dachte, wir haben noch Zeit, aber ..., kommt erstmal rein und ich werde dir alles erklären. Kommt. Wir sollten es uns gemütlich machen.«

Gemeinsam folgten sie Edith auf die Terrasse, setzten sich auf die Stufen oder lehnten sich an einen der Verandabalken. Jeder wollte wissen, was das alles auf sich hatte.

Edith bat Enna etwas zu trinken zuzubereiten und Nick half ihr schnell dabei.

»Das ist ja wirklich ein wunderschönes Tier«, betrachtete Aeden fasziniert den weißen Falken. Es war schon etwas Besonderes, solch ein Wesen aus der Nähe betrachten zu können. Wie seelenruhig er auf ihrer Schulter saß, war wirklich atemberaubend. Nick zog sein Smartphone heraus und suchte im Internet nach der Vogelart, anhand seines weißen Federkleides. Verwundert stellte er fest, dass es eigentlich gar nicht seine Art war, in solch einer warmen Region überhaupt leben zu können. Sie liebten die kalten Regionen.

»Ist das etwa ein Gerfalke?«, fragte er.

»Japp! Der Falco Rusticolus! Das ist er!«, bestätigte Edith stolz und zündete ihre Pfeife an.

»Aber wie kann er denn hier überleben? Wie kann er denn bei dieser Wärme hier sein? Hier steht, dass diese Vogelart unbedingt die Kälte braucht. Außerdem steht hier, dass er ursprünglich aus den arktischen Regionen kommt, sowie Grönland oder Nordamerika. Eigentlich dürfte diese Art überhaupt nicht hier sein und wenn überhaupt, dann nur in den Wintermonaten. Aber selbst dann ist es nicht annähernd so kalt, wie es der Falke gewohnt ist oder seine Art es bräuchte. Er dürfte gar nicht hier sein. Das ist noch nicht einmal gesetzlich erlaubt.«

Edith lachte lauthals los. »Ha! Gesetzlich erlaubt. Amüsante Jungs habt ihr da mitgebracht. Bist du von der Falkenpolizei?«

Nicks Wangen färbten sich rot.

»Aber Ja«, bestätigte Edith seine These und pustete einen dicken Ring aus Rauch in die Luft. »Es stimmt. Ich habe ihn aber nicht geholt. Wir haben uns gefunden, kann man so sagen. Dieser bezaubernde Vogel und ich haben eine ganz besondere Vergangenheit, die uns miteinander verbindet.« Sie strich dem Vogel liebevoll über seine weißen Federn.

»Dieser Falke ist nicht wie seinesgleichen. Er ist wirklich etwas ganz Besonderes, weil er über uns wacht und uns behütet. Er würde Liv und mich niemals im Stich lassen.«

Liv wurde ungeduldig. »Tante! Ich will ja euer nettes Schwätzchen über die verschiedenen Vogelarten nicht stören, aber ich muss jetzt wirklich mit dir reden!«, unterbrach sie das Gespräch.

Liv erzählte ihr die komplette Story. All das, was ihnen auf dieser Reise widerfahren war und wie es dazu kam, dass sie sich ihre Hand verletzt hatte. Aufmerksam hörte Edith ihr ruhig zu und ließ sie erst zunächst die gesamte Geschichte erzählen, bis sie an der Stelle mit Herrn Bergen gelangte.

»Es war auf einmal alles so merkwürdig, Edith. Irgendetwas ist in diesem Raum. Das Pendel wollte mir damit etwas zeigen. Und eins sage ich euch - er war ziemlich wütend darüber, dass ich vor dieser Tür stand. Es war richtig gruselig. Er starrte mich mit einem eiskalten Blick an. Danach bin ich schleunigst zu euch gelaufen und dann sind wir auch schon abgehauen. Er hat mir wirklich eine scheiß Angst eingejagt.« Liv schüttelte den Kopf. »Enna, was wolltest du mir eigentlich noch erzählen? Warum wolltest du genauso schnell weg wie ich? Was hast du gesehen?«

»Na ja ... so richtig weiß ich das auch nicht. Aber es war ebenso total strange, was Herr Bergen danach gemacht hatte, als du ins Badezimmer wolltest«, erzählte Enna. »Anstatt das Blut mit einem Lappen wegzuwischen, schnappte er sich stattdessen eine kleine Schüssel und strich das ganze Blut mit seinen bloßen Händen hinein. Anschließend ging er damit direkt aus der Küche hinaus. Ich fragte mich in diesem Moment schon, was das denn solle. Ich mein' ... warum macht man denn so was?«

»Er hat mein Blut? Ist er ein Vampir, oder was? Hat er mein Blut, um es zu trinken? Oder vollzieht er damit irgendein krankes Ritual? Wie ekelig ist das?« Liv schüttelte sich angewidert.

»Vielleicht stimmt wirklich etwas nicht mit Herrn Bergen. Als er dein Blut hatte, ist er verschwunden. Es war von ihm weit und breit nichts mehr zu hören oder zu sehen. Wie vom Erdboden verschluckt«, fügte Felix hinzu. Die fünf sahen sich an. Ratlos und fragend. Wie sollten sie Licht ins Dunkel bringen?

»Ja, und was die Kiste angeht, sind wir somit leider auch nicht schlauer geworden. Dann müssen wir uns eben etwas anders überlegen, wie wir sie öffnen können«, sagte Liv.

»Aeden, könntest du mir bitte die Kiste geben? Ich möchte sie meiner Tante zeigen.«

»Wieso denn ich? Enna, du hast sie doch eingepackt?«

»Was? Warum sollte ich sie denn haben? Ich habe sie auch nicht eingepackt.« Sie schaute zu Nick und Felix fragend rüber. »Aber ihr habt sie doch bestimmt, richtig?«

Verdutzt schauten sich die beiden an und mussten es zu ihrem Bedauern auch verneinen.

»Wie bitte? Das heißt, niemand von euch hat sie eingepackt? Wollt ihr mich alle veräppeln? Wollt ihr mir jetzt etwa sagen, dass sie also immer noch bei Herrn Bergen ist?«

Aufgeregt schlug der Falke mit den Flügeln und krächzte laut.

»Scht, scht mein Lieber, ist ja gut«, versuchte Edith ihn wieder zu beruhigen und sprach zu ihm. »Du weißt, was jetzt zu tun ist.« Kaum hatte es Edith ausgesprochen, plusterte sich der stattliche Falke auf und sprang von ihrer Schulter auf den Tisch. Er flog mit einem einzigen Flügelschlag auf das Geländer der Veranda und krächzte erneut laut auf. Schließlich breitete der stolze Vogel seine Flügel weit auseinander und erhob sich mit wenigen Schlägen in die Luft.

»Was tust du denn da, Edith? Ich erzähle dir hier eine unglaubliche Geschichte und du bringst deinem Vogel Flugstunden bei? Willst du denn überhaupt nichts dazu sagen?« Edith antwortete nicht, sie schien in Gedanken versunken zu sein. Sie fing an, mit sich selbst zu reden.

»Das ich da nicht früher drauf gekommen bin. Wie konnten wir das nicht sehen. Eine Schande ...!«

»Was redest du da, Edith?«, rief Liv. »Was konntest du nicht sehen?« Aber Edith zeigte keine Reaktion. »Ja! Typisch! So wie immer, Edith. Von dir kriegt man ja nie eine vernünftige Antwort. Das bin ich ja eh schon mein ganzes Leben von dir gewohnt«, schimpfte Liv wütend und rannte ins Haus.

»So ein verdammter Mist! Mist, verdammt noch mal!«, fluchte sie völlig außer sich durch das ganze Haus. Sie schnappte sich ein paar Schmerztabletten, sowie die Antibiotika und würgte die Tabletten mit wenigen Schlucken aus dem Wasserhahn herunter, ehe sie wieder zur Gartentür hinaus stapfte. »Wir müssen sofort zurück und die Kiste holen.«

»Ist das dein Ernst, Liv?«, zischte Enna. »Wir können doch jetzt nicht einfach wieder dorthin zurückgehen. Wie stellst du dir das bitte vor?«

»Wir müssen es aber!«, fast hysterisch schrie sie Enna an. »Was sollen wir denn bitte sonst tun?«

Niemand antwortete.

»Gut. Ihr wollt mir also nicht helfen? Dann gehe ich eben alleine.« Wütend und enttäuscht lief sie zum Gartentor.

»Liv, nun warte doch bitte. Sei nicht immer so ungeduldig. Die Dinge sind viel komplizierter, als du denkst. Ein bisschen hast du schon erlebt und so herausgefunden. Und das ist noch lange nicht alles«, rief Edith ihr nach. »Ich muss dir etwas erklären. Du musst wissen, diese Kiste ist nicht einfach nur eine Kiste. Sie kam einst von dem Ort, an dem du geboren wurdest. Komm wieder her und setz dich. Hör mir zu, Liebes.«

»Du hast immer gesagt, dass ich aus einem Heim komme.«

»Pass jetzt bitte genau auf, Liv. Es ist wichtig. Höre mir zu. Falle mir nicht ins Wort. Du kommst nicht aus einem Heim. Ich habe dich nicht von dort geholt. Ich habe es dir nur erzählt, um dich zu trösten.«

»Ist mir egal. Du hattest genug Zeit mir etwas zu erklären. Ich glaube dir überhaupt nichts mehr.« Tränen schossen ihr in die Augen. Sie war vollkommen überfordert. Noch mehr Neuigkeiten vertrug sie nicht. Das war alles zu viel. »Ich werde jetzt diese Schachtel zurückholen und mir meine eigenen Antworten suchen. Macht doch was ihr wollt.« Wutentbrannt griff sie nach ihrem Rucksack und rannte durch den Garten. Willkürlich schnappte sie sich eines der Fahrräder und fuhr los. Sie riefen ihr hinterher, doch sie hörte nicht und raste davon.

»Tut doch bitte etwas. Jemand muss ihr hinterherfahren. Bringt sie zurück!«, rief Edith besorgt. »Ach, hätte ich es ihr doch bloß erklärt«, schimpfte sie über sich selbst. Ohne lang zu überlegen, griff Aeden ebenfalls nach seinem Rucksack, sprang auf sein Bike und fuhr ihr hinterher.

»Liv! Jetzt halte doch einmal kurz an, bitte.« Da er natürlich geübt war im schnellen Fahren, holte er sie in wenigen Sekunden ein und fuhr neben ihr. »Bitte Liv! Halt doch bitte an!«

Ihr Zorn saß tief, doch als sie sah, wie Aeden sie mit seinen sanftmütigen Augen ansah, legte sich ihre Wut ein wenig. Sie schnaufte laut auf und drückte widerwillig auf die Bremse.

»Was ist? Was willst du, Aeden?«

»Hör mal, ich weiß, das Ganze ist alles vollkommen verrückt. Ich würde es ja auch nicht glauben, wenn ich nicht bei allem live dabei gewesen wäre. Aber egal, was deine Tante dir bis jetzt verschwiegen hat, bin ich mir sicher, dass sie einen wirklich wichtigen, überzeugenden Grund dazu hatte. Sie liebt dich. Da bin ich mir sicher. Ich kenne euch zwar nicht sonderlich gut, aber das brauche ich auch nicht, um zu sehen, wie wichtig du ihr bist. Sie würde dir niemals wehtun. Ich glaube, sie will dich nur schützen.«

»Aber vor was denn schützen?«, brüllte sie ihn an und erneut schossen ihr Tränen in die Augen. »Ich weiß, dass sie mich sehr liebt und ich bin ihr auch dankbar, dass sie mir ein schönes Zuhause gegeben hat. Das ist mir gerade alles einfach zu viel. Erst das Pendel, dann das mysteriöse Schlafwandeln und den Bunker, den ich dadurch fand. Dann diese Kiste ...«, sie hielt kurz inne.

»Diese Truhe, Kiste, Schachtel - was auch immer - will mir irgendetwas sagen, Aeden. Etwas Wichtiges anscheinend und wir lassen sie einfach bei meinem kranken Lehrer liegen. Ich habe mich schon immer gefragt, wo ich herkomme. Wo meine Wurzeln liegen. Dass ich aus dem Heim stamme, war nie eine befriedigende Antwort für mich. Stets hatte ich das Gefühl, da fehlt doch was, immer war etwas Unausgesprochenes und Verschwiegenes in der Luft. Greifbar und doch unerreichbar. Und jetzt muss ich erfahren, dass ich noch nicht einmal von dort komme und meine Tante all die Jahre das wusste und vor mir verschwieg? Kannst du denn nicht verstehen, dass ich jetzt sofort zurück muss? Ich will endlich Antworten. Was passiert mit mir? Ich muss es einfach wissen!«

»Doch! Das verstehe ich. Sogar mehr, als du denkst. Aber

einfach an der Tür klingeln, denke ich, ist keine gute Option. Denk doch mal nach, Liv! Wir müssen diese Truhe irgendwie aus dem Haus bekommen, ohne dass er etwas mitbekommt.« Er schaute auf die Uhr. »Wenn ich mich richtig entsinne, müsste er bald zu der Gedenkfeier seiner Eltern in das archäologische Museum fahren.«

»Also wirst du mir helfen?«, fragte sie ihn hoffnungsvoll.

Er nickte. »Los! Holen wir uns die Kiste.«

11. Das letzte Streichholz

**Island, Wasserfall Aldeyjarfoss
16 Jahre vorher**

»Martin, kommst du endlich?«, rief seine Mutter schroff zu ihm herüber. Der Junge blickte auf den strömenden Wasserfall hinab und beobachtete, wie das Wasser sich am Grund mit dem Fluss vereinte. Nach so vielen und für ihn endlos langen Jahren, in dem seine Eltern an unzähligen Ausgrabungen arbeiteten, kehrten sie endlich wieder in ihre Heimat nach Hamburg zurück. Er kannte diese Stadt kaum, obwohl er dort geboren wurde. Nur vage Erinnerungen, Bruchstücke, aus der Zeit seiner frühesten Kindheit. Als seine Eltern sagten, sie wollen mit ihm einmal richtig Urlaub machen, hätte er nicht gedacht, dass sie damit eine öde Tour durch ganz Island meinten, um sich jeden einzelnen verdammten Wasserfall anzusehen, den die Insel zu bieten hatte.

»Was für eine blöde Reise«, schimpfte er und kickte wütend einen Stein nach dem anderen über die Klippen in den Fluss.

»Ich komme gleich, Mutter! Geht doch schon mal vor«, rief er zu ihr.

»Außerdem rennt Frau Andern ja auch noch auf der gegenüberliegenden Seite des Flusses herum. Also kann ich ebenso ruhig noch auf sie warten. Mich vermisst doch hier sowieso niemand«, nuschelte er in seine winddichte Regenjacke hinein.

»Gut mein Kleiner, aber bleib nicht mehr allzu lange weg.« Schon stapfte seine Mutter in ihren Wanderstiefeln den Berg hinunter und verschwand aus seinem Blickfeld.

»Ja, ja, Mutter«, winkte er ihr verächtlich mit der Hand hinterher.

Warum können wir denn nicht wenigstens nur ein einziges Mal wie eine stinknormale Familie sein? In der Sonne liegen, lachend am Strand sitzen und Beachvolleyball spielen? Warum müssen sie ihren Job sogar hier ausleben? Erneut stieß er einen weiteren Stein in das tiefe und sprudelnde Wasser. Er war so wütend.

So verzweifelt. Nirgendwo fühlte er sich richtig zu Hause. Wie auch, wenn man Jahre lang in der Welt herumreist, nur damit sich der große Traum seiner Eltern erfüllt. Wie gerne hätte er wie alle anderen Kinder eine normale Schule besucht. Stinknormale Freundschaften geschlossen und mit ein paar Kumpels nach der letzten Schulstunde im Bushäuschen oder sonst wo abgehangen. Das waren seine Träume. Aber selbst hier, auf dieser langweiligen Reise, war er der einzige zwölfjährige Junge, der mit seinen Eltern die Zeit verbringen musste. Auch wenn er in diesem Moment diese atemberaubende Aussicht zugegebenermaßen wirklich genoss. Es erinnerte ihn an die Zeit, die er bis vor Kurzem mit seiner Familie in Brasilien verbracht hatte. Mit seinen zwölf Jahren hatte er schon so vieles erlebt und gesehen. Das reinste Abenteuer in der Wildnis. Seine

Eltern waren wahrscheinlich die einzigen auf dieser Erde gewesen, die ihren Sohn den tropischen Regenwald alleine entdecken ließen. Er hätte dabei mehr als nur einmal sterben können. Und wenn ihm auch die elterliche Liebe gefehlt hatte, für dieses Leben war er dennoch dankbar. Welcher heranwachsende Junge konnte schon von sich sagen, dass er bei so einigen, wichtigen archäologischen Entdeckungen dabei war?

Wieder schaute er zu Frau Andern, die gerade unten am Fluss ankam, um sich den Wasserfall so nah wie nur möglich anzusehen.

»Verrückte Alte«, schmunzelte er. An sie konnte er sich dagegen genau erinnern, als er noch Jünger war. Sie hatte oft auf ihn aufgepasst. Manchmal sogar über Wochen, wenn Herr und Frau Bergen auf archäologischen Ausgrabungen, und Forschungsreisen unterwegs waren.

Welch ein witziger Zufall, dachte er, dass sie genau an derselben Reise teilnahm wie er mit seiner Familie. Am liebsten hätte er sich Edith angeschlossen. Mit der lustigen Tante hätte er sicherlich mehr Spaß gehabt als mit seinen Eltern. Edith Andern war eine wirklich sehr nette und liebenswerte Frau. Gewiss wusste er sie ob ihrer Fürsorge sehr zu schätzen, wenngleich er noch ein Kind war. Martin musste schnell selbstständig werden und Verantwortung für sein Leben übernehmen. An einigen Reisen konnte und durfte er mit seinen Eltern nicht teilnehmen. Also brachten sie ihn zu Frau Andern. Eine alleinstehende Dame mittleren Alters, die die Liebe und die Zeit hatte, sich um ihn zu kümmern. Er genoss es, in ihrem kleinen Haus zu leben, in ihrem Garten zu spielen und sich mit der schrulligen, lustigen Tante zu unterhalten. Obwohl sie einen erheblichen Altersunterschied hatten, konnten sie sich ihre vielen unterschiedlichen Reisen und Abenteuer erzählen.

»Hey, Frau Andern!«, rief er zu ihr rüber. »Sie sollten vielleicht langsam zurückkommen.« Doch durch die Entfernung und der tosenden lauten Strömung erreichten seine Worte sie nicht.

Mit einem Mal stieg ein starker Wind auf und der Himmel brach ein. Wie aus dem Nichts fing es an zu regnen. Martin blickte in den grau bedeckten Horizont und sah, wie sich die Wolken wie ein Strudel im Kreise drehten und sich langsam nach unten zogen. Der breite Fluss begann sich ebenfalls auf magische Weise zu drehen. Nach und nach stieg das Wasser so weit in die Höhe, bis es sich mit dem Unwetter vereinte und sich von einer Sekunde auf die andere zu einem gigantischen Wirbelsturm aus Wind und Wasser formte. Angst und Schrecken überkam Martin, und er trat automatisch einige Meter von den Klippen zurück. Er wollte noch seine Eltern rufen, doch sie waren wie die anderen Touristen schon zu weit vom Berg entfernt. Aber konnten sie es denn nicht sehen? Allein das aufwirbelnde Wasser war so unfassbar laut, dass man es noch kilometerweit hören musste. Er schaute weiter nach unten und sah Frau Andern, wie sie sich krampfhaft an der Steinwand festhielt und den Sturm beobachtete. Sie war dem Tornado so gefährlich nahe, dass Martin dachte, sie würde jeden Moment von ihm mitgerissen werden.

Doch irgendwie wirkte der Wirbelsturm gar nicht so, als würde er Dinge mit sich nach oben ziehen. Es war eher so, als zöge er sich selbst nach unten in die Richtung des mittlerweile leer stehenden Flussbettes. Als würde er etwas von oben nach unten holen.

Voller Angst starrte Martin auf den monströsen Wirbel. So musste sich die Beute vor der Schlange fühlen. Hypnotisiert. Ohnmächtig. Je tiefer er in den drehenden Strudel hinein sah, desto mehr zog es ihn in seinen Bann.

Auf einmal erkannte er, wie sich irgendetwas mitten in dem Tornado bewegte und in Richtung Erde schoss. Wie ein einziges dickes Knäuel wirbelte dieses Etwas in unregelmäßigen Bewegungen durch den Sturm und raste in sekundenschnelle zu Boden. Martin konnte es nicht richtig erkennen, aber er glaubte zu sehen, dass dieses Etwas mit sich kämpfte. Oder war es nur eine Gestalt? Er war sich nicht sicher. Zu schnell raste dieses Ding auf den Grund des Bodens zu. Schließlich krachte es in den leeren Fluss.

»Was zur Hölle ...?«, fragte er sich und hielt sich schützend die Hand vor sein Gesicht, als der Wind noch stärker wurde. Was hatte er da gerade beobachtet? Martin brauchte einen Augenblick, um das Gesehene zu realisieren. *Moment. Da bewegt sich doch etwas? Was ist das?* Seine Neugier war zu groß. Er zögerte nicht lang, zog den Reißverschluss seiner Jacke bis zum Anschlag nach oben und lief zu der Brücke, um auf die andere Seite des Flusses zu gelangen. Er musste so nahe wie möglich an das Wasser herankommen, um herauszufinden, was sich da bewegte. Als er auf der Mitte der Brücke angelangt war, gestattete ihm der Tornado einen kurzen Blick in sein Inneres, als plötzlich eine riesige und unbekannte Gestalt aus ihm heraus sprang. Ein eigenartiges Tier, welches Martin noch nie zuvor gesehen hatte. Es fiel zu Boden, rappelte sich aber sofort wieder auf und rannte schnurstracks in eine der

Gebirgshöhlen. Es schien verletzt zu sein. Der junge Martin preschte über die Brücke und kletterte über die breiten Felsbrocken bis nach unten.

Was war das für ein dunkles Wesen?, fragte er sich. *Und wie konnte es vom Himmel aus auf die Erde gelangen?* Er wollte es finden. Vielleicht war das seine Chance, selbst einmal einen bedeutenden Fund zu machen. Seine Eltern wären stolz und er könnte sich später einen eigenen Namen in der Archäologenwelt aufbauen. Dr. Professor Martin Bergen. Weltberühmter Entdecker und großartiger Archäologe unserer Zeit. Ein Schatzjäger, der sich von dem einem Abenteuer ins Nächste stürzt. Nicht so langweilig wie seine Eltern. Er fantasierte vor sich hin, während er an den letzten Gesteinsblöcken hinab kletterte.

Am Grund des leeren Flusses trat er vom Tornado so weit zurück, wie er nur konnte, und suchte nach der Höhle, in dem er das Tier verschwinden sah. Eine breite und lange Blutspur zog sich bis tief in die Grotte hinein. Martin zitterte nicht nur vor Kälte, sondern auch vor Angst und Aufregung. Der Wind fegte über den leer stehenden Fluss und peitschte gegen sein Gesicht, während der Tornado aus Wasser unermüdlich seine Kreise zog.

Die aufgepeitschte Luft pfiff in die dunkle Grotte hinein, während er der Blutspur folgte. Wassertropfen fielen von der Decke auf die kalten Steine. Martin atmete tief durch. Er war ganz kurz davor, sich in die Hosen zu machen vor lauter Angst. Dies übertrumpfte jegliches Abenteuer, welche er zuvor erlebt hatte. *Was mache ich eigentlich hier? Bin ich denn von allen guten Geistern verlassen worden? Mama würde so was zu mir sagen und dann selbst hinein klettern. Nix da! Das hier wird meine Entdeckung sein. Also krieg jetzt bloß kein Muffensausen,* machte er sich Mut, trotzdem wich die Angst nicht von seiner Seite.

Die Neugier in ihm übermannte seine Furcht und Zweifel, und er trat ein weiteres Stück in die Höhle hinein. Auf so etwas war er natürlich nicht vorbereitet. Ohne eine Taschenlampe konnte er nichts erkennen. Er hätte es besser wissen müssen. In Brasilien ging er ohne seinen Entdeckerrucksack auch nie aus dem Haus. Da fiel ihm ein, er hatte noch eine kleine Packung Streichhölzer in seiner Jackentasche, die er aus dem Hotel an der Rezeption ihres letzten Stopps mitgenommen und in seine Jackentasche gestopft hatte.

Im Dunkeln tastete er sich durch seine Kleidung und zog die Schachtel heraus. Hastig griff er nach einem der Hölzer. Seine Hände klapperten vor lauter Aufregung und so fielen ihm alle Streichhölzer zu Boden. Hektisch suchte er den feuchten und sandigen Grund der Höhle ab, als er von hinten ein tiefes Schnauben hörte. Panisch riss er seine Augen auf und versuchte vergeblich, in der Finsternis etwas zu erkennen. Jetzt hatte er wirklich Muffensausen. Warum war er so leichtsinnig gewesen? Nur um sich und seinen Eltern etwas zu beweisen? Wie dumm von ihm. Endlich erhaschte er drei der Streichhölzer. Schnell wischte er eines der Hölzer über den Zündstreifen der Streichholzschachtel, um ein wenig Licht ins Dunkel zu bringen.

Vorsichtig drehte er sich um und trat einige Schritte vor. Plötzlich rauschte etwas von der linken Seite an ihm vorbei. Martins Herz raste so schnell und laut, dass er Angst hatte, es würde ihm jeden Moment aus der Brust springen und aus der Höhle laufen.

Das erste Streichholz ging aus. Panisch griff er sofort

nach dem Zweiten und noch bevor er es anzünden konnte, huschte etwas wieder an ihm vorbei. Er wusste, dass es dieses Wesen war. Er konnte es spüren.

Das zweite Streichholz erlosch. Nun hatte er nur noch eines. Mehrere Male strich er über die Packung, bis das kleine Stück Holz endlich zündete. Danach würde er notgedrungen umkehren müssen und das Geheimnis um die mysteriöse Kreatur würde er nie enthüllen. Er hielt sich das Streichholz direkt vor die Nase, um so viel wie möglich sehen zu können. Als er sich schließlich umdrehte, um den Ausgang der Höhle zu folgen, starrte er auf einmal geradezu in zwei große feuerrote Augen, die aussahen, als würden sie brennen. Fletschende Zähne aus einem speicheltriefenden riesigen Maul waren das letzte, was er sah, als sich das Tier mit seinen hervorstechenden, nach vorne gekrümmten Hörnern auf ihn zubewegte.

12. Nur ein Flügelschlag

Hamburg, Neugraben

»Ich fasse es nicht, dass wir tatsächlich bei meinem Lehrer einbrechen!«

»Du wolltest es ja so!«, grinste Aeden. Liv wunderte sich, warum er nicht wie sie ebenfalls vor Aufregung zitterte, sondern total coolen Eindruck machte. Aber in Wirklichkeit war das nur Aedens Fassade, denn sein Herz hämmerte ebenso wild wie ihres vor Adrenalin. Sie stellten einige Meter von der Mauer entfernt Ihre Fahrräder ab und schlichen sich in die Nähe des Vordereingangs. Versteckt hinter der Hecke, um nicht von der Kamera eingefangen zu werden, hockten die beiden abwartend und Liv spähte durch einen kleinen Schlitz in der Gartenmauer zu dem pompösen Anwesen hinüber. Im Haus brannte noch Licht. Also hieß es abwarten, bis er es verlassen und zu der Gedenkfeier fahren würde. Nach kurzer Zeit rollte eine schwarze Edelkarosse zum Haupttor, woraufhin das Summen der Anlage sofort ertönte und der elegante Wagen zu dem Anwesen hinauf preschte.

»Klar!«, prustete Aeden. »Es musste ja eine Limousine sein. Was auch sonst? Immer schön dekadent bleiben, Herr

Lehrer«, witzelte er weiter. »Also, dein Bergen ist definitiv nicht normal.«

»Er ist nicht mein Bergen!«, zischte sie. »Aber ja. Du hast recht.« Verständnislos wandte sie den Blick zu Boden und malte mit einem Stock willkürlich ein paar Kreise in die Erde.

»Ich erkenne ihn gar nicht wieder. Es ist, als wäre ich seinem wahren Ich begegnet. Er wirkt hier so ganz anders als in der Schule. Klar, er trägt die neuesten und edelsten Klamotten. Teure Uhren und allerlei Schnickschnack. Aber in der Schule wirkte er immer so gelassen und entspannt. Hier ist er ein komplett anderer Mensch. So wie er mich auf einmal ansah ..., ich hatte solch eine Angst vor ihm.«

»Nun ja. Eines steht auf jeden Fall fest, kleine Eisprinzessin. Hier stimmt etwas ganz und gar nicht. Und wir werden herausfinden, was es ist.«

XXMRFHIΓ

Nachdem sie eine Weile in ihrem Versteck gewartet und die Situation weiter beobachtet hatten, schalteten sich endlich die Lichter im Hause aus und Herr Bergen trat in einem edlen Smoking aus der Haustür heraus. Der Fahrer des Wagens öffnete ihm die Tür, wartete, bis er einstieg und schloss diese dann wieder. Anschließend fuhren sie los vom Hof Richtung Ausfahrt. Als er in die nächste Straße einbog, wollte Liv gerade aus der Hecke sprinten, um durch das sich schließende Tor zu laufen, als Aeden sie aufhielt.

»Nein, warte! Vergiss nicht die Kamera, die am Tor hängt. Ich weiß, wie wir hineinkommen und auch, wo keine Kameras sind.«

»Was meinst du?«

»Pass auf. Als ich mich heute hinter den Büschen umgezogen hatte, sah ich an dem Mauerwerk eine marode Stelle. Dort, wo die Bäume am höchsten und dichtesten stehen, war die Steinwand nicht so hoch. Von vorne kommen wir ganz sicher nicht hinein. Die Kamera wird einfach alles aufzeichnen. Die Luft ist jetzt rein und von der Gartenseite haben wir vielleicht eine Chance.«

Sie hatten das Gefühl, sich in Sicherheit zu wiegen, und so schlichen sie zu der maroden Stelle des Zauns, warteten noch einen Moment, um sicher zu gehen, dass sie auch wirklich niemand beobachtet. Aeden faltete die Hände zusammen und bot Liv die Räuberleiter an. Sie stützte sich mit ihren Doc Martens auf seine Handflächen ab. Mit einem kräftigen Ruck schob er sie hoch, so leicht, als würde er das Gewicht einer Feder tragen. Am Rande der dicken Gartenmauer hielt sie sich fest und kletterte hinauf. Als sie sich oben auf die Mauer setzte, bot sie Aeden ihre Hand an, der aber bereits Anlauf nahm und mit zwei Sprüngen an der Wand einfach hinauf hüpfte.

»Oh wow«, staunte sie. »Coole Nummer. Wo hast du die denn gelernt?«

»Ach, Felix, Nick und ich machen so einiges. Parkourlaufen üben wir gelegentlich. Felix geht nebenbei noch zum Kickboxen und Nick zum Fußball. Tja, und mein Vater zwingt mich, zu dem ältesten und langweiligsten Sport zu gehen, den es überhaupt gibt: Fechten!«

Liv zog die Augenbrauen hoch und konnte sich ein grinsend einfach nicht verkneifen. Fechten war so ziemlich das Letzte, woran sie gedacht hätte.

Genauso wie er elegant die Mauer erklommen hatte, so sprang er auch leise und gazellenhaft dieselbe wieder hinunter, während Liv noch oben saß.

»Fechten? Im Ernst? So richtig mit einem Degen und so?«, kicherte sie leise.

»Ja«, lachte er zurück. »So richtig mit einem Degen und so. Ich mag es nicht sonderlich, aber mein Vater besteht einfach darauf, dass ich es lerne. Ich sehe ihn zwar nicht sehr oft, aber ich weiß, dass er unglaublich viel Wert auf Ehre, Stolz und vor allem Traditionen legt.« Aeden klang nicht gerade so, als würde er gerne über seinen Vater sprechen und Liv wollte auch lieber nicht weiter nachfragen. Zwar interessierte es sie, aber die Situation, in der sie sich gerade befanden, war in diesem Moment einfach wichtiger. Für ein nettes Schwätzchen blieb später noch Zeit, falls sie nicht beim Einbrechen erwischt und von der Polizei abgeführt werden.

»Wenn du das so erzählst, was ihr alles macht, fühle ich mich richtig schlecht, weil ich so gar nichts mit Sport zu tun habe«, antwortete sie. Das Einzige, was sie interessant fand, waren die St. Pauli-Spiele.

»Sieht man dir aber nicht an«, zwinkerte er ihr schelmisch zu und breitete die Arme aus. »Komm, ich fange dich auf, kleine Eisprinzessin.«

Sie überlegte kurz. »Nein, nein, schon gut. Ich schaffe das schon.« Sie wollte sich nicht eingestehen, dass der Sprung doch ganz schön tief war. Ihre verletzte Hand pochte ebenfalls durch den Blutdruck und den vielen Anstrengungen.

»Gut, aber es ist doch ziemlich hoch. Sag nicht, ich hätte es dir nicht angeboten. Du weißt doch, Gentleman und so«, bot er ihr grinsend die Hand. »Ich schaffe das schon!«

Er meinte es zwar nett, aber das wollte sie dennoch nicht auf sich sitzen lassen.

Was Männer können, das können Frauen schon lange, dachte sie sich. Selbstbewusst versuchte sie, sich mit ihren Händen am Rande der Mauer herabzulassen und fallen zu lassen. Doch mit ihrer erst kürzlich zugezogenen Verletzung rutschte sie zu schnell ab, sodass sie abrupt hinab stürzte und mit voller Wucht auf Aeden fiel. Durch den Sturz riss sie Aeden ungewollt mit zu Boden und sie rollten sich einmal herum, sodass sie plötzlich über ihm lag. Bei der Landung kamen sie einander so nah, dass sich – wenn auch unfreiwillig und holprig – ihre Lippen mit seinen berührten.

»Nicht so stürmisch junge Frau. Ich sagte doch, ich bin ein Gentleman. Bitte etwas Contenance, meine kleine Eisprinzessin«, witzelte er und strich einige ihrer weißen Strähnen aus seinem Gesicht.

»Ach halt die Klappe!« Sie drückte sich verlegen von ihm weg.

Toll gemacht Liv! Peinlicher ging es gar nicht mehr!, schrie sie sich innerlich an. Sie stand auf, klopfte sich die Erde von ihren Klamotten und fasste sich schmerzerfüllt an ihre verletzte Hand. Solch eine unangenehme Situation wollte sie nun wirklich nicht mit ihm haben. Aeden fand das Ganze dagegen ziemlich amüsant.

Sie liefen durch die dichten Büsche, bis sie schließlich direkt vor dem Pool standen. Liv rannte zuerst zu dem Tisch, auf dem die Schachtel das letzte Mal zu sehen war. Doch wie schon befürchtet, war sie nicht mehr da. Auf einmal krachte etwas durch die Glastür, die in das Haus führte, und die Scherben fielen zu Boden. Die Alarmanlage ging los, schaltete sich jedoch nach wenigen Sekunden auf seltsame Weise wieder aus.

»Oh mein Gott, was war das?«, schreckte Liv auf und sprang hinter Aedens Rücken. »Da. Schau. Da ist jemand. Das sind bestimmt Einbrecher.«

»Du meinst so wie wir vielleicht?«, fragte Aeden und zog die Augenbrauen hoch.

»Ja, ja, schon klar. Was machen wir denn jetzt? Das fehlt uns jetzt noch, dass die Einbrecher auch noch die Kiste klauen.« Ihr Herz raste.

»Denkst du vielleicht, sie sind genau deshalb hier?«

»Ich weiß es nicht«, grübelte sie. »Es ist aber schon ein ziemlich merkwürdiger Zufall, dass Einbrecher zur selben Zeit, wie wir hier sind. Hier stimmt etwas nicht. Das ist klar, wie Kloßbrühe!«

»Auf alle Fälle sollten wir noch warten und das Ganze weiter still beobachten. Hoffen wir mal, dass sie die Kiste nicht finden.«

Im Haus vernahmen sie weiteres Poltern. An einer Stelle fiel etwas Schweres um, an einer anderen Stelle hörte man, wie Dinge durch die Gegend flogen und zu Boden krachten. Leise schlichen sie sich vom Pool an die zersplitterte Gartentür heran, um einen Blick ins Haus zu erhaschen. Als sie durch das naheliegende Fenster blickten, verschlug es Liv regelrecht den Atem. Es war der Mann, den sie noch vor wenigen Tagen am Kiosk stehen sah. Wie wild geworden schmiss er alles durch die Gegend, durchwühlte sämtliche Schubladen und Schränke.

»Ich kenne diesen Mann!«, flüsterte sie. »Enna und ich sehen ihn oft in der Stadt, auf seinem Motorrad herumlungern. Ich fand ihn schon immer unheimlich. Jetzt bestätigt sich mein Verdacht, dass er ein Gauner ist. Es wundert mich nicht, dass er in Häuser einbricht.«

Gespannt beobachtete Liv jeden seiner Schritte weiter und merkte nicht, wie sie auf eine größere Glasscheibe trat. Es knackte verräterisch. Der Mann schreckte auf und sah sich vorsichtig um.

»Schnell. Duck dich!«, rief Aeden leise und drückte sie leicht an sich. In ihm stieg Angst auf. Aber vor ihr wollte er natürlich mutig wirken und keine Furcht zeigen. Aeden hatte längst verstanden, warum es ihr so wichtig war, diese Kiste zurückzubekommen. Niemand will sein Leben lang mit so vielen Fragen im Kopf herumrennen und nicht wissen, wo man herkommt. Er hatte nie Probleme damit, an Mädchen heranzukommen. Er war schon immer ein hübscher Kerl und hatte leichtes Spiel, die eine oder andere kennenzulernen. Doch mit seinen knapp achtzehn Jahren war es das erste Mal, dass er sich richtig für eine interessierte, und das war ausgerechnet Liv. Vielleicht lag es daran, wie sie sich kennenlernten, oder aber auch an ihrer doch sehr ungewöhnlichen Art und Weise mit ihm zu kommunizieren. Er mochte sie. Sehr sogar. Und das Geheimnis zu lüften, was sich hinter alldem verbarg, reizte ihn mindestens genauso wie sie.

Sie warteten eine ganze Weile ab, bis sie irgendwann nichts mehr hörten. Aeden schaute wieder durch das Fenster und sah, dass keine Spur mehr von dem Mann zu sehen war.

»Liv. Ich glaube, er ist weg«, sagte er und winkte sie zu sich. »Willst du denn immer noch hineingehen?«

»Na ja, eingebrochen wurde hier ja schon«, zuckte sie die Schultern. »Also ein schlechtes Gewissen müssen wir nun auch nicht mehr haben«, schmunzelte sie. »Außerdem holen wir uns nur zurück, was uns eh schon gehört.«

»Das wollte ich hören. So gefällt mir das, Süße«, er ergriff ihre Hand und zog sie mit einem Ruck nach oben. Darauf war sie nicht gefasst. Anstatt Angst zu spüren, fühlte sie sich an Aedens Seite sicher. Seine ruhige und selbstbewusste Art, die ihr anfangs so nervig erschien, verlieh ihr jetzt ebenso Mut und Stärke, die sie in dieser Situation brauchte. Er gab ihr das wundersame Gefühl, dass sie mit ihm alles erreichen konnte. Zuversichtlich drückte sie seine Hand und gab ihm das Zeichen, dass sie bereit war, hinein zu gehen. Vorsichtig stapften sie über die Glasscheiben und stiegen in das Haus. Im Wohnzimmer brannte noch eine kleine Lampe, die oberhalb des Kamins stand. Das Licht fing sich in dem gruseligen Gemälde wieder und die blutroten, leuchtenden, feurigen Augen dieses grässlichen Untiers starrten sie an. Liv konnte ihren Blick auch beim zweiten Hinsehen nicht abwenden und bekam erneut eine Gänsehaut. Aeden schüttelte sie.

»Irgendwie habe ich gerade ein Déjà-vu. Diese Szene hatten wir doch heute schon einmal.«

»Ich werde einfach das Gefühl nicht los, dass dieses Wesen mich direkt anstarrt. So, als würde es direkt in meine Seele hineinblicken. Als würde es mich kennen.«

»Ich muss zugeben, dass seine Augen einen schon gruselig anstarren. Aber es ist nur ein Bild, Liv. Ein wirklich hässliches Bild.«

Hand in Hand liefen sie leise aus dem Wohnzimmer hinaus. Gerade als sie in den Flur einbiegen wollten, sprang plötzlich der Mann mit dem langen Zopf hervor. In einer Hand hielt er das Steakmesser, mit dem Herr Bergen noch vor wenigen Stunden die Fleischstücke bearbeitet hatte.

»Komm her, du dreckiges Vieh. Endlich weiß ich, in wem du dich all die Jahre versteckt hast. Dich mache ich ein für alle Mal kalt!«, brüllte er und rannte auf sie zu. Liv und Aeden schrien vor lauter Angst. Doch als der Mann genauer hinsah, bremste er wieder ab und wich mit seinem Messer zurück. Sichtlich erschrocken starrte er die beiden an. Sein Atmen lag schwer, und er schnaufte ein und aus. Er hatte definitiv jemand anderen erwartet.

»Liv? Bei Odin und all den Göttern, bitte verzeih mir. Es tut mir leid. Ich dachte, er ist es.«

Noch völlig unter Schock dauerte es einige Sekunden, bis sie das Gesagte des unheimlichen Mannes vernommen und realisiert hatte.

»Warte mal. Was? Woher kennst du meinen Namen? Und habe ich das gerade richtig verstanden? Wer hat sich in wem versteckt?«, fragte sie, doch der Mann schaute sie nur ernst und besorgt an.

13. Alles nur Blabla

**Hamburg, Archäologisches Museum
Gedenkfeier der Familie Bergen**

Professor Dr. Friedhauer schaute sich beruhigt in dem großen Saal um. Die Tische waren festlich gedeckt. Bezaubernde Blumenarrangements schmückten die Bühne, unzählige Kerzen brannten. Es war genau der kultivierte Abend, wie ihn sich der Leiter des Museums erhofft hatte. Er war sichtlich stolz auf sein Team. Auch wenn er sich immer wieder dachte, dass sie hinter seinem Rücken Witze über ihn machten. Er war sehr zerstreut. Seine Kleidung passte nicht so recht zusammen und sein Humor verstand ebenfalls kaum jemand. Oft fehlte es seinen Gesprächspartnern an historischer Bildung. Heute jedoch war alles perfekt. Seine Rede war wirklich gut geschrieben. Zumindest glaubte er das. Der Anzug konnte noch rechtzeitig aus der Reinigung geholt werden. Er fühlte sich ausgezeichnet. Beseelt lächelnd ging er ans Pult und klopfte fünfmal gegen das Mikrofon. Viel zu laut. Einige der Gäste fassten sich erschrocken an den Ohren.

Er eröffnete die Gedenkfeier mit einer endlosen und nichtssagenden Rede.

»Hallo, meine lieben Freunde, Gönner und Förderer. Meine treuen Wegbegleiter. Als ich hier heute Abend den wundervoll geschmückten Saal betreten habe, dachte ich, wir haben eine erfolgreiche Operndiva von Weltruhm zu Gast. Wäre es nicht wahrlich beschaulich, wenn wir jetzt den zauberhaften Klängen Beethovens oder Mozarts lauschen können? Vielleicht kommen wir auf die Idee noch einmal zurück, heute Abend jedoch haben wir einen nicht weniger weltgewandten Gast in unserer Mitte.«

Eine gähnende Leere beherrschte den Raum. Professor Dr. Friedhauer schien dies aber nicht zu bemerken und plapperte ununterbrochen weiter. Endlich kam er zu dem spannenderen Teil. Er redete von all den Schätzen und den wertvollen Entdeckungen, die sein archäologisches Museum beherbergte. Endlos quasselte er über die großartigste Stadt Hamburg, und wie überaus dankbar und stolz er über die glorreichen Tage des berühmten Herrn Bergen und seiner Frau Dr. Bergen war.

Martin Bergen brach innerlich zusammen, als er dieses hochtrabende Geschwafel hörte. Ihn kümmerte nicht die Dekoration. Die Getränke weckten eher seine Neugier. Obwohl die ersten Schlucke Champagner enttäuschten. Hier gab es nur billigen Fusel für die Gäste. Allerdings lenkte ihn eine besondere Art von Blumen ab. Die schönen Frauen machten das alles wieder wett. Einige lächelten ihm zu. Es war mehr als nur Freundlichkeit. Bei vielen war es eine Einladung. Er kannte es schon zu Genüge. Er sah gut aus, war charmant, reich. Für ihn ein leichtes Spiel, aber dafür war später noch ausreichend Zeit. Erst einmal musste er diese öde Rede überstehen.

Intensiv betrachtete er die Skulptur, die unmittelbar vor ihm stand. Eine außergewöhnliche und atemberaubende Schönheit von einem bis dato unbekannten Stamm tief in den brasilianischen Bergen. Es war der Fund, den seine Mutter und sein Vater vor vielen Jahren in Brasilien entdeckten und der für die Bergens alles veränderte. Der Fund, der seine Eltern bis heute so berühmt machte, dem sie ihren Reichtum verdankten und allen Archäologen der Welt ewig im Gedächtnis bleiben würde.

Martin blickte in die Zeit zurück, als er noch ein kleiner Junge war. Er hatte eine Privatlehrerin, ganz für sich alleine. Und was das für eine Lehrerin war. Eine echte Traumfrau. Mit jeder Geste und jeder Mimik zeigte sie, dass sie ihre Wirkung sehr bewusst einsetzte, um ihr Ziel zu erreichen. Wenn er sich an sie erinnerte, konnte er noch genau spüren, wie verliebt er in sie war. Von diesem Tage an eiferte Martin dem Wunsch nach, ebenfalls Lehrer zu werden. Und natürlich wurde er Geschichtslehrer. Denn ob er es wollte oder nicht, das Leben mit seinen Eltern hatte ihn geprägt. Er kannte sich nur allzu gut mit Geschichte aus. Seit seiner Geburt bestand sein Alltag aus wenig geringerem, als mit seinen Eltern von einem Ort zum anderen zu reisen und einem Schatz nach dem nächsten zu jagen. Es war das reinste Abenteuer. Zumindest für seine Mutter und seinen Vater. Sie waren süchtig nach ihrer Arbeit und Martin litt darunter. Ihre Liebe gehörte ihrem Sohn und dennoch hatte er schon von Geburt an zu spüren bekommen, dass sie ihre Jobs noch etwas mehr liebten. Aber das war nun mal sein Leben. Wie lange lebten sie eigentlich in Brasilien? Er dachte eine Weile darüber nach.

Er wusste es nicht mehr genau. Irgendwie schienen manche dieser Erinnerungen in ihm zu schwinden.

Aber an seine bezaubernde Lehrerin konnte er sich noch sehr gut erinnern, als hätte er sie erst gestern das letzte Mal gesehen. Die dunkelroten langen Haare, die vollen Lippen und ihr feuriger Blick. Wenn sie lachte, hatte Martin das Gefühl, die ganze Welt würde mitlachen. Und hatte sie ihn einmal einen Moment zu lange angesehen, verlor er sich in ihren braunen Augen und in ihrer Schönheit. Diese Erinnerungen, die vielen Erlebnisse und die erotischen Gedanken an seine ehemalige Lehrerin fesselten ihn. Er genoss diese Blicke in die Vergangenheit, weil mit ihnen ein sehr süßes und köstliches Geheimnis verbunden war. In Wahrheit waren es nicht seine eigenen Erinnerungen, die er sah.

Dr. Friedhauers unangenehm hohe und krächzende Stimme riss ihn wieder aus seinen Gedanken. Der alte Greis war immer noch nicht fertig mit seinem Blablabla. Was könnte er mit diesem Mann alles machen!? Was würde der Alte noch aushalten? Er kannte so viele Möglichkeiten. Gab es jemanden, der ihm in seiner Kunst der Folter das Wasser reichen konnte? Wohl kaum.

»Es ist mir wirklich eine außerordentlich große Freude, ihnen Martin Bergen, Sohn von Regina und Henning Bergen vorzustellen.« Dr. Friedhauers Stimme dröhnte durch das Mikrofon und er wies mit seiner Hand auf Martin, der einige Meter von ihm entfernt stand.

»Zu Ehren des 35-jährigen Jubiläums unseres wundervollen Stadtmuseums hier in Hamburg. Darf ich Sie bitten, zu mir hochzukommen, um ein paar Worte an unsere Gemeinde zu richten, verehrter Herr Bergen?«

»Natürlich, Herr Professor Dr. Friedhauer. Nichts lieber als das! Es ist mir wie immer eine Ehre und aufrichtige Freude«, antwortete er gekünstelt und schlängelte sich durch die Reihen der Gäste hindurch. Elegant stieg er die Stufen zum Podest hinauf, richtete sich seinen edlen Smoking zurecht, um einige Worte zu sagen. Die vielen feinen und prunkvoll angezogenen Leute klatschten aufgeregt und feierten seine Anwesenheit, wobei er insgeheim sie alle am liebsten erschlagen hätte.

Da standen sie nun, ein Sammelsurium von Möchtegern Wissenschaftlern, in edle Roben gekleidet. Wie sie dort schlürfend mit ihrem billigen Sekt den Raum zierten, während sie über ihre eigenen schlechten Witze lachten und sich über unsinnige und belanglose Dinge unterhielten, um sich krampfhaft wichtig zu machen. Menschen, die nie eine Ausgrabung aus der Nähe betrachtet haben und mit Spenden sich der Wohltätigkeit rühmten. Er konnte sich des Eindrucks nicht erwehren, all die Versammelten würden bald an ihrer Selbstüberschätzung und Überheblichkeit ersticken. Manchmal hasste er schlichtweg das menschliche Volk. Manchmal konnte er sie geradezu nicht in seiner Nähe ertragen. Doch heute war es leider notwendig.

Wie primitiv und verlogen sie doch alle sind, dachte er sich, als er seine einstudierte Rede hielt.

In solchen Augenblicken erkannte er sofort, dass seine Philosophie und Wesensart zum Leben aufrichtiger und ehrlicher war, als die Menschen es jemals hätten sein können. Er folgte dem Gesetz des Stärkeren. Doch war es nicht an der Zeit, dies so konsequent auszuleben, wie er es gerne täte.

Denn egal wie stark seine Abneigung zu diesem Volk war, er musste sich dennoch dem Geschehen und Verhalten der Erdbewohner anpassen, um seiner Rolle als Martin Bergen treu bleiben zu können. Also sprang er ein weiteres Mal über seinen Schatten. Auch wusste er, dass sie nicht ihn auf der Bühne feierten, sondern seine verstorbenen Eltern.

Und wenn er sich auf der Erde nicht in sein wahres Wesen verwandeln konnte und er die Gestalt von Martin übernahm, seinen Trieb zu töten und sich von Blut und Fleisch zu ernähren, verlor er dadurch nicht. Der Barghest brauchte seine Beute. Ein paar seiner Gaben und Fähigkeiten konnte er auch hier ausleben.

Es gefiel ihm, die Erinnerungen mit ihren Augen zu sehen und die Gefühle spüren zu können, während er das Blut seiner Opfer trank.

Auf der Bühne zu stehen hatte einen großen Vorteil. Er konnte sich seine Beute aussuchen. Was wollte er? Eine üppige Blondine? Die strenge Rothaarige? In der Öffentlichkeit war dieser Typ so dominant und unnahbar. Doch war man mit ihnen alleine, verwandelten sie sich in wilde Raubkatzen.

Diese menschliche Welt hatte einerseits nichts, was er aus seiner eigener kannte, und dennoch gab es einige Vorzüge. Vor allem das gute und äußerst luxuriöse Leben, welches er dank der Familie Bergen führen konnte. Es war so einfach, an den roten Lebenssaft zu gelangen. So problemlos immer wieder willige Opfer zu finden. Sie kamen freiwillig zu ihm nach Hause. Ein paar charmante Zeilen am Smartphone. Ein Foto von sich am eigenen Pool oder eine angenehme Unterredung in diversen Clubs und Bars.

Hier lebte er das Leben eines Fürsten. Eines Königs. In der Alten Welt, dem Trollreich, war er lediglich Tildas Lakai. Manchmal störte es ihn, auch wenn er ihr bedingungslos verfallen war. Aber er kannte nichts anderes. Jetzt lagen ihm die Frauen zu Füssen. Frauen, die in anderen Welten Könige geheiratet hätten. Sie wollten ihn. Gaben sich ihm hin. Dazu die erlesenen Speisen und Getränke. Alles gab es hier im Überfluss. Selbst Odin konnte nicht besser leben und laben. Dafür schlüpfte er gern hin und wieder in die Rolle des traurigen, armen Waisen Martin Bergen. Über die Jahre wurde Martins Körper zu Seinem. Somit wuchs der Barghest mit all den alten Gefühlen und Erinnerungen von dem kleinen Jungen auf. Aber er spürte auch einen gewissen Mut und eine Stärke. Martin war eine interessante Persönlichkeit und hätte der Barghest ihn nicht töten müssen, wäre sicherlich etwas aus ihm geworden. Für sein gutes Aussehen war er ihm jedenfalls sehr dankbar.

XXMRFHIT

Nach seiner perfekt inszenierten sentimentalen Rede, endlosem und sinnlosem Geschwätz mit irgendwelchen alten und neuen Bekannten konnte er sich endlich an die Bar setzen und einen guten Whisky bestellen. Das musste er den Menschen wirklich lassen. Sie waren absolute Experten darin, außerordentlich hochwertige Spirituosen herzustellen. Er bestellte sich den edelsten und kostbarsten Drink, den es an der Bar gab. Auch wenn er in Wahrheit eine Bestie war, liebte er den Luxus als Mensch auf der Erde. Vor allem liebte er Whisky. Solch edle Tropfen gab es bei Weitem nicht in Alfheim, geschweige denn im Trollreich. Eines dieser Dinge, die er sehr vermissen würde. Denn er hatte etwas zu Feiern und diesen Triumph wollte er sich begehrlich bis zum Ende des Abends aufbewahren. Was hatte er schon zu verlieren? Bald würde er diese Welt verlassen und in seine eigene zurückkehren. Fast hatte er seine Herkunft vergessen, wenn nicht Liv mit der Kiste aufgetaucht wäre. Sie hatte die Wappen gefunden und ihm noch direkt in die Hände gespielt, ohne dass sie dazu die leiseste Ahnung davon hatte, was sie getan hatte. Nicht mehr lange und er könnte endlich zu seiner Gebieterin Tilda zurückkehren. Er schmunzelte. Auch wenn ihm die Erde gefiel, wollte er um jeden Preis zu seiner geliebten Herrin zurück. Aber solange das nicht geschah, konnte er noch einmal richtig auf den Putz hauen und die Vorzüge des menschlichen Daseins genießen.

Er bestellte sich noch einen zweiten Drink und zog aus seiner Tasche einen kleinen Flachmann hervor. »Dann wollen wir doch mal sehen, was unsere Liv gerade so treibt«, flüsterte er zufrieden zu sich. Er drehte den Verschluss auf und kippte das Blut von Liv zu seinem Glas dazu. Blut und Whisky waren für ihn eine ganz vorzügliche Mischung. Ein Cocktail aus Habgier und Macht. Aber Livs Blut gebührte eben auch ein besonderer Moment.

»Auf dich«, sprach er laut, erhob er sein Glas und trank alles in einem Zuge aus.

»Auf wen trinken Sie denn, Herr Bergen?«, hörte Martin eine sanfte Frauenstimme und blickte in die Augen einer äußerst attraktiven und schönen Frau mit rotbraunen langen Haaren. Ein enges und schwarz glänzend langes

Abendkleid umschmeichelte ihre sinnliche Figur, während sie auf ihn zuschritt. Er hatte seine Wahl getroffen.

Für einen kurzen Moment traf es ihn wie ein Schlag. Ist das etwa? Nein, das kann nicht sein. Sie ist tot. Schnell schüttelte er die Gedanken wieder von sich.

»Darf ich mich zu Ihnen gesellen, oder feiern Sie heute mit sich allein?«, fragte sie ihn mit ihrer anregenden, reizvollen Stimme. Sie sah aus wie sie, redete wie sie. Aber seine Lehrerin war tot. Er sollte es am besten wissen, denn er hatte sie ja höchstpersönlich ins Jenseits befördert. Wenn er es auch bereute. Kurz nachdem seine Eltern verstorben waren, kam sie zu ihm, um ihr Beileid auszusprechen. Sie hatten sich viele Jahre nicht gesehen. Sie war natürlich um einiges älter als Martin, aber dennoch bildschön. Natürlich konnte sie nicht ahnen, dass in Wahrheit der echte Martin schon seit einer Ewigkeit tot war und der Barghest seine Gestalt angenommen hatte. Für ihn waren all diese menschlichen Gefühle neu, jedoch vermischten sie sich mit den Erinnerungen des echten Martin. Aus einem Höflichkeitsbesuch von ihr wurde ein langes Gespräch und aus dem Gespräch wurde ein langer Abend mit viel Wein und Musik. Der Abend nahm seinen unerwarteten, aber letztendlich erträumten Lauf mit einer langen Nacht zwischen den beiden. Eine Nacht, die für sie leider böse endete. Denn gerade nach solch energiegeladenen Momenten dürstete es den Barghest umso mehr nach Fleisch und Blut. Allein dem Geruch vom lieblichen Blut konnte er nicht widerstehen. Seit dem Tag war von der Lehrerin nichts mehr zu hören oder zu sehen.

Er schob seine Gedanken sowie den Barstuhl zur Seite und bat die Dame mit einer höflichen Geste, sich zu ihm zu gesellen. »Nur zu gern. Bitte. Setzen Sie sich. Was darf ich Ihnen zu trinken anbieten?«, fragte er die wunderschöne Frau.

»Das Gleiche wie Sie bitte.« Sie schaute auf das dunkelrot gefärbte Glas.

»Ach, das war nur ...«, er sprach nicht zu Ende, »Whisky. Ich trinke Whisky.«

»Dann auch bitte einen für mich, verehrter Herr Bergen«, blickte sie ihn lüstern an. Diese Frau liebte es ganz offensichtlich zu flirten und mit dem Feuer zu spielen. Vor allem mit gutaussehenden und wohlhabenden Männern. Eine Weile unterhielten sie sich sehr angeregt und tranken weitere Whiskys, während Livs Blut allmählich anfing in seinem Körper zu wirken und ihm die ersten Gedankengänge von Liv erschienen. Und diese waren so klar wie die pure Realität.

Er sah, wie sie bei ihrer Tante im Garten stand und sich aufregte, hörte, wie sie weinte und wie sie sich auf das Fahrrad setzte und davon fuhr. Zwingend musste er sich von den Gedanken der Geschehnisse lösen und zur Realität zurückkehren, denn er sah als Letztes, wie sie zu seinem Haus fuhren und bereits über die Mauern seines Anwesens kletterten. Liv war ihm auf die Schliche gekommen und er musste sofort zurück, um sie in Gewahrsam zu nehmen, bevor sie untertauchen konnte.

»Verzeihen Sie.« Er unterbrach notgedrungen ihre Unterredung. »Ich bin wirklich untröstlich. Aber ich muss sie leider wegen ein paar dringenden Angelegenheiten verlassen.«

»Ah!« Sie schmunzelte ihn mit ihren dunkelroten Lippen an und nickte. »Ich verstehe.« Ihr Blick verbrannte ihn förmlich. Er konnte nur lächeln.

»Vielleicht möchten Sie, dass ich Sie begleite?«, und legte ihre rechte Hand auf seinen Oberschenkel. Auch wenn es nicht direkt seine Absicht war, einen Gast zu empfangen, dachte er sich, dass es ihm ja nicht schaden könnte, einen kleinen Mitternachtssnack mit nach Hause zu nehmen. So würde sein Plan auch aufgehen, Liv in die Kammer sperren und sich dann einen schönen Abend machen.

Er rief seinen Chauffeur an, half der hübschen Frau in ihren Mantel und sie stiegen gemeinsam in die schwarze Limousine ein.

14. Der weiße Falke

Hamburg, Neugraben

»Ich frage dich jetzt noch einmal! Woher kennst du meinen Namen?«

»Es tut mir leid, Liv.«

»Was tut dir denn leid? Dass du uns gerade umbringen wolltest? Verdammt noch mal, antworte jetzt gefälligst. Woher weißt du, wer ich bin?« Furchtlos und voller Wut schrie sie ihn an, bis sie an ihm dasselbe Mal wie ihres in seinem linken Auge erkannte.

Liv stammelte vor sich hin. »Woher hast du ...? Wie ist das ...? Dein Auge?« Keine Frage erschien ihr die passende zu sein, um die richtige Antwort zu bekommen. Zu verrückt war das Ganze, um es irgendwie in Worte zu fassen und über Lippen bringen zu können.

»Wir haben jetzt keine Zeit für all die Erklärungen. Wir müssen die Kiste finden und dann schnellstens wieder von hier verschwinden, obwohl ich diesen elendigen Hund nur zu gern umbringen würde.«

»Moment mal!« Aeden stellte sich mutig vor Liv und schob sie hinter sich. »Du wirst uns jetzt erklären, woher du von der Kiste weißt? Was willst du damit? Und warum kennst du ihren Namen? Vorher gehen wir nirgendwo mit dir hin. Wer bist du überhaupt und von welch elendigen Hund sprichst du?«

Der Mann schaute zu Boden und atmete heftig und genervt durch die Nase. Verzweifelt ballte er die Fäuste. Sie hatten doch keine Zeit. Warum verstanden die Kinder das denn nicht? Reden konnten sie immer noch. Später. Er schüttelte den Kopf. Es musste wohl sein. »Mein Name ist Baldur!«, beteuerte er. »Und ich weiß deinen Namen, weil ich dich schon dein ganzes Leben lang kenne. Diese Kiste«, betonte er »ist von enormer Wichtigkeit für uns und der gesamten Welt. Sie darf auf keinen Fall in falsche Hände geraten. Nein, sie darf nicht in den falschen Händen bleiben. Denn da ist sie jetzt schon.«

»Baldur!«, entgegnete Liv voller Spott. »So ein Schwachsinn! Der Vogel meiner Tante heißt so. Dein Name ist ganz gewiss nicht Baldur. Also, woher weißt du, wer ich bin?«

»Liv, sieh mich an. Ich bin es! Baldur!« Er trat einen Schritt auf sie zu. Sie blickte in sein Gesicht. Die Augen des Falken, mit dem sie all die Jahre zusammen lebte, schimmerten in seinen Pupillen. Doch wie konnte das nur möglich sein?

»Halt! Bleib verdammt noch mal stehen!«, schrie sie ihn an. »Komm mir ja nicht näher. Du bist nicht Baldur! Das ergibt keinen Sinn. Du kannst gar nicht Baldur sein. Du bist ein Mensch!«

Der große und breite Kerl schnaubte und stieß wie ein wütender Gorilla die Luft aus. Es hatte keinen Zweck. Er war ihr eine Erklärung schuldig. »Gut. Was solls. Es gibt eh keinen Grund mehr, mein Geheimnis länger vor dir zu verbergen. Die Zeit ist gekommen. Dann werde ich es dir eben zeigen, damit du mir glaubst.«

Er breitete seine Arme auseinander und wich einen Schritt zurück. Leichter Rauch stieg auf und sein großer schwerer Körper hob sich auf einmal in die Luft, bis sich seine breite Gestalt wie aus dem Nichts in den kleinen weißen Falken verwandelte, den Liv schon ihr ganzes Leben lang kannte. Er krächzte zweimal laut auf, schlug mit seinem strahlenden Federkleid um sich und kehrte ebenso schnell in seine menschliche Gestalt zurück.

Die beiden trauten ihren Augen nicht. Sie konnten es überhaupt nicht fassen, was sie da gerade gesehen hatten, und brachten kein einziges Wort aus sich heraus.

»Gut! Da wir das jetzt geklärt hätten, hörst du mir jetzt endlich bitte genau zu. Ich verstehe, dass das alles für dich völlig verwirrend ist und noch überhaupt keinen Sinn ergibt. Aber ich verspreche dir, dass ich dir alles erklären werde, sobald wir diese Kiste haben und ich dich in Sicherheit gebracht habe. Aber jetzt müssen wir uns verdammt noch mal beeilen!«, betonte er noch mal lauthals.

Taumelnd wich Liv einen Schritt zurück. »Was in aller Welt bist du?«

»Ich bin ein Gestaltwandler, um es kurz zu erklären, und dein Lehrer ist auch nicht das, was er zu sein scheint. Er ist wirklich überaus gefährlich und hat nur ein einziges Ziel. Er braucht dich, er braucht dein Blut und er braucht das, was sich in dieser Kiste befindet.«

»Mein Blut? Und was ist in dieser Kiste überhaupt drin?« Sie schaute ihn ungläubig und erstaunt an. Fragen über Fragen schossen ihr durch den Kopf.

»In dieser Kiste sind eine Art Schlüssel aus Steinen. Sie führen uns an den Ort, von dem du herkommst.«

»Du weißt, wo ich herkomme?«, schrie sie beinahe. Baldur trat erneut einen Schritt auf sie zu und griff nach ihrer Hand.

»Ja, der Ort, von dem wir beide herkommen.« Als er sie berührte, schossen ihr die alten verschwommen Träume durch den Kopf. Der Moment, als sie als Kind reglos im Wasser lag. Plötzlich sah sie alles ganz klar vor ihren Augen. Sie verstand, dass es kein Traum war. Auch keine Vision. Es war tatsächlich bereits geschehen. Baldur war derjenige, der versuchte, sie am strömenden Fluss wiederzubeleben und Angst um sie hatte. Und es war auch ihre Tante, die es geschafft hatte, sie ins Leben zurückzuholen. Auf einmal ergab alles einen Sinn. Ihr Herz hüpfte vor Erleichterung, als sie das verstand. Sie war nicht verrückt.

»Du warst das!«, schreckte sie zurück. »Die ganze Zeit dachte ich, ich träume nur. Dabei haben du und Edith mich gerettet.«

Baldur nickte. Sie konnte spüren, dass er die Wahrheit sprach, und sie wusste auch, dass sie ihm von nun an vertrauen konnte. Herr Bergen hatte schon ihr Blut und sie war wieder in seinem Haus. Sollte Baldur recht haben, dann würde Herr Bergen bald zurückkehren und sie alle in Gefahr bringen. Auch wenn sie nicht einmal genau wusste, warum. Sie mussten sich beeilen. »In Ordnung«, nickte sie. »Was muss ich tun?«

Aeden drängte sich dazwischen. »Was? Glaubst du ihm etwa?«

»Ja. Ehrlich gesagt tue ich das. Wir haben die Verwandlung beide gesehen. Ich verstehe endlich meine Träume.« Sie holte das leuchtende Pendel heraus und legte es in ihre Hand. »Ich glaube dir. Aber erkläre mir bitte noch eines, warum ein verdammter Stein solche Kräfte hat. Er hatte mir heute gezeigt, dass sich hinter dieser Tür etwas verbirgt. Ich glaube, dass er die Kiste dort versteckt hat und dass sich dort noch etwas anderes verbirgt, worauf das Pendel heute Nachmittag reagiert hat.«

»Das denke ich auch«, erwiderte Baldur. »Nur hat diese verdammte Stahltür ein Schloss. Und dafür brauchen wir eine Schlüsselkarte. Deswegen habe ich hier alles auseinandergenommen. Ich hatte gehofft, die passenden Karte zu finden, um die Tür öffnen zu können. Aber das hier ist nicht nur irgendein Pendel und du nicht irgendein Mädchen. In dir stecken ungeahnte Fähigkeiten.« Baldur schmunzelte und nahm ihr die Kette aus der Hand. Er warf sie zu Boden und trat mit aller Wucht drauf, wobei der grün-lilafarbene Stein in zig kleine Einzelteile zersprang.

»Sag mal, bist du jetzt vollkommen irre geworden? Was tust du denn da? Verflucht!«, schrie sie ihn an und blickte auf ihre zerstörte Kette. Baldur nahm seinen Fuß wieder weg und zog aus den Steinsplittern einen silbernen Ring mit einer sonderbaren Verzierung hervor und drückte ihn ihr in die Hand.

»Edith hatte ihn all die Jahre für dich darin versteckt.«

Doch bevor Liv erneut eine Frage stellen konnte, trat Herr Bergen plötzlich mit seiner weiblichen Begleitung durch die Tür.

Alle sahen sich an. Alle schwiegen. Diese beängstigende Stille schwebte durch den Raum und jeder wusste in diesem Moment, dass dies kein gutes Ende nehmen wird. Baldurs Atem begann schneller zu werden und hallte durch den edlen langen Flur.

»Wer ist das?«, fragte die Frau, doch Herr Bergen antwortete nicht. Sein Blick wich nicht von Baldur. Liv konnte es nicht glauben, dass ihr eigener Lehrer plötzlich ein völlig anderer Mensch war. Er wirkte wie ausgewechselt. Zwischen den beiden Männern war ein furchterregender Zorn zu spüren, so voller Hass und bereit zu töten.

Herr Bergen legte ein falsches und kaltes Lächeln über seine Lippen. »Baldur. Was für eine überaus große Freude, dich nach all den Jahren endlich wiederzusehen. Schön, dass wir nun alle hier versammelt sind. Das macht es mir umso leichter, mit Liv die Rückreise anzutreten. Leider hatte ich nicht die Zeit, meine Handlanger zu mir zu rufen. Das würde vieles vereinfachen. Aber nun gut. Ich bin ein Ehrenmann. So erledige ich es eben ein für alle Mal selbst.«

Wie selbstgefällig Martin Bergen doch war. Arrogant. Überheblich. Seine Freundlichkeit und Wärme, die Liv aus dem Unterricht kannte, hatte sich in Kälte und Feindseligkeit verwandelt. Baldur kochte vor Wut, angewidert von seinem Feind. »Du wirst sie niemals bekommen!«, schrie Baldur und ballte die Fäuste. »Hätte ich geahnt, dass du dich in diesem Körper versteckst, dann wärst du schon längst tot, elendiger Hund.« Baldurs Zorn gegenüber Herrn Bergen war nicht zu übersehen. Sein linkes Auge leuchtete hellblau auf und die kleinen Blitze darin zuckten hin und her.

»Hast du aber nicht«, antwortete Bergen wutentbrannt und seine Pupillen flimmerten blutrot auf. Liv wusste sofort, wo sie diese gruseligen Augen schon einmal gesehen hatte. Sie waren in dem schrecklichen Gemälde, welches in Bergens Wohnzimmer über dem Kamin hing und ihr wurde klar, dass auch dieses Wesen echt sein musste. Wenn sich ein Mensch in einen Falken verwandeln konnte, dann war alles möglich.

»Dafür werde ich dich nun endlich töten, Baldur!«, rief Herr Bergen, während sein Blick nach rechts zu seinem Regenschirmständer schweifte. In Windeseile zog er ein langes Gewehr heraus und zielte direkt auf Baldur. Ein Schuss fiel und das Projektil flog auf Baldur zu.

Im selben Moment hob Baldur die Hände. Auf magische Weise brachte er die antiken Vasen und Gesteine, die in dem pompös ausgestatteten Flur standen, dazu, in die Luft zu steigen. Er schwenkte seine Hände in die Richtung von Bergen. Die Vasen flogen durch den Flur direkt auf ihn zu. Martin Bergen schlug mit dem Gewehr, als wäre es ein Baseballschläger, auf die Vasen ein, sodass sie in tausend Teile zersplitterten. Bergen schoss ein weiteres Mal auf ihn, traf ihn aber nicht. Dann war die Patronenkammer leer. Baldur konterte, indem er die Glassplitter aus dem Wohnzimmer durch den Flur fliegen ließ. Wie in einem Meer aus Glas schossen die Scherben direkt in Bergens Richtung. Die Frau neben ihm fiel mit unzähligen Schnittwunden verletzt zu Boden. Doch Bergen wich den Splittern aus, rannte mit dem Gewehr auf Baldur zu und griff ihn an. Sie kämpften miteinander. Wie wildgewordene Boxer schlugen sie aufeinander ein. Sie drückten sich gegen die Wände, drehten sich im Kreis und prügelten sich erneut. Baldur wirbelte umher, versuchte seinem Feind auszuweichen, und blickte stattdessen direkt in den Lauf der Waffe. Automatisch drückte er ab, hatte jedoch keine Patronen mehr. Baldur hatte Glück. Mit voller Wucht rammte Bergen ihm das Gewehr ins Gesicht, sodass er nach hinten fiel. Martin war doch viel stärker, als er gedacht hätte. Schnell versuchte Baldur wieder zu sich zu kommen. Er schubste seinen Gegner, sodass Martin gegen die Wand prallte. Mit ganzer Kraft hob Baldur eine der antiken Säulen hoch und zerschmetterte sie auf Bergens Rücken. Schreiend stürzte er zu Boden. Aber so schnell wie er gefallen war, so stand Bergen auch wieder auf. Zwar war er auf der Erde nicht so mächtig und stark wie in seiner eigenen Welt, doch unterschätzen sollte man ihn ganz gewiss nicht. Er war eine Bestie, wenn auch in menschlicher Form.

Erneut hob Baldur eine der Säulen. Bergen grollte ein tiefes Brüllen. Tief in seinem Inneren wollte das Monster, seine wahre Gestalt, aus ihm heraus. Auf der Erde jedoch schier unmöglich. Aus seinen Fingernägeln wurden lange Krallen. Liv schrie vor Panik. Der Anblick dieses grauenhaften Szenarios erweckte ihre Kraft. Das Geschehen spielte sich wie in einem Film in Zeitlupe vor ihren Augen ab. Die Glassplitter, Steine und alles um sie herum bewegten und flogen langsam durch den Raum. Niemand außer ihr schien es so wahrzunehmen, denn auch die drei Männer bewegten sich ebenso langsam. Ohne zu überlegen sprang sie los, rannte auf die in der Luft schwebenden, schweren Säule zu und drückte sie mit aller Kraft in eine andere Richtung, sodass sie Bergen nicht treffen konnte. Sie wollte nicht, dass jemand stirbt. Schnell lief sie zu Aeden zurück. Im selben Moment verblasste ihre Kraft und alles schien im normalen Takt zu laufen. Aeden war verwundert. Halluzinierte er etwa? Eben stand Liv noch links neben ihm, nun auf einmal rechts. Die fliegende Säule traf Bergen an der Schulter und riss ihn erneut zu Boden. Baldur wunderte sich darüber, dass er ihn nicht getroffen hatte, denn er hatte genau auf seinen Kopf gezielt. Wie ein Löwe brüllte er vor Wut. Sofort setzte er sich auf ihn und schlug immer wieder mit geballten Fäusten in sein Gesicht, bis sein Gegner sich nicht mehr bewegte. Um ihn den letzten Rest zu geben, griff Baldur nach einem großen Stück von der kaputten Säule und wollte es gerade auf seinen Schädel rammen, als Liv bitterlich schrie, dass er von Herrn Bergen ablassen und ihn nicht umbringen solle.

»Bitte! Bitte hör auf! Es reicht! Es ist vorbei!« Angsterfüllt klammerte sie sich an Aeden.

Baldur schüttelte seinen Kopf und besann sich wieder. »Eben nicht! Es ist nicht vorbei. Das hier war erst der Anfang! Wir müssen ihn töten.« Vollkommen außer Atem blickte er mit weit aufgerissenen Augen auf Martin Bergen, während er sich seine blutverschmierte Hand festhielt. Er riss den edlen Smoking des Lehrers auf und suchte nach etwas. Und als hätte er es geahnt, zog er eine Schlüsselkarte aus seiner Innentasche heraus. Doch Liv schrie und bat ihn erneut, Bergen am Leben zu lassen. Sie und Aeden hatten weder die Zeit noch die Chance gehabt, das Geschehene zu verstehen. Vor ihren eigenen Augen verwandelte sich der Muskelprotz erst in einen Falken und erklärte ihr ganz nebenbei, dass sie beide aus einem Ort stammten. Für sie war es unbegreiflich, dass zwei Männer wie wild gewordene Tiere aufeinander losgingen und sich gegenseitig nur wegen ihr und einer alten Kiste umbringen wollten. Was hatte das alles auf sich? Wer war sie?

»Gut. Erneut lasse ich dich am Leben«, sprach Baldur zu dem bewusstlosen Mann. »Auch wenn du es nicht verdient hast, du elendes Tier. Doch der Hüterin kann ich keinen Wunsch abschlagen. Aber zumindest kann ich dafür sorgen, dass du deine geliebte Tilda niemals wiedersehen wirst!«

Ohne den Blick auch nur einmal von dem Lehrer abzuwenden, stand Baldur wieder auf und steckte den Schlüssel in seine Hosentasche ein. Er fesselte Herrn Bergen und band ihn an eine der noch einigermaßen heilen Säulen.

»Kommt, wir müssen hier sofort weg«, rief Aeden. »Die Nachbarn haben gewiss die Schüsse gehört und die Polizei gerufen. Sie werden ganz sicher in den nächsten Sekunden hier auftauchen. Wir müssen augenblicklich von hier verschwinden. Das ist ein einziges Blutbad und mein Vater würde ganz sicherlich nicht wollen, dass ich in zwei Morde verwickelt bin.«

»Der hier ist ganz sicher nicht tot!«, zischte Baldur und wischte sich das Blut von der Wange. »Und die Frau wird es auch überleben. Holen wir uns endlich die Kiste zurück und ja ..., dann lasst uns schleunigst von hier verschwinden. Lange wird dieses Monster nicht mehr bewusstlos bleiben.«

An der Tür angekommen, holte Baldur die Schlüsselkarte heraus.

»Es war wirklich Glück im Unglück, dass er gerade nach Hause kam. Ohne diese Karte wären wir gar nicht in diesen Raum gekommen. Warum kam mir die Idee nicht gleich in den Sinn, dass er sie bei sich trägt?« Verärgert über sich selbst legte Baldur die Karte auf den Scanner und die breite Tür öffnete sich. Aus dem Raum wich eine stinkende und ekelerregende, muffige Luft empor. Der Gestank erinnerte an einen nassen Hund, der sich ewig nicht gesäubert hatte und tagelang durch den Regen gelaufen war. Ein bestialischer Geruch, der sich regelrecht durch die Nase biss. Die

Wände waren mit alten dunklen Backsteinen gemauert. Dieser Raum widersprach völlig dem sonst so modernen und pompösen Haus. An den Seiten standen große verschnörkelte Kerzenständer und an den Wänden hingen aus Kupfer verzierte Fackeln. In der Mitte des Raumes lag ein dunkelroter Teppich, bestickt mit mystischen Schriften und Verzierungen, welche Liv schon auf dem Bild und dem Podest im Flur gesehen hatte. Am Ende des Ganges stand ein großer Spiegel. Er bestand aus reinem Silber und war mit Edelsteinen verziert. Neben dem Spiegel plätscherte ein kleiner zweistufiger Springbrunnen vor sich hin. Doch in dem Brunnen floss kein Wasser, sondern eine dunkle und dicke Flüssigkeit. Sie schimmerte dunkelgrün und lila zugleich, als hätte man zwei metallische Farben miteinander vermischt und so roch es auch. Liv trat näher heran.

»Baldur, was ist das hier?«

Sofort trat auch er ein Stück auf den Brunnen zu und blickte in die dunkle und glänzende Flüssigkeit. Er steckte den kleinen Finger hinein und probierte es. Völlig angewidert davon wandte Liv sich ab.

»Das hier ist Blut. Von einem Wesen, welches auf dieser Erde nicht existiert.«

»Was ist das für ein Wesen?«, fragte sie.

Baldur winkte ab. »Suchen wir weiter. Erklärungen gibt es später. Wir haben jetzt keine Zeit dafür.« Aber irgendwie ließ Baldur der Brunnen keine Ruhe. Das Blut darin kam ihm eigenartig vor. Blut schimmerte für gewöhnlich nicht lila und grün metallisch. Und metallische Farben waren typisch für gewisse Dinge in seiner Welt. Erneut steckte er die Hand in den Brunnen und zog prompt ein lila und dunkelgrün glänzendes Armband hervor.

»Dieser jämmerliche Hund!«, ächzte Baldur. »Eine Antwort, worauf dein Pendel heute so reagiert hat, hätten wir schon mal.« Er winkte Liv mit dem Schmuckstück. »Dein Ring reagiert nämlich auf alles, was mit unserer Welt verbunden ist.«

Baldur wusste genau, von welchem bösen Ort dieses Armband stammte und auch, dass sein Feind sich darüber schwarzärgern würde, wenn es plötzlich weg wäre. Ihm war durchaus klar, was es seinem Rivalen bedeutete. Dieses Schmuckstück aus dem Trollreich würde er mitnehmen. Ohne zu zögern, steckte er es in seine schwarze Lederweste und sprach nicht weiter darüber.

Liv sah auf das neue Schmuckstück an ihrem Finger. Verstehen konnte sie nichts davon, aber die Kiste hatte für sie eh Vorrang. An dem Brunnen vorbei blickte sie auf eine edle braune Kommode, auf der dicke Kerzen loderten, die schon fast bis auf den Grund heruntergebrannt waren. Beim näheren Betrachten erkannte sie, dass es einem krankhaften Gebetstisch ähnelte. Unbekannte Zeichen waren in das antike Holz geritzt und mit Blut beschmiert. In einem Glaskasten erblickte sie sofort die kleine Schatulle. Schnell lief sie zu dem Podest, schob den Deckel des Kastens hoch und drückte die Kiste an sich. Unabsichtlich schob sie dabei eine kleine Schüssel von der Kommode. Sie fiel zu Boden und zersplitterte in alle Einzelteile. Es war offensichtlich die Schale gewesen, die Enna erwähnte, als Herr Bergen Livs Blut auffing. Doch als sie näher kam, erkannte sie, dass kein Blut mehr drin war, sondern sich nur noch der ausgetrocknete Rest darin befand. »Mein Blut. Es ist weg«, rief sie den anderen zu.

»Oh nein. Das ist nicht gut«, antwortete Baldur. »Das ist ganz und gar nicht gut. Dann hat er es schon getrunken. Wir müssen sofort, wirklich sofort von hier weg.«

Liv drückte die Kiste fest an sich und lief wieder zur Tür hinaus an dem bewusstlosen Herrn Bergen und seiner Begleitung vorbei.

Von Weitem hörte man schon die Sirenen. Baldur sah das Gemälde von dem Baum Yggdrasil auf dem Boden liegen. Er hob es auf, rollte es zusammen und drückte es Liv in die Hand, mit der Bitte, es mitzunehmen. Dann schloss er seine Augen, streckte seine Arme in die Luft und mit einem Mal erhoben sich all die zerstörten Gegenstände. Steine und Bilderrahmen fügten sich nach und nach wieder zusammen, bis sie an ihrer ursprünglichen Stelle standen. Ebenso wie die Glassplitter, die in das Wohnzimmer zurückflogen und die Scheibe wieder wie neu in der Tür befestigt war. Sie liefen durch den Garten an dem Pool vorbei durch die dichten Büsche und Bäume, bis sie schließlich an der Mauer ankamen. Auf der anderen Seite des Hauses hörte man schon die Polizeiautos, wie sie mit ihrem Blaulicht auf das Anwesen einfuhren. Ohne groß zu zögern, hob Baldur Liv mit einem Ruck hoch und setzte sie auf die Gartenmauer. Er wollte gerade nach Aeden greifen, doch der verneinte und sprang wieder mit zwei Schritten hinauf.

»Komm, gib uns deine Hand. Wir helfen dir hoch«, rief Liv und streckte ihm die Arme entgegen. Doch Baldur griff nicht danach.

»Zu dritt sind wir viel zu auffällig. Mich würden sie sowieso gleich festnehmen, so wie ich aussehe.« Liv hatte ein schlechtes Gewissen. Auch sie hatte solche Vorurteile ihm gegenüber. Wer hätte ahnen können, dass er sie all die Jahre nur beschützen wollte.

Baldur sprach weiter. »Aeden, höre mir jetzt bitte ganz genau zu. Ihr dürft jetzt auf gar keinen Fall mehr zu Edith zurückkehren. Du wirst Liv jetzt an einen geheimen Ort bringen. Sie darf jedoch zu keiner Zeit wissen, wo sie sich befindet. Das ist jetzt wirklich von enormer Wichtigkeit. Am besten du verbindest ihre Augen bei der nächsten Gelegenheit. Noch mal: Sie darf wirklich zu keiner Zeit wissen, wo sie sich aufhält! Hast du verstanden?«

Aeden nickte. Aber Liv ließ sich nicht abwimmeln. »Warum darf ich es nicht wissen?«, fragte sie aufgeregt.

»Dieser Mann, dein Lehrer, er ist kein Mensch. Wenn er jemandes Blut getrunken hat, weiß er zum größten Teil, was diese Person denkt, was sie sieht und was sie hört. Sogar was sie träumt. So weiß er auch, wo sie sich gerade befindet. Und das müssen wir um jeden Preis verhindern. Noch ist er bewusstlos. Ihr habt also einen kleinen Vorsprung. Nutzt diesen zu eurem Vorteil. Dennoch müsst ihr euch beeilen. Bring sie schnellstens von hier weg und dann schreibst du deinen Freunden, wo ihr euch befindet. Ich werde sie holen. Ach, und Liv. Wenn du mir jetzt noch einmal vertraust, ich verspreche dir, dass du heute noch eine Erklärung für all das bekommen wirst. Aber jetzt müsst ihr wirklich gehen. Aeden, pass auf sie auf. Sie ist noch viel wertvoller, als du es eh schon denkst.«

Aeden nickte erneut. Die Lage war ernst. Auch wenn ihm der letzte Satz ein wenig unangenehm war und sein Kopf wie eine rote Tomate aussehen ließ. »Ich werde sie sicher und wohlbehütet von hier wegbringen. Verlass dich auf mich.«

Wie ein Gewitter am Himmel blitzten Baldurs Augen auf. Rauch bildete sich um ihn und sein Körper verwandelte sich wieder in den Falken zurück. Er breitete seine weißen Flügel aus, hob ab und flog in die Lüfte, verschwand mit einem Augenaufschlag in der Dunkelheit. In Windeseile sprangen sie von der Mauer und liefen um das Haus herum. Als sie die Polizei sahen, verlangsamten sie ihre Schritte, um nicht aufzufallen. Livs Herz schlug vor Angst und Adrenalin so laut, dass sie schon fast dachte, man könne es pochen hören. Auch Aeden rutschte das Herz beinahe in die Hose, als sie direkt an der Polizei und den schaulustigen Menschen vorbeiliefen, die auf der anderen Straßenseite standen. Von Weitem konnten sie sehen, wie Herr Bergen gerade auf einer Trage in den Krankenwagen geschoben wurde. Auch wenn Liv jetzt wusste, dass ihr Lehrer nicht der war, für den er sich ausgab, fühlte sie dennoch Mitleid. Sie sah immer noch den freundlichen Herrn Bergen in ihm. Vor allem aber tat ihr die Frau leid, die in seiner Begleitung war. Denn für all das konnte sie nun wirklich nichts.

»Hoffentlich überlebte sie es«, flüsterte Liv und schaute zu der schwer verletzten Dame hinüber.

»Die Ärzte werden sich um sie kümmern. Sie hat zwar einiges abbekommen, aber sie wird es schon schaffen. Mach dir keine Sorgen. Das Gute ist, dass wir jetzt durch Bergens Krankenhausaufenthalt ein wenig Zeit gewonnen haben.« Aeden griff nach ihrer Hand und rannte mit ihr über die Straße, um zu ihren Fahrrädern zu gelangen. Sie war so froh darüber, dass er sie begleitet und ihr geholfen hat. Sie wusste nicht, ob sie es ohne ihn überstanden hätte.

Möglichst unauffällig holten sie ihre Räder aus dem Versteck heraus, sprangen auf ihre Bikes und fuhren davon.

XXMRFHIR

Der Falke Baldur beobachtete die beiden noch eine Weile von einem Baum aus. Natürlich musste der alte Krieger seine Prinzessin im Blick haben, ob sie seinen Anweisungen folgte. Anweisungen? Nein, er konnte seiner zukünftigen Königin keine Befehle geben. Er konnte sie nur bitten, damit sie auf ihn hörte.

Immerhin war sie klug genug, ihn ernst zu nehmen. Sie sahen schon ein bisschen witzig aus. Auffällig. Aber wer achtete schon in dieser Welt darauf, was der andere tat? Die Masse der Menschen war hier das perfekte Versteck. Er hatte gelernt, nicht nur auf Gesichter zu achten. Alle Details waren wichtig. Im Augenblick war er nur der unscheinbare Vogel, der auf einem Ast das Spektakel beobachtete. Gleichzeitig war er einer der gefährlichsten Geschöpfe auf der Erde. Allerdings half ihm das jetzt nicht. Seine Krallen bohrten sich tiefer in den Ast. Das Böse aus uralten Zeiten hatte überlebt und es in diese Welt geschafft. Sein alter Feind. Hatte er wirklich geglaubt, er würde ihn nie wieder sehen? Ihm nie wieder gegenüberstehen? Selbst nach so vielen Jahrhunderten war Baldur einfach gutgläubig. Sein Gegner war ein Meister der Fallen und Hinterhalte. Oft war die Realität nicht so, wie sie zuerst schien. Der Gott Loki wäre wirklich stolz gewesen.

Sicherlich musste es früher oder später zum Äußersten kommen. Er würde seinen Widerpart töten müssen. Er hätte es heute getan. Es war noch nie so einfach gewesen, ihn zur Strecke zu bringen. Der Körper des Menschen war schwach. Zerbrechlich. In der Heimat war er kaum zu besiegen. Hier war es nur ein Wimpernschlag. Und doch betrübte ihn die Aussicht auf ein solches Ende.

Die genannten Handlanger von seinem Feind bereiteten ihm Sorgen. *Was für Krieger und wieviele sind sie?* Er dachte nicht an sich. Seine Prinzessin war nicht gegen Kugeln gewappnet. Baldur musste sie schützen. Seine Pläne entsprechend vorbereiten. Dafür war noch später Zeit. Mit kräftigen Flügelschlägen machte er sich auf den Weg zu seiner alten Freundin Edith.

15. Das war verdammt knapp

Hamburg, Neugraben Bahnhof

Am Bahnhof angekommen, hielten sie direkt vor der Bahnhofsbrücke an und stiegen von ihren Fahrrädern ab.

»Liv. Es tut mir leid. Ich möchte das wirklich nicht machen, aber du hast ja gehört, was er gesagt hat. Wenn Bergen mitbekommt, wo du dich aufhältst, dann ...«

»Schon gut«, unterbrach sie ihn. Sie holte tief Luft. »Das ist doch alles völlig verrückt. Irgendwie weiß ich gar nicht, was ich von all dem halten soll. Ich begreife nicht, was da gerade passiert ist. Wem soll ich denn noch vertrauen?«, ratlos schaute sie ihren neuen Freund an.

Aeden lächelte sie an. »Du kannst mir vertrauen«, sprach er im ruhigen Ton, griff nach ihrer Hand und legte seine über die ihre. Liv spürte seine kraftvollen und dennoch sanften Hände. Ein Gefühl der Sicherheit und des absoluten Vertrauens durchströmten sie. Er hatte sich eben wirklich wie ein Ritter benommen. Natürlich war ihr bei dem Gedanken nicht ganz wohl, nicht zu wissen, an welchen Ort sie gebracht werden würde. Aber wenn sie sich und dadurch auch alle anderen vor Gefahren bewahren konnte und gleichzeitig auch endlich die Wahrheit erfahren würde, dann war es das allemal wert.

Ohne ihr gesamtes Hab und Gut und nur mit der Kiste sowie dem zerknitterten Gemälde in ihren Händen überlegten sie, womit sie ihr die Augen verbinden konnten. Als ihm nichts mehr einfiel, wollte er sich gerade ein Stück von seinem Shirt abreißen. Obwohl Liv rein optisch ja nichts dagegen und eine private Show für sich genossen hätte, stoppte sie ihn dennoch.

»Warte mal, bevor du dich hier mitten auf der Straße halb ausziehst. Ich kenne den Besitzer von dem Kiosk hier oben«, und zeigte dabei auf den oberen Bereich der Bahnhofsbrücke. »Er hat ganz sicher etwas, womit ich meine Augen verbinden kann. Dann könnten wir uns vielleicht noch etwas zum Futtern mitnehmen. Ich habe seit Stunden nichts mehr gegessen. Mir knurrt so langsam wirklich der Magen, muss ich gestehen.«

Aeden zog sein Shirt schmunzelnd wieder nach unten. »Nun, die Grillparty bei Herrn Bergen musste ja leider wegen ein paar Unannehmlichkeiten ausfallen.«

Mike saß wie so oft gerade draußen, unterhielt sich mit seinen Stammkunden und trank dabei einige Biere weg.

»Hey Mike«, winkte sie ihm zu.

»Hey, Kleines? Ja, was machst'n du denn zu so später Stunde noch hier? Wollt ihr heute Abend den Kiez zusammen erobern, oder wie, oder was? Na, dann schnappt euch doch mal ein paar Buddel Bierchen aus dem Kühlschrank und wir stoßen hier noch zusammen an, bevor ihr das Tanzbein schwingen geht.«

»Danke Mike. Das ist wirklich sehr lieb von dir. Aber wir wollen heute nicht feiern gehen und wir haben auch leider nicht viel Zeit«, entgegnete sie und drückte sich dabei die

Kiste an den Bauch. »Aber wir könnten eventuell deine Hilfe gebrauchen.«

»Na logo. Für dich doch immer, mien seute Deern«, antwortete er auf Plattdeutsch. »Was kann ich denn für dich tun?«

»Hättest du vielleicht eine Art Tuch für mich, welches ich mir um dem Kopf binden könnte?«

»Wieso? Hast du Kopfschmerzen?« Liv überlegte kurz und fasste sich dann einfach theatralisch an den Kopf. »Äh ja, genau. Ich habe wirklich ganz fürchterliche Kopfschmerzen. Diese drückende Hitze macht mir heute absolut zu schaffen. Ich würde mir gerne einfach ein Tuch um den Kopf binden, um den Druck ein wenig zu nehmen.« Mike schaute sie prüfend an, paffte an seiner Zigarette.

»Na, wir werden schon irgendetwas für dich finden«, antwortete er in seinem frechen Hamburger Dialekt und stand auf. »Hier liegt ja all möglicher Krimskrams und Krempel rum. Ihr werdet nicht glauben, was die Leute alles so liegen lassen, wenn sie es eilig haben. Geldbörsen, Mützen, Handys. Das glaubt ihr nicht. Schuhe haben sie hier gelassen. Hosen, BH′s. Tzää! Oder nen Ferrarischlüssel. Ha!«, krächzte er lustig weiter. »Die Leute sind wirklich vollkommen mall im Kopp, wenn′se mal einen zu viel gehoben haben. Jungs und Deerns, ich hab echt schon die Möwen spuggen sehen. Ich sach′s euch Kinners. Völlig verrückt! ABSOLUT VERRÜCKT!« Er machte eine leichte Handbewegung, während er ganz gemütlich und entspannt in seinen Kiosk hinein schlenderte und hinter einer Gardine verschwand. Er schaute und wühlte in einer Truhe für

Fundsachen herum und zauberte nach einer kurzen Sucherei ein großes seidiges Halstuch hervor.

»Ach, na siehste mien Deern. Onkel Mike hat doch alles, was das Herz begehrt. Na ja, oder in dem Falle der Kopp. Ha!«, hustete er ein Lachen heraus. »Ich denke, das sollte funktionieren. Und wenn nich, dann hat der Onkel Mike noch nen seude Buddel Schnaps für dich. Der haut dir jegliches Wehwehchen aus den Rippen. Ich sachs dir, mien Lütten.«

»Ja, danke Mike. Das Tuch reicht vollkommen. Wenn es in Ordnung für dich ist, würden wir gerne noch eine Kleinigkeit zu essen und trinken mitnehmen. Ich zahle es dir natürlich auch zurück, Mike. Ach, und noch etwas. Könnten wir unsere Fahrräder hinten bei dir abstellen? Wir kommen sie dann in ein paar Tagen auch wieder abholen.«

»Schon gut. Nehmt euch, was ihr braucht, und stellt das Fahrrad einfach an die Seite. Ich schließe es dann später hier mit ein. Bei Onkel Mike geht nix verloren.« Ebenso schlürfend, wie er hineingegangen war, trat er auch wieder nach draußen und zündete sich eine neue Zigarette an.

Aeden räusperte sich. »Ähm, bist du dir da sicher, Liv? Ich will ja jetzt nicht zimperlich sein, aber wie du vielleicht schon bemerkt haben solltest, ist mir mein Bike wirklich hoch und heilig.«

»Ja, das war bis jetzt nicht zu übersehen Aeden. Aber wir können sie nun mal jetzt nicht beide mitnehmen. Wie soll ich denn mit verbundenen Augen fahren? Und du kannst nicht zwei Fahrräder schleppen und noch eine Frau an deiner Seite haben, die nichts sehen kann. Mach' dir keine Sorgen, Mike ist echt total in Ordnung. Er wird gut darauf aufpassen. Deinem geliebten Fahrrad wird nichts passieren.

Wenn wir so ein Bike hier unten bei den Fahrradständern abstellen würden, dann kannst du dir sicher sein, dass es dort geklaut wird.«

»Okay, meins kann hierbleiben, aber dass von Nick nehme ich besser mit. Er wird es sicherlich schon vermissen.«

»Vertrau mir Aeden. So wie ich dir vertraue.«

Aeden nickte und musste sich eingestehen, dass es vermutlich in dieser Situation tatsächlich die beste Lösung war. Auch wenn es ihn schmerzte, sein ach so heiß geliebtes Crossbike hier stehen lassen zu müssen. Nick würde sein Fahrrad ganz sicher wieder zurückhaben wollen. Außerdem hatten sie keine Ahnung, wie viel Zeit ihnen noch blieb. Sie packten ein paar Getränke, Chips und Milchbrötchen ein, bedankten sich herzlich bei Mike und wünschten ihm und seinen Genossen noch einen schönen Abend.

»Gut, mal überlegen«, sagte Aeden. »Also, Herr Bergen wird jetzt hoffentlich noch völlig weggetreten sein. Wenn überhaupt, dann wird er allerhöchstens gesehen haben, dass wir gerade am Bahnhof stehen und eventuell gleich in eine der S-Bahnen steigen werden. Aber wenn ich dir die Augen verbinde, dann wird er zumindest nicht sehen können, in welche Richtung wir fahren.«

»Ein guter Plan«, entgegnete sie. »Weißt du denn schon, wohin du mich entführen willst?«

Er nickte. Aeden konnte nur darauf hoffen, dass eine Bahn bald kommen würde. Unten an der Treppe angekommen, verband er ihr die Augen und holte die Kopfhörer aus seiner Hosentasche, damit sie die Ansage am Bahnhof nicht mitbekommen konnte. Es war schon sehr spät am

Abend und nicht viele wollten um diese Uhrzeit noch mit der Bahn fahren. Doch diejenigen, die mit am Gleis standen, wunderten sich sehr darüber, als Aeden ihr die Augen verband und Liv ein paar Mal im Kreis drehte, so als würden sie Topfschlagen spielen. Eine Dame, die wohl gerade von einem langen Arbeitstag im Büro mit ihrer Aktentasche am Bahnhof stand, schaute Aeden etwas besorgt und ernst an.

»Was soll das denn werden, wenn es fertig ist?«, fragte sie ernst.

»Wir spielen ein Spiel. So eins dieser Vertrauensspiele, wissen Sie?«

Doch die Dame glaubte ihm nicht so ganz. »Kind, ist denn auch alles in Ordnung bei dir?«, sprach sie zu Liv.

»Ja, ja, es ist alles in bester Ordnung«, stotterte sie. »Alles okay. Mein ... Freund und ich machen andauernd so verrückte Dinge. So was wie: "Ich lasse mich jetzt nach hinten fallen und er fängt mich auf" und solche Spiele«, dabei drückte sie sich liebevoll an Aeden heran, um der Frau zu zeigen, dass alles gut sei.

Sie zog die Augenbrauen hoch und schüttelte völlig entsetzt den Kopf. »Ihr habt sie ja nicht mehr alle. Das ist wirklich saugefährlich, was ihr hier macht. Das ist kein guter Umgang für dich, Mädchen. Ich sage es dir. Solche Jungs bringen einem nur Ärger und auf die allerdümmsten Ideen. Ich spreche da aus Erfahrung. Merke dir meine Worte.« Sie schüttelte immer noch verärgert den Kopf. »Also dieser Jugend von heute ist nun wirklich nicht mehr zu helfen«, redete sie weiter verständnislos vor sich hin. Als die Frau weit genug entfernt war, nahm Aeden die Kopfhörer und drückte den Stecker in sein Handy.

»Irgendeinen besonderen Musikwunsch, die Dame?«, fragte Aeden, doch sie verneinte. »Hauptsache etwas, was laut ist und alles übertönt«, antwortete sie.

»Etwas Rockiges vielleicht?«, und sie nickte. Aeden konnte ihre Anspannung nur allzu gut nachempfinden. Keiner von ihnen konnte nur Ansatzweise verstehen, was alles in den letzten Stunden geschah und wohin das Ganze noch führen wird. Bis vor wenigen Tagen machte Aeden sich noch über ganz andere Dinge in seinem Leben Gedanken und nun mussten sie vor einem unbekannten Wesen fliehen. Er zwang sich, seine Angst auszublenden und sich zusammenzureißen. Denn das Versprechen, welches er Baldur gab, wollte und musste er um jeden Preis einhalten. »Na, dann wünsche ich dir viel Spaß beim Hören«, sagte er und tippte auf die Playlist. »Und eine gute Fahrt verehrte Dame.« Er drehte den Sound auf. »Du bist wirklich ein Gentleman, Aeden.« Sie lächelte, ohne genau zu wissen, wo er stand, und steckte sich die Stöpsel in die Ohren.

»Dir wird nichts geschehen, kleine Eisprinzessin. Das verspreche ich dir«, antwortete er, doch sie hörte seine Worte nicht mehr.

»Super Song«, schrie sie durch den gesamten Bahnhof. »Shawn James. Den Sänger höre ich auch total gern«, und Aeden musste über ihre laute Stimme lachen.

XXᚹRFЧIᚱ

Nach einigen Minuten des Wartens fuhr endlich eine Bahn in die Gleise ein und Aeden half ihr einzusteigen. Zur Sicherheit, und um den meisten verwirrten Blicken zu entgehen, setzte er sich mit ihr in den letzten Waggon, wo nur noch ein paar Jugendliche am anderen Ende des Abteils saßen und sich angeregt unterhielten. Sie lachten und grölten wie wild herum, sangen laut die Lieder mit, welche eines der Mädchen mit ihrem Handy abspielen ließ und beachteten die beiden gar nicht. Die dröhnenden Bässe hallten durch Livs Ohren. Von all dem bekam sie nichts mit.

Nach zwei Stationen, die sie trotz Widerwillen mitzählte, stiegen sie wieder aus. Eigentlich mussten sie nur eine Station fahren, um an Aedens Versteck zu gelangen, aber er entschied sich bewusst für einen kleinen Umweg. Denn wenn Liv umso weniger wusste, wo sie sich befinden könnte, dann konnte Herr Bergen es ebenfalls schlecht erraten. Als sie weit genug vom Bahnhof standen, nahm Aeden ihr die Kopfhörer ab.

»Ist alles in Ordnung?«, fragte er.

»Ja. Hat doch gut geklappt bis jetzt. Ich fühlte mich nur ein wenig wie die drei Affen.«

»Die wer?«

»Na die drei Affen. Nicht hören, nicht sehen und nicht sprechen.«

Aeden fing an zu lachen. »Wir haben es ja bald geschafft, Gott sei Dank.«

Er half ihr dabei, sich auf die Stange des Fahrrades zu setzen. Vorsichtig tastete sie das Fahrrad und den Lenker ab, um sich festhalten zu können. »Halt' dich am besten hier fest«, sprach er ruhig, nahm sanft ihre Hände in die seine und führte sie in die Mitte des Lenkrades.

»Nur versuche bitte nicht zu lenken. Sonst treffen wir am Ende mit unseren Gesichtern noch eine Straßenlaterne.«

»Ich versuche, ruhig zu bleiben«, schluckte sie. So ganz wohl war ihr bei der Sache nicht. Es war schon eine echte Herausforderung für Liv, auf einem Fahrrad zu sitzen und nicht sehen können, wo sie hinfährt. »Ich weiß ja leider nicht, wann du abbiegen und in welche Richtung du fahren wirst.«

»In Ordnung. Am besten, ich sage dir immer vorher Bescheid, sobald ich nach links oder nach rechts abbiegen muss, und ab wann es auf oder abwärts geht.«

»Abwärts?«, fragte sie schockiert.

»Ach, nur einen kleinen Hügel fahren wir zum Schluss hinunter. Hab keine Angst. Aber halte dich gut fest. Mit dem Fahrrad werden wir einfach schneller da sein und dich sicher verstecken können.« Liv war dabei zwar überhaupt nicht wohl und am liebsten hätte sie das Seidentuch von den Augen genommen. Doch sie hielt inne und riss sich mühselig zusammen.

Nach einer Weile klappte es. Wenn Aeden sagte, dass es nach links oder rechts ging, versuchte sie sich seinen Bewegungen anzupassen. Sie genoss es, ihm so nahe zu sein, und erwischte sich immer wieder dabei, wie sie jeden Windhauch, der seinen Geruch mit sich trug, gierig aufsog. Selbst nach solch einem ereignisreichen Tag und der brütenden Hitze, die in der Nacht noch anhielt, roch er so unfassbar gut. Seine Haut duftete so angenehm nach einem leichten Aqua Aftershave. Ein Duft, der sie an eine frische Brise eines Sommertages erinnerte. Natürlich war nicht nur das Aftershave so anziehend. Ihr junger Held roch einfach gut. Sie verstand plötzlich, was es heißt, jemanden gut riechen zu können.

Gerade als Liv sich in ihrer Fantasie schon völlig verlieren wollte, kam der Hügel, von dem Aeden vorhin sprach. Liv überkam auf einmal geballte Panik und sie fing dadurch ungewollt zu wackeln an. Doch es war zu spät. Aeden rief noch, dass es jetzt abwärts ging, als Liv auch schon unabsichtlich das Lenkrad zur Seite riss. Aeden versuchte, das Fahrrad krampfhaft wieder aufzufangen, aber durch die Geschwindigkeit und Livs Panik war es schier unmöglich. Er drückte so doll, wie es ging auf wie Bremse, wodurch sie vom Fahrrad fielen und mitten auf der Kreuzung landeten. Aeden hob seinen Kopf und stieß einen lauten Schrei aus, als er ein näher kommendes Auto sah. Obwohl Liv immer noch nichts sehen konnte, spürte sie die Gefahr, und eine Mischung aus Angst, Panik und Adrenalin verlieh ihr ungeheure Kraft. Sie packte Aeden direkt am Arm, zog ihn hoch, bis beide wieder aufrecht standen und riss ihn mit sich zur Seite. Plötzlich bewegte sich auch für Aeden alles sehr viel langsamer. Oder kam ihm das nur so vor? Er konnte beobachten, wie das Auto in schleichender Geschwindigkeit auf sie zufuhr, als wäre alles um ihn herum in Zeitlupe. Livs Stimme klang ebenfalls so, als sie schrie: »Los nach links!«

Das Auto kam immer näher. Es war nur noch eine Armlänge entfernt. Aeden sah sich schon im selben Krankenhaus wie Herr Bergen landen, da zog es ihn plötzlich von der Straße weg. Sie flogen durch die Luft und landeten auf dem Gehweg. Das Ganze glich einem gut eingeübten Stunt aus einem Actionfilm. Alles bewegte sich so unfassbar langsam, dass Aeden dachte, er würde eine gefühlte Ewigkeit durch die Luft fliegen. Als sie auf dem Boden lagen und Liv ihn losließ, war dieser Moment plötzlich verschwunden, und die Zeit schien wieder im normalen Takt zu laufen. Das Auto bremste scharf, quietschte dabei laut auf und hielt schließlich an.

Ein Mann stieg aus und rannte besorgt zu ihnen. »Herrgott Kinder, ist denn auch alles in Ordnung bei euch?« Aber als er sah, dass Liv die Augen verbunden hatte, verwandelte sich seine Besorgnis in rasende Wut. »Sagt mal, seid ihr nicht ganz dicht?!«, brüllte er sie an. »Seid ihr denn wirklich völlig übergeschnappt?«, schrie er weiter auf sie ein. »Ich hätte euch eben um ein Haar überfahren. Was habt ihr euch bloß dabei gedacht? Ihr spinnt ja völlig. Macht eure dummen und sinnlosen Mutproben gefälligst woanders und setzt nicht andere und unschuldige Leben aufs Spiel. Unfassbar, wirklich. Was fällt euch eigentlich ein?«

Liv konnte nur noch ein zitterndes »es tut uns wirklich leid«, aus sich herausbringen. Zu tief saß in ihr noch der Schock, doch es tat ihr wirklich leid. Das war tatsächlich eine absolut dumme Idee und hätte tödlich enden können. Sie hatten unglaubliches Glück gehabt. Aber der Mann überhörte Livs eh völlig sinnlose Entschuldigung. Er stampfte nur noch fluchend und brüllend zu seinem Auto und fuhr davon. Sie konnten ihm seine Verärgerung wirklich nicht übel nehmen, er hatte auch vollkommen recht. Es war absolut dumm, so den Hügel hinunterzufahren und somit nicht nur das eigene, sondern vor allem auch das Leben anderer zu gefährden.

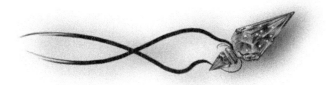

16. Auf der Flucht

Hamburg, Krankenhaus Notaufnahme

»Baldur!« Martin Bergen riss die Augen auf und stieß den Namen seines Feindes laut aus, als er im Krankenhaus erwachte. Sofort blickte er auf seine breite und mit sichtlich teuren Steinen besetzte Armbanduhr. Es war mittlerweile 00.53 Uhr. Der ganze Vorfall in seinem Haus war also nicht einmal zwei Stunden her gewesen. Er setzte sich ein Stück auf und sein Blick schweifte umher. Er lag offensichtlich im Krankenhaus, in einem kleinen Zimmer. Sein Schädel brummte. Er erinnerte sich daran, wie Baldur einen Stein auf ihn warf und ihm danach die Lichter ausgingen. Er hat ihn doch ganz schön malträtiert. So schnell zu Boden zu gehen, war er in der anderen Welt mit seinem wahren Ich nicht mal ansatzweise gewohnt. Aber die Gestalt eines menschlichen Wesens anzunehmen, hatte nun mal seine Tücken. Allerdings war es nicht nur allein der Schmerz, den er in seinem Kopf und an seinem Körper verspürte. Nein, er hatte Durst. Er roch das viele Blut, welches man in Krankenhäusern nur allzu gut und schnell bekommen konnte. Aber er wollte keines, welches ordentlich verschweißt, eingepackt und nach Blutgruppen fein sortiert in den Kühlschränken zu finden war. Er brauchte frisches Blut. Wo auch immer sich die Dame in ihrem Abendkleid befand oder ob sie noch am Leben war, kümmerte ihn nicht. Sie war nicht mehr erreichbar für ihn. Er musste sich schleunigst ein anderes Opfer suchen. Leise setzte er sich ein wenig auf und sah auf seine Schuhe, die auf der anderen Seite des Zimmers auf dem Boden lagen. Vor der Tür hörte er zwei Polizisten, wie sie auf dem Flur standen, leise redeten und nur darauf warteten, bis er aufwachen würde, damit sie ihn befragen konnten. Die Vorfälle in seinem Haus warfen viele Fragen auf.

Sein Blick schweifte nach draußen. Wenn er jetzt aus dem Fenster sprang, würde es vielleicht niemand mitbekommen. Also richtete er sich auf, riss sich in einem Ruck, ohne jegliches Gefühl, die Kanülen aus seinem Arm heraus und stand auf. Still und leise zog er sich seine Sachen an und musste mit Bedauern feststellen, dass seine Schlüsselkarte fehlte. Er wusste sofort: Baldur hatte sie ihm aus der Jackentasche entnommen. Leise versuchte er, das Fenster zu öffnen. Er rüttelte so unbemerkt, wie er nur konnte, an der Verriegelung. Doch das Fenster war gut verschlossen, dass ihm letztendlich nichts anderes übrig blieb, als es gewaltsam einzuschlagen und das äußere Gitter wegzutreten. Durch den Lärm wurden die Polizisten natürlich aufmerksam und stürmten ins Zimmer. Da sahen sie, wie Herr Bergen gerade dabei war, aus dem Fenster zu klettern.

Sie riefen seinen Namen und wollten ihn zurückziehen. Er fiel zu Boden, sprang aber in derselben Sekunde wieder auf. Seine blutroten Augen leuchteten gleichermaßen vor Durst, Gier und Wut, die in ihm tobte. Er konnte es nicht zulassen, dass Liv und Baldur ihm jetzt entwischten. »Gut!« Er drehte den Kopf zur Seite und schnalzte mit der

Zunge. »Dann gibt es eben einen Bullen zum Abendessen«, grollte er und fletschte seine Zähne. Er sprang auf die beiden Polizisten zu und ein wilder Kampf entstand. Doch Bergen war zu stark. Er nahm den ersten Mann in die Mangel, biss ihm direkt in den Hals und riss ihm ein riesiges Stück Fleisch heraus. Das Blut lief aus seinem Mund seine Kehle hinab und die Blutspritzer verzierten die kahle cremefarbene Wand. Er zerkaute das große Stück und spuckte es wieder aus. Blut ergoss sich in Strömen aus dem Hals des Opfers und Bergen nahm einen weiteren großen Schluck. Dann schmiss er den reglosen Körper eiskalt zu Boden. Bergen wischte sich genüsslich sein blutverschmiertes Gesicht mit der Hand ein wenig sauber und widmete sich dann dem anderen Polizisten, der die Waffe bereits auf ihn gerichtet hielt. Wie gelähmt stand er da. Auf vieles war er in seiner Ausbildung vorbereitet worden. Blutsauger gehörten nicht dazu. Ihm schlotterten die Knie, während er auf ihn zielte und seine Stirn von unzähligen Schweißperlen übersät war. Bergen war es egal, ob der Polizist auf ihn schießen würde. Ihm würde solch eine Kugel eh nicht viel anhaben. Vor allem aber, weil er vorhatte, diesen Ort für immer zu verlassen und in seine Heimat zurückzukehren. Er hatte seiner Herrin einst ein Versprechen gegeben und das verpflichtete ihn bis in alle Ewigkeit.

Das Blut ließ ihn in das Leben des jetzt verstorbenen Polizisten hineinblicken. *Vater dreier Kinder, seit zwanzig Jahren verheiratet. Schlägt seine Ehefrau und geht regelmäßig mit verschiedenen Affären fremd.* Nein, dieser Bulle war kein guter Mensch. Er hat seiner Frau einen Gefallen getan. Das war nun vorbei.

»Du ..., du Monster!«, schrie der andere, der immer noch krampfhaft und mit zitternden Händen die Waffe auf ihn gerichtet hielt. Genervt blickte Bergen ihn an und fasste den Augenblick zusammen: Er hatte genug Blut in sich und es fehlte ihm an Zeit, sich auf einen weiteren Kampf einzulassen, denn er hatte es eilig. Es dauerte nur ein Blinzeln und er war beim Mann. Ein rascher Hieb reichte, um seinen Gegner an die Wand zu schleudern. Er war schon bewusstlos, bevor er gegen die Wand knallte und zu Boden sackte. Der laute Kampf hatte natürlich für Aufmerksamkeit gesorgt. Der Alarm ging los und die Krankenschwestern rannten angsterfüllt und panisch durch die Gänge. Er sah zum Fenster, welches er bereits aufgebrochen hatte. Mit zwei Schritten Anlauf sprang er hinaus. Draußen hörte er schon die Sirenen der Streifenwagen, die vorm Krankenhaus hielten. In Scharen stürmten die Männer und Frauen hinein. Bergen war schon längst auf und davon. Er brauchte einen ruhigen Ort. Er musste sich konzentrieren, durfte die Verbindung zu Liv nicht verlieren. Hektik, Adrenalin und Stress bedeutete, dass das Blut, welches er aufnahm, nicht immer klare Informationen liefern konnte. Er lief ein gutes Stück in den Wald hinein. Sein Haus war auf dem direkten Weg auch zu Fuß schnell zu erreichen. Als er sich nach einigen Kilometern in Sicherheit wog, atmete er tief durch, um sich zu konzentrieren. Warum war dieser Körper nur so schwach? Selbst nach genügend Blut fehlte es an Kraft und Ausdauer. Könnte er sich doch nur in den Barghest verwandeln. Aber auf der Erde war es einfach nicht möglich. Nach sechzehn Jahren vermisste er seine tierische Gestalt über alle Maßen. So hätte er viel mehr Kraft und Energie.

Er schloss die Augen und verfolgte Livs letzte Schritte. Er konnte erkennen, wie sie von seinem Haus wegrannte und mit dem Fahrrad wegfuhr. Und er konnte sehen, wie sie am Neugrabener Bahnhof stand und in Richtung S-Bahn lief. Dann wurde es dunkel. Zwar konnte er einen Teil ihrer Gedanken mitbekommen. Sie hatte Angst, dennoch war sie erstaunlich ruhiger, als er es von ihr gedacht hätte. Aber sie hatte immer noch keine Ahnung, wer sie war. Sie kannte ihre Möglichkeiten nicht. Das tröstete ihn keineswegs. Er hat sie verloren und er verstand auch warum. »Verflucht«, schrie er durch die Bäume, die sich knarrend im Winde wogten. »Diese kleine Kröte muss sich die Augen verbunden haben.«

Verbittert brüllte er auf und lief zu sich nach Hause. Viel Zeit hatte er nicht. Die Polizei würde sicherlich immer noch da sein.

Wie eine Gazelle schlich er zwischen den Bäumen entlang und kreuzte flink die Straßen, ohne zu sehr ins Licht zu geraten. Mit einem einzigen Sprung flog er regelrecht über die Mauer seines Gartens. Die Polizei hielt sich im unteren Bereich des Hauses auf. Über eine dicht bewucherte Efeuranke kletterte er unbemerkt auf das Dach seines Anwesens und sprang ganz leise durch das Fenster des oberen Badezimmers. Rasch schlich er in sein Schlafgemach, schnappte sich eine seiner Sporttaschen und packte sich das nötigste ein. Alles, was selbst einem Barghest lieb und teuer war. Es sollte das letzte Mal gewesen sein, dass er hier verweilte. All das ging so leise und schnell vonstatten, dass niemand etwas bemerkte. Als er im oberen Bereich des Hauses fertig war, schlich er sich in das untere Geschoss, wo die Kriminalpolizei unaufhörlich bei der

Spurensicherung war. Bergen beobachtete die Polizisten eine ganze Weile und wartete, bis sie ihre Ermittlungen in das Wohnzimmer verlegten. Sie waren viel zu sehr damit beschäftigt, die Spuren zu sichern und den Fall schnellstmöglich zu lösen. Selbst der Hauptkommissar wirkte alles andere als gewieft genug, um zu kapieren, was sich tatsächlich in diesem Hause abgespielt hatte.

Wie dumm die Menschen doch sind. Und wie unfassbar beschränkt ihre kleinen Gehirne denken. Er lachte innerlich. *Sie würden nicht einmal auf die Idee kommen, dass es vielleicht noch andere Wesen gibt, außer der menschlichen Rasse. Menschen ..., welch ein minderbemitteltes und einfältiges Volk! Haben es gar nicht verdient, solch wunderbaren Fleck der vielen Welten zu besitzen. Dabei besaßen sie die größte von allen, ohne es überhaupt zu wissen. Menschen, die ihr Hab und Gut wie Dreck behandeln, werfen alles weg, was sie nicht mehr für wichtig erachten oder auch nur, weil es sie ganz einfach langweilt. Keine Wertschätzung, keine Ehre, keine Achtung vor sich und seinem Besitz. Menschen, so stupide, so unfassbar leicht durchschaubar und in Wahrheit zu nichts anderem gemacht, als gefressen zu werden. Sie waren es nicht wert, auf der wunderbaren Erde zu verweilen. Er war sich ganz sicher, seine Herrin Tilda würde eine so viel bessere Welt daraus gestalten. Er dachte sich, dass, wenn auch nur Wesen seinesgleichen Midgard, die Erde besäßen würden, dann hatte sie viel mehr Liebe, Zuneigung und Achtung erfahren. Aber auch mit Härte und Strenge. Umweltverschmutzung, Atombomben, ganze Wälder einfach vernichten. All der Terror, dieser kranke Wahnsinn. Nicht einmal der dunkelste Elbe, der boshafteste Troll oder der selbstsüchtigste Zwerg würde dies seiner eigenen Welt antun.*

Er blickte auf die weit offenstehende Stahltür. Die Kiste mit den Wappen war weg. So viel war sicher. Er brauchte nicht mehr danach suchen. Sein Armband jedoch, welches im Brunnen lag, hoffte er noch, an seinem gewohnten Ort zu finden. Schnell schlich er in den muffigen Raum und wollte nach dem Armband greifen. Ernüchternd musste er feststellen, dass es nicht mehr da war. Er wusste genau, dass die Bullen es nicht hatten. »Baldur! Sei verflucht, verdammt noch mal!«

Sein Zorn wuchs. Nun hatte Baldur all das, was je eine Bedeutung für ihn auf der Erde hatte. Er lief wieder nach oben und sah in den Flur. Die Polizei war immernoch in den anderen Zimmern beschäftigt. Sein Handy, mit all den wichtigen Nummern, durfte er nicht einfach hier lassen. Er brauchte sie noch. Baldur musste vernichtet werden. Aber ohne seine Privatsoldaten war er ihm absolut unterlegen. Zwischen all den Blutspuren und dem Chaos, das verursacht wurde, entdeckte er sein Smartphone. Dass die Polizei es noch nicht gefunden hatte, wunderte ihn keineswegs. Sie waren mit den aktuellen Meldungen, dass Martin Bergen aus dem Krankenhaus geflüchtet war und einen ihrer Kollegen getötet hatte, viel zu beschäftigt. Sie konzentrierten sich eben auf die falschen, nicht wesentlichen Dinge.

Martin schlich den Gang entlang und wartete noch einen Moment. Und als er sich sicher war, dass ihn niemand sehen würde, tänzelte er regelrecht durch den langen Flur. Sein Blick fiel sofort auf den leeren Rahmen. Baldur muss die Weltkarte vom Weltenbaum mitgenommen haben. Schnell griff er nach seinem Smartphone. 75 Prozent Akku. Dies sollte genügen für seine letzten Taten auf der Erde.

Umgehend steckte er es in die Hosentasche und lief wieder zurück in Richtung Treppenstufen. Ein Polizist sah den Schatten seiner Gestalt und schrie auf. »Da ist er!«

Bergen sprang wie ein wahnsinniger die Stufen hinauf und sprintete in Windeseile nach oben. Die Polizisten zielten auf ihn. Mehrere Schüsse fielen. Es war klar, die Menschen hatten erkannt, dass Martin Bergen eine Bestie war. Und dennoch waren sie zu langsam für ihn. Martin rannte in sein Schlafgemach zurück, schmiss seine gepackte Tasche durch das Fenster und sprang ebenso schnell hinterher. Mit einem Satz landete er von der oberen Etage auf den Grund des Bodens. Sofort griff er nach seinem Gepäck und rannte davon. Er lief schnell und ohne Rast, auch wenn die Verletzungen ihre Spuren hinterlassen hatten. Nachdem er eine ganze Weile durch den Wald gerannt war und sich in Sicherheit wog, holte er sein Telefon heraus und wählte die Nummern seiner Schläger.

17. Endlich in Sicherheit

Hamburg, Fischbek

Liv keuchte. Vor lauter Adrenalin rauschte das Blut wie der Ozean in ihren Ohren. Ging es ihm gut? Sie war verunsichert. Aber vor allem, weil sie sich dieses verfluchte Tuch immer noch nicht von den Augen reißen durfte. Sie konnte es sich nicht verzeihen, dass sie das Lenkrad einfach an sich gerissen und beide in solch eine Gefahr gebracht hatte. Es hätte wirklich schlimm ausgehen können.

»Aeden? Ist alles in Ordnung bei dir?« Doch Aeden war ganz still. Er brachte keinen Ton aus sich heraus.

»Aeden? Bitte antworte doch. Sag doch bitte etwas.«

»Ich bin hier« Er holte tief Luft.

»Was ist los? Hast du dich verletzt? Oh, diese verfluchte Augenbinde! Ich würde sie so gerne abnehmen, um nach dir zu sehen. Ist wirklich alles okay bei dir?«

»Es ist alles in Ordnung, Liv.« Er hielt kurz inne. »Es sind nur ein paar kleine Schrammen. Weiter nichts. Mach dir keine Sorgen. Ich bin schlimmere Verletzungen gewohnt.«

»Gott sei Dank. Es tut mir echt leid, Aeden. Ich weiß auch nicht. Ich bekam Panik und dann passierte auf einmal alles so schnell.«

»Schon gut. Das war auch wirklich eine total dumme Idee von mir«, erwiderte er. »Puh! Das war aber auch extrem knapp. Aber wir haben es gerade noch so geschafft. Dank dir. Hättest du nicht die Zeit ...«, er stoppte, um das, was er sagen wollte, in eine Frage zu formulieren.

»Wie um alles in der Welt hast du das gemacht? Ich meine ..., hast du gerade wirklich die Zeit gebremst? Oder bin ich jetzt etwa völlig verrückt geworden?«

Liv zuckte zusammen vor Schreck. Damit hatte sie wirklich nicht gerechnet.

»Wie? Das hast du tatsächlich gesehen?«

»Gesehen fragst du? Ich konnte es regelrecht spüren. Das war gerade total abgefahren. Erst sah ich das Auto in rasender Geschwindigkeit auf uns zukommen. Aber in dem Moment, als du meinen Arm gegriffen hast, wurde alles plötzlich ganz langsam. Ich sah und empfand jeden einzelnen Moment in slow motion. Es war, als würde ich durch meine Kamera sehen und gleichzeitig war ich auch der männliche Hauptdarsteller ...«, er überlegte eine Sekunde.

»Wie in Zeitlupe«, sprachen es beide dann zeitgleich aus.

»Das gibt es doch gar nicht. Und ich dachte, ich bin die Einzige, die das sehen und fühlen kann. Ich dachte, ich bin verrückt!«

»Also ist dir das schon öfter passiert? Du bist wirklich der Oberknaller. Warum kannst du das?« Aeden sprühte vor Begeisterung.

»Na ja. Nicht wirklich. Eigentlich nur zwei Mal bis jetzt. Als wir bei Herrn Bergen waren und ich das Tablet mit den Getränken auffing. Da passierte es zum ersten Mal. Ich sah das Tablet, wie es in Zeitlupe durch die Luft flog, und konnte es dann einfach so wieder auffangen. Und dann noch ein weiteres mal, als Baldur die Säule auf Herrn Bergen werfen wollte. Ihr habt alle fast reglos da gestanden. Aber ich konnte mich bewegen. Ich lief zu der Säule und schob sie ein Stück zur Seite. So prallte sie nur leicht gegen Bergens Schulter. Im Nachhinein bereue ich diese Tat. Ich wusste einfach nicht, wie ich mich verhalten sollte. Wenn dich plötzlich dein eigener Lehrer angreifen will, dann ist man dezent überfordert.«

»Aber wie machst du das?«, fragte er.

»Ich weiß es nicht«, stotterte sie. »Ehrlich. Ich habe keinen blassen Schimmer, wie ich das anstelle. Anscheinend löse ich eine Kraft in mir aus, wenn ich mich in einer brenzligen Situation befinde.«

»Ja. Brenzlig ist jetzt wirklich das passende Wort in diesem Moment«, schmunzelte Aeden und blickte auf das verbogene Fahrrad. *Nick wird ausflippen.* »Warum hast du uns das denn bisher nicht erzählt?«

»Na, was hätte ich denn sagen sollen? Guckt mal her, ich kann die Zeit beeinflussen?«

»Ja, schon klar. Aber das ist total cool. Weißt du, wie sehr ich mir das für meine Tricks wünsche? Mal eben bei einer Aufnahme die Zeit anhalten. Wie geil ist das denn bitteschön?!«, lachte Aeden. »Hast ja recht. Wir hätten dich bestimmt zu den Verrückten gepackt. Weißt du noch, was Baldur vorhin meinte, dass du auch Fähigkeiten in dir trägst? Du kannst schon perfekt mit ihnen umgehen. Was hast du noch drauf? Was hast du für Skills?«

Liv wusste nicht so recht, was sie darauf antworten sollte. »Ich hab keine Skills. Ich bin kein Nerd. Sei kein Idiot. Ich habe keinen blassen Schimmer. Ich kontrolliere einen Scheiß, verstehst du? Das passiert einfach so. Vielleicht kann ich morgen fliegen? Oder mit Tieren reden. Was weiß ich?«

Aeden sah sie unsicher an. Liv schüttelt nur den Kopf. Sie war vollkommen überfordert und er verstand es. Ihre frechen Bemerkungen überhörte er einfach am besten. Aber er hatte recht. Das musste sie zugeben. Was hatte sie noch für Fähigkeiten? Wann hatte sie schon großartig Zeit gehabt, darüber nachzudenken? In den letzten Tagen passierte alles in solch einer rasenden Geschwindigkeit und jeder Moment schien nur so an ihr vorbei zu rauschen.

Aeden stand auf und holte das Fahrrad, welches nur wenige Meter weiter von ihnen auf dem Gehweg entfernt lag und schaute es sich an.

»Lebt das Bike denn noch?«, fragte sie hoffnungsvoll.

»Ja, aber es hat ein paar ordentliche Kratzer abbekommen. Nick wird echt sauer sein, wenn er das hier sieht. Aber das kriegen wir auch schon noch irgendwie hin«, antwortete er zuversichtlich. »Ich kenne Nick. Wenn es um sein Mountainbike geht, ist er da genauso wie ich. Da hört der Spaß auf. Aber es ist, denke ich, am besten, wenn wir den Rest des Weges jetzt zu Fuß weiter gehen. Es ist auch eh nicht mehr weit. Wir müssen nur links die Straße rein und dann sind wir auch schon da. Ich schiebe das Fahrrad und du hältst dich einfach an mir fest. Und wenn wir da sind, dann wirst du auch sofort von dieser blöden Augenklappe befreit. Versprochen!«

»Aye Kapitän«, entgegnete sie.

Aeden schnappte sich das Fahrrad und griff Liv unterm Arm, damit sie sich so sicher fühlte, wie es nur möglich war. Sogar er hatte für die nächsten Tage erst einmal genug vom Radfahren. Liv war völlig erschöpft von dem Tag und den ganzen letzten Ereignissen. Sie brachte kaum einen Ton mehr von sich, war so kraftlos, dass sie sich am liebsten sofort hinlegen und einfach nur schlafen wollte. Ihre Hand pochte von der Verletzung und sie hatte keine Schmerztabletten dabei, womit sie wenigstens ein paar Stunden zur Ruhe kommen konnte. Doch die brennende Ungewissheit in ihr würde sie sowieso wach halten. *War das alles tatsächlich passiert?* Sie ließ alles noch einmal genau in ihrem Kopf Revue passieren. Ihr Lehrer, denn sie schon so lange kannte, sollte eine Bestie sein? Und der Falke war in Wahrheit ein riesiger muskulöser Kerl, der all die Jahre mit ihr in einem Haus gelebt hatte? Es war alles zu verrückt, um es wirklich zu glauben.

Aeden hielt an. »So, wir sind da. Aber bitte warte noch kurz. Ich führe dich gleich hinein.« Aeden war mindestens genauso erschöpft wie sie, doch er versuchte, es sich weiterhin nicht anmerken zu lassen. Er machte sich viel mehr Sorgen um sie, als um sich selbst, obwohl er sich seinen Knöchel bei dem Sturz höchstwahrscheinlich verstaucht hatte. Doch in seinen Adern floss noch so viel Adrenalin, dass sich die zugezogenen Wunden wahrscheinlich erst am nächsten Tag bemerkbar machen würden. Und selbst wenn. Er hatte durch seine speziellen Hobbys schon viel schlimmere Verletzungen gehabt. Liv hörte, wie etwas nach oben geschoben wurde und kurz darauf mit einem knatternden Geräusch anhielt.

»Keine Angst, das ist nur das Garagentor«, sagte er und griff ihr erneut unter den Arm, um sie in die Garage zu geleiten. Das Tor schloss sich hinter ihr und sie bemerkte, dass er das Licht einschaltete. »Bleib hier bitte kurz stehen, ich stelle nur das Fahrrad ab.« Einen Moment lang war es still.

»Aeden?« Es war schon ein sehr mulmiges Gefühl, nicht zu wissen, wo sie war, auch wenn sie ihm vertraute. Dann griff Aeden nach ihrer Hand. Liv erschrak kurz, entspannte sich jedoch gleich wieder. Wie oft hatte sie heute schon seine Hand gespürt? So oft, dass sie genau wusste, wie diese sich anfühlte.

Durch die Garage und die nächste Tür landeten sie vor einer Treppe, die nach unten führte.

»Ist das hier dein zu Hause?«, fragte sie neugierig.

»Wer weiß?«, belächelte er die Frage. Unten angekommen, schaltete er die Lampe an und nahm ihr unverzüglich die Augenbinde ab. Sie blinzelte einige Male, um sich an das Licht zu gewöhnen. Aeden reagierte sofort und dämmte es ein wenig.

»Endlich!«, sprach sie erleichtert und schaute sich noch mit leicht verschwommen Blick im Raum um, wo eine abgenutzte, senfgelbe Ledercouch stand mit zwei mindestens genauso alten Sesseln. An der Ecke stand ein abgewetzter Kickertisch. Auf der anderen Seite des Raumes war eine Werkbank, wo ein zerlegtes Mountainbike lag, ebenso wie verschiedene Fahrradreifen, die über der Bank hingen und die unterschiedlichsten Werkzeuge, die liebevoll platziert waren.

»Wir sind bei meiner Oma. Sie schläft ganz oben hier im Haus. Aber keine Angst, sie wird es gar nicht bemerken, dass wir hier sind. Und selbst wenn. Sie ist es gewohnt, dass ich hier zu jeglicher Uhrzeit auftauche. Den Keller hat sie mir damals überlassen, als mein Opa verstarb. Hier kann ich an meinen Bikes herumschrauben und mich mit meinen Kumpels treffen.«

Liv sah auf ein Foto über dem alten Sofa hängen, worauf Aeden mit seinen beiden Freunden Nick, Felix und ein paar weiteren Kumpels abgebildet war. Sie waren bei einer Show für Mountainbike Stunts.

Aeden schaute ebenfalls auf das Bild. »Wir sind "Die Backflips".« Er lachte kurz. »Na ja, so nennen wir uns zumindest im Internet für unsere Stuntvideos. Wir sind mehr als nur Kumpels. Wir sind hier eher wie eine Familie. Mein Vater will nicht, dass ich das in unserem Haus mache. Für ihn zählt eben immer nur das, was er für richtig und sinnvoll im Leben empfindet. Wie mit dem Fechten zum Beispiel. So etwas wie an Bikes herumschrauben, kann er einfach nicht verstehen. Er akzeptiert es nicht. Fertig. Aus. Hier haben wir einen Ort, an dem wir an den Bikes rumschrauben oder auch einfach auf der Spielkonsole zocken können.«

»Verstehe«, Liv nickte, sah die Wut in seinen Augen und die ganz offensichtlich fehlende Liebe, die ihm von seinem Vater verwehrt blieb.

»Ich verbringe eigentlich die meiste Zeit hier mit Felix und Nick. Vor allem, bevor wir losziehen und unsere Videos drehen wollen. Ich würde dir ja gerne mehr darüber erzählen, aber ...«

»Ja. Schon gut, Herr Bergen, ich weiß!«

Sie setzten sich hin und aßen erst einmal etwas. Aeden schrieb währenddessen Felix eine Nachricht, um ihnen mitzuteilen, wo sie sich aufhielten. Liv bat noch um einige Dinge, die ihre Tante für sie einpacken sollte. Dinge, die ihr einfach wichtig waren. Wann würde sie nach Hause zurückkehren können? Konnte sie es überhaupt noch? Stand ihr nun ein Leben aus Flucht bevor? Es waren beängstigende Gedanken. Liv musste sich ablenken. Ein paar Gespräche über normale Dinge würden jetzt nicht schaden.

»Aeden. Ein ziemlich ungewöhnlicher Name. Wie sind deine Eltern denn darauf gekommen?«, fragte sie, um ein Gespräch aufzubauen. Doch ahnte sie natürlich nicht, da einen ziemlich wunden Punkt in ihm zu treffen.

»Meine Mutter!«, antwortete er und biss von seinem Brötchen ab. »Sie verpasste mir den Namen. Ich finde ihn total bescheuert«, nuschelte er durch das Zerkaute hindurch. »Sie kommt ursprünglich aus England und lebt seit einigen Jahren dort auch wieder.«

»Das tut mir leid, dass deine Eltern getrennt sind«, sagte Liv.

Er verzog die Lippen. »Das muss es nicht. Sie kam damals zum Studieren nach Hamburg und lernte meinen Vater kennen. Kurz danach kam ich dann auf die Welt. Ich bin ein …, wie nennt man es so schön, ein Unfall?« Er lachte gekünstelt.

»Wie meinst du das?«, hakte sie nach.

»Na ja, sie steckte mitten in ihrem Studium und wurde dann wohl aus Versehen schwanger. Das hat ihr wohl nicht so ganz gepasst. Kurz nach meiner Geburt trennten sie sich auch schon wieder. Es hat einfach nicht geklappt zwischen den beiden. Er wollte, dass sie zu Hause bleibt, aber sie wollte unbedingt ihr Studium beenden.« Er schaute auf den Boden und überlegte kurz. »Ich habe meine Mutter also kaum gesehen.« Betrübt lenkte er seinen Blick auf sein pappiges Milchbrötchen. »Entweder sie war in der Uni, oder sie war unterwegs.«

Liv sah, wie sich seine Laune rapide verschlechterte. So hatte sie ihn nun wirklich nicht eingeschätzt. Er schien von seiner Mutter ziemlich enttäuscht zu sein.

»Dann bist du also praktisch nur bei deinem Vater aufgewachsen?«

»Aufgewachsen schon. Aber ihn habe ich auch nicht sonderlich oft gesehen. Die meiste Zeit war ich tatsächlich hier, bei meiner Oma. Eigentlich hat sie mich aufgezogen. Mein Vater ist ein ziemlich hohes Tier und ständig auf Geschäftsreisen. Mal ist er in Hongkong, mal in Ghana. Ach, ich merke mir das mittlerweile schon gar nicht mehr, wo er gerade steckt. Aber durch ihn habe ich immerhin meinen besten Freund Felix kennengelernt. Unsere Väter arbeiten zusammen. Mit seinen fünf jüngeren Geschwistern ist er zwar nicht alleine, aber das machte ihn früh selbstständig. Die Kleinen brauchen eben mehr Aufmerksamkeit als er. Ich denke, allein deswegen verstehen wir uns so gut.«

»Verstehe«, nickte Liv.

»Tja, und meine Mutter hatte wohl nach ihrem Studium solch ein Heimweh, dass sie darauf sofort wieder nach England zurückgezogen ist.« Wieder schwieg Aeden einen kurzen Moment. Dann presste er seine Lippen wütend zusammen. »Und anstatt ihren Sohn zu fragen, ob er mit ihr nach London mitkommen möchte, ist sie einfach ohne ihn abgehauen. Sie hat mich einfach allein gelassen.« Fassungslos schüttelte er den Kopf. All die alten Emotionen kamen mit einem Mal wieder hoch. »Ohne auch nur einmal mit der Wimper zu zucken. Kannst du dir das vorstellen?« Wütend zerdrückte er das Brötchen in seiner Hand und zerbröselte es auf den Tisch.

Liv konnte dem nichts mehr hinzufügen. Sie verstand nur zu gut, wie es ihm all die Jahre ergangen war.

»Und jetzt kommen wir zu dem wahren Grund, warum ich den Namen Aeden bekommen habe. Kurz nachdem sie wieder nach England zurückgezogen war, hatte sie doch tatsächlich einen gewissen "Aeden" geheiratet. Ihre damalige Jugendliebe. Mittlerweile haben sie drei Kinder zusammen und leben glücklich und zufrieden mitten in London.« Er lachte zornig. Liv war fassungslos.

»Eigentlich rede ich nie darüber. Komisch, dass ich es dir eben einfach so erzählen konnte.«

Er überspielte das Ganze, bevor er noch sentimentaler wurde, indem er vom Sofa wieder aufsprang und zur Treppe Richtung Garage ging. Seine Knöchel schmerzten, aber das war ihm egal. »Ich werde dann mal eben Nicks Fahrrad holen und es so schnell wie möglich reparieren, bevor er hier gleich auftaucht.« Doch Liv lief ihm schnell hinterher und griff nach seiner Hand.

»Ich weiß ganz genau, wie du dich fühlst«, gab sie ihm ernst zu verstehen. »Mein Leben lang fragte ich mich immer wieder, wer ich eigentlich bin. Ja, meine Tante liebt mich über alles und ich sie ebenso. Ohne sie wäre ich nicht der Mensch, der ich heute bin. Aber dennoch fehlte mir immer etwas. Ich hatte nie Eltern, die an meiner Seite waren. Besonders die Schule hat mir immer wieder aufs Neue gezeigt, wie toll es sein muss, Eltern zu haben. Eltern, die sich um einen kümmern und sich um einen sorgen. Ständig habe ich meine Tante gefragt, wo ich herkomme oder wer meine Eltern sind. Warum sie mich nicht haben wollten. Aber nie bekam ich auch nur ansatzweise eine richtige Erklärung, geschweige denn eine vernünftige Antwort. Im Gegenteil, Edith hatte sich einfach nur immer wieder irgendwelche Ausreden einfallen lassen. Und irgendwann habe ich es dann sein lassen zu fragen. Bis heute.« Sie legte eine kurze Pause ein. Aeden wartete mit einem Kommentar, da er spürte, dass Liv noch nicht fertig war. »Auch Enna geht es sehr ähnlich. Ihre Eltern sind zwar da, sind aber nicht wirklich in der Lage, sich um sie vernünftig zu kümmern. Sie ist wie meine Schwester. Wir sind praktisch zusammen aufgewachsen. Allein, weil sie ständig bei uns wohnte. Ihre Eltern sind Edith sehr dankbar dafür. Das weiß Enna auch. Aber ihr fehlt es ebenso an Liebe von der eigenen Mutter.«

Tatsächlich fühlte Aeden sich zum allerersten Mal endlich richtig verstanden. Irgendetwas hatte dieses außergewöhnliche Mädchen mit ihren langen weißen Dreadlocks und so bezaubernden rosigen Lippen an sich, was ihm so gefiel, dass er sich in ihrer Nähe einfach immer gut fühlte.

»Unsere Familien sind wohl nichts zum Vorzeigen. Manchmal entstehen ja aus Freundschaften Familien. Also richtige«, antwortete er und blickte ihr tief in die Augen. »Ja«, flüsterte sie und ihr Herz begann so heftig zu pochen, dass sie Angst bekam, dass er es hören könnte. *Er hatte gewiss schon mit einigen Mädchen seine Erfahrungen gemacht*, dachte sie sich. Und obwohl sie ihn noch vor wenigen Tagen für einen überheblichen und blöden Arsch gehalten hatte, war das alles plötzlich verflogen. Jetzt fühlte sie sich ihm so nahe, dass sie ihn auf der Stelle küssen wollte. Aeden schien es genauso zu ergehen. Er war nervös. Seine Hände zitterten. Solche Gefühle hatte er bis jetzt bei keinem anderen Mädchen verspürt. Ihre Blicke trafen sich erneut. Er zog sie näher an sich heran und Liv griff in sein T-Shirt hinein. Ein Reflex, weil sie vor lauter Aufregung dachte, sie würde jeden Moment aufwachen und es nur ein Traum war. Als ihre Lippen schon ganz nah bei einander waren und sich fast berührten, da klingelte sein Handy und riss sie unfreiwillig aus diesem verzauberten Moment.

»Ja?«, ging er genervt ans Telefon.

»Mach mal auf, Digga! Wir sind da!«

18. Die Wahrheit

Hamburg, Fischbek

Bestürzt blickte Nick auf sein zerbeultes Fahrrad. »Mein Bike! Mein wundervolles Bike! Alter, was stimmt bei dir nicht? Du weißt, dafür habe ich ewig geschuftet. Habe ich es euch überhaupt gegeben? Nein, du Honk hast es einfach so genommen.«

»Na ja, eigentlich habe ich es mir einfach gegriffen«, warf Liv reumütig mit ein. Aber Nick schimpfte weiter und verpasste Aeden eine gehörige Standpauke. »Was hatten wir gesagt: Bring Liv zurück. Von einer Alleintour war keine Rede. Aber der große Aeden muss ja einen auf gaaanz dicke Hose machen. Denkst du auch mal? Was geht da zwischen deinen Ohren? Digga, das war eine scheiß Nummer. Wir haben da in der Hütte gehockt und gewartet. Der weiße Ritter rennt seiner Perle hinterher. Kommen sie zurück? Nein. Melden sie sich? Auch nein. Als wenn der Rest der Welt egal wäre. Ach, was heißt schon "als wenn". Wir waren alle komplett egal. Dass Liv sich nicht um uns kümmert, kann ich verstehen. Wir kennen uns ja kaum. Und haben kaum was Aufregendes zusammen erlebt. Jeder ... ich schwöre, jeder hätte einen großen Bogen um ein Mädchen gemacht, wenn sie mitten in der Nacht im

Gewitter im Schlamm rumwühlt. Und das noch nicht einmal mitbekommt. Was machen wir? Wir ziehen das zusammen durch. Fummeln in den Taschen von Toten herum. Jagen Ratten durch dunkle Gänge. Und was ist der Dank? Jetzt liegt hier ein Highend Bike vollkommen zu Schrott gefahren.« Nick atmete, als hätte er einen Marathon gelaufen. So kannte Aeden seinen schüchternen Freund gar nicht. Aber auch Felix Gesicht sprach Bände. Sie waren "Die Backflips". Eine coole Jungsclique, die immer zusammen hielt. Ihre Mountainbikes waren ihnen mindestens genauso wichtig wie ihre Freundschaft.

»Nick, ich finde es echt Hammer, dass du dir solche Gedanken um uns gemacht hast. Ich repariere dein Bike. Hoch und heilig versprochen. Und wenn ich es dir komplett neu ersetzen muss.« Er stupste ihn an. »Ist jetzt alles wieder gut?«

»Ja ... klar.« Nick zuckte beleidigt mit den Schultern und schaute auf den Schrotthaufen, was sich einst Fahrrad nannte.

Auch wenn Liv sich gegenüber schuldig gefühlt hatte und ihn ebenso um Verzeihung bat, kreisten ihre Gedanken jedoch um andere Dinge. »Ich will jetzt endlich eine Erklärung für all das!«, drängte sie. »Warum habt ihr mir das all die Jahre verschwiegen? Dann hast du immer bei uns gelebt, verkleidet als Falke? Und was hat es mit meinen Fähigkeiten auf sich?« So viele Fragen schossen gleichzeitig durch ihren Kopf, doch konnte sie sich nicht entscheiden, welche die wichtigste von allen war. Es gab auch einfach zu viel, was sie nicht verstand.

»Tja. Wo soll ich da am besten anfangen?«, fragte Baldur.

»Ich würde vorschlagen, am Anfang?«, gab Aeden für Liv zu Antwort, der sich derweilen gespannt neben sie gesetzt hatte.

Baldur räusperte sich und rückte sich den senfgelben Stuhl zurecht. »Gut. Ich versuche es.« Er war nervös. All die Jahre hatte er auf diesen Moment gewartet. Immer wieder ging er dieses wichtige Gespräch im Geiste durch oder sprach mit Edith darüber, wie sie es am besten angehen. Aber jetzt, wo es so weit war, wusste er nicht, wie er all das erklären sollte. »Schon gut. Doch bevor ich beginne, würde ich eine Sache noch gerne tun. Immerhin gibt es hier noch drei Teenies, die meine wahre Gestalt noch nicht kennen.«

Baldur stellte sich auf und verwandelte sich im Nu wieder in den kleinen entzückenden weißen Falken, den Enna ebenfalls all die Jahre schon kannte. Nie hätte sie zu träumen gewagt, dass sich so atemberaubende und mystische Wesen in ihrer Nähe befinden würden. Für Enna wurde ein Traum wahr. Fröhlich klatschte sie in die Hände. Die beiden Jungs kamen aus dem Staunen nicht heraus. Mehrere Male rieb sich Felix die Augen und Nick schüttelte den Kopf. Aeden bestätigte jedoch das, was seine Kumpels sahen.

»Es ist wahr, Jungs! Ihr habt ganz richtig gesehen. Ihr seid nicht verrückt.«

Fassungslos sahen sie zu, wie sich der zarte Vogel wieder in die 120 Kilo Rockergestalt zurückverwandelte.

»Und nun kommen wir zu den wichtigen Dingen. Ihr habt sicher schon von den nordischen Mythologien gehört. Von "Loki", "Thor" und von "Odin". Ich weiß, heute sind es nicht mehr als Märchen und Sagen. Stoff für Comics und

Filme. Doch es ist alles wahr. Es gibt diese Welten und diese Götter. Wir beide, Liv, wir kommen von dort. Dort bist du geboren. Du und ich stammen aus der Welt "Alfheim", direkt aus der wundervollen und schönsten Stadt "Nerzien."«

Baldur machte eine kurze Pause. Alle hingen gebannt an seinen Lippen. Die Münder geöffnet, und nur Enna lächelte. Für sie war es ein Traum. Es klang alles wie in einer Fantasygeschichte und plötzlich wurde sie wahr. Unglaublich. Liv machte so große Augen, dass sie ihr beinahe aus dem Kopf fielen. Sie kam von einer andern Welt? War sie ein Alien? Ein ... was war sie? Scheinbar kein Mensch. Sie konnte nur ungläubig den Kopf schütteln. Enna legte ihr beruhigend eine Hand auf den Arm. Für sie machte alles Sinn. Baldur nickte ihr zu und fuhr fort: »"Alfheim", einst hier auf der Erde auch als "Ljossalfheim" bekannt, ist das epische Reich der Elben. Dort ist das einzige Tor zur Erde, und ebenso war dort der einzige Weg in die anderen zehn Welten, die es einst gab. Allerdings geriet der Lebensbaum Yggdrasil nach Ragnarök, - dem Kampf der Götter -, ins Wanken. Dabei wurde er fast zerstört. Donner und Blitze spalteten und verdrehten den Baum und zwangen ihn regelrecht dazu, einige seiner Äste fallen zu lassen. Der Kampf der Götter war viel zu mächtig. Der Weltenbaum hatte keine Chance, den gewaltigen Kräften standzuhalten. Einer der größten und schwersten Äste war die Welt "Midgard". Heutzutage wird "Midgard" schlicht "die Erde" genannt.«

»Liv, das ist genau dieselbe Geschichte, die uns Herr Bergen erzählt hat«, sprudelte es aus Enna voller Begeisterung heraus. »Ich wusste schon immer, dass es nicht einfach nur irgendwelche Mythen und Legenden sind.«

»Ganz recht«, entgegnete Baldur. »Es ist keine dahergesponnene Geschichte, sondern die absolute Wahrheit. Auch wenn es euch schwerfällt, mir zu glauben. Midgard, also die Erde, brach ab und fiel auf den Ozean, wo sie einen ganz eigenen Weg fand, sich zu vergrößern und zu wachsen. So entstand die Erde mit all ihren vielen Kontinenten. Afrika, Europa, Asien und so weiter. Alles, was von den restlichen Welten überblieb, war am Ende nur noch so groß wie ein Land. Die anderen Welten waren nie sehr dicht besiedelt, wie die Erde es ist. Zum Glück war es so. Um es euch etwas bildlicher machen zu können, kann man die Welten etwa mit der Größe von Norwegen oder Schweden vergleichen. Immer noch ziemlich groß, viel größer als Deutschland, jedoch im Gegensatz zu damals schon ziemlich klein.«

Baldur erkannte in Livs Augen, wie sie versuchte in seinen Erzählungen eine logische Erklärung zu finden. Sollte das wirklich alles wahr sein, was Baldur ihnen erzählte? Liv schaute zu ihrer Tante hinüber. Sie schien sichtlich erleichtert zu sein, dass Baldur endlich die Wahrheit sprach. So, als würde eine ewige Last von ihren Schultern abfallen. Das letzte Mal ging sie mit ihrer Tante im Streit auseinander und Liv plagte mit einem Mal das schlechte Gewissen. Doch sie schob diese Gefühle wieder schnell von sich. Sie brauchte diese Antworten. Vollkommen egal, wie verrückt sie ihr auch erschienen. Alles war besser, als weitere Jahre im Ungewissen umherzuwandern. Sie biss sich in die Unterlippe. »Aber das Ganze hat doch bereits vor Tausenden von Jahren stattgefunden! Was hat das mit mir zu tun? Warum sind wir dann hier und nicht dort in Alfheim?«

»Sehr gute Frage, Liv. Du begreifst allmählich, was ich dir erklären möchte«, nickte Baldur. »Einige Jahrhunderte vergingen und der Frieden herrschte wieder zwischen den verschiedenen Völkern, Wesen und Gestalten. Das Elbenvolk verstand sich mit den Riesen, den Trollen, so wie auch die Trolle sich mit den Zwergen und den Schwarzalben verstanden. Alle lebten wirklich sehr friedvoll und besonnen miteinander. Niemand dachte an Krieg und es gab auch keinen Grund dazu.

Nach 1000 Jahren des Friedens erschufen die letzten Götter die vier Wappen. Sie sollten die neuen Welten repräsentieren. Diese Wappen wurden aus den Steinen der jeweiligen Passagen gemeißelt. Für jedes dieser Wappen schmiedeten sie einen dazugehörigen Ring. Sie sind der Schlüssel, mit dessen Hilfe man die Passagen öffnen und wieder schließen kann. Damit sollte der Frieden untereinander stärker symbolisiert werden.«

Baldur schaute in all die gespannten Gesichter. Wobei sich in Liv noch ein Hauch Skepsis schimmerte. Er fuhr weiter fort.

»Aber die Götter fertigten noch einen weiteren Ring. Eine Art Generalschlüssel, der nur von einer einzigen Blutlinie benutzt und von Generation zu Generation weitergegeben werden konnte. Jede Generation bringt einen Auserwählten hervor und der Ring allein entscheidet, wer das sein wird. Mit dem festen Glauben daran, dass nur Elben diesen Ring erben konnten, gaben die Götter ihn an das mächtigste Königreich aller Welten: "Nerzien". Über so viele endlose Jahrhunderte erfuhr kein anderes Wesen von diesem besonderen Ring mit dem Runenzeichen. Einzig und allein der Hohe Rat der Elben und deren Könige wussten von ihm. Und diesen Ring sorgfältig zu verwahren hatte oberste Priorität. Wie schon gesagt, kann er nur von der einen Blutlinie getragen werden und hat somit die alleinige Macht über alle Passagen der Welten. Nur die eine kann die Passagen öffnen oder schließen.« Baldur griff nach Livs Hand, an der sie den Ring trug und umschloss sie mit seiner Hand. »Dieser Ring hier ist der Schlüssel«, sagte er entschieden und dennoch mit sanfter Stimme.

Liv sah auf das Runenzeichen des Ringes und erstarrte, als ihr das Gesagte einige Sekunden später bewusst wurde.

»Soll das etwa heißen ...?« Sie musste sich kurz sammeln. »Ich bin die nächste Generation? Die Auserwählte?«

»Ja! Und die nächste Königin von Nerzien, Herrscherin aller Welten und Hüterin der vier Wappen!«, antwortete Baldur voller Stolz.

»Eine Königin?« Liv lachte lauthals los. »Haha! Das ist doch vollkommener Quatsch. Ein schlechter Witz ist das!« Sie lachte weiter. Doch ihr Lachen verwandelte sich schnell in Verzweiflung um. *Königin? Elben? Herrscherin über alle Welten? Das ist doch alles Unsinn.*

Baldurs Blick zeigte nur zu deutlich, dass alles, was er ihnen bis jetzt erklärt hatte, sein absoluter Ernst war.

»Dann bin ich kein Mensch, sondern eine Elbin? Und meine Eltern waren König und Königin?« Nie im Leben hätte sie gedacht, jemals solche Worte auszusprechen. Liv dachte gar nicht so genau darüber nach, was sie angedeutet hatte.

»Nun ja«, stammelte er. »Ich hoffe ja, dass sie es immer noch sind.«

Liv traf es wie ein Schlag. »Meine Eltern, sie ..., sie leben?«

Jetzt brannte Liv wirklich für das, was Baldur sagte.

»Komm, ich zeige es dir«, schmunzelte er und drehte die Kiste in ihre Richtung. Er zeigte auf die kleine Einkerbung, die in dem mechanischen Schloss zu sehen war.

»Du musst deinen Ring, während er an deinem Finger steckt, genau hier in diese Einkerbung drücken. Als kleine Vorwarnung: Der Ring wird dich gleich stechen. Hat er die Blutlinie erkannt, wird sich die Kiste öffnen.«

Entrüstet schaute sie Baldur an. Allerdings meinte er es vollkommen ernst.

»Möchtest du endlich die Antworten auf all deine Fragen?«, fragte Baldur und schob die Kiste weiter in ihre Richtung.

Sie schluckte. Liv konnte es nicht ausstehen, wenn man ihr Blut abnahm. Nicht, dass ihr davon schlecht wurde, aber dennoch war es für sie immer ein sehr unangenehmes Gefühl. Es fühlte sich einfach eklig an, wenn sich das Blut aus ihren Venen zog. Aber feige zu sein, kam für sie nicht in Frage.

»Gut. Ich tu's.«

Sie nahm ihren Mut zusammen, ballte die Hand zur Faust und steckte den Ring in den Mechanismus hinein. Klitzekleine Nadeln schnappten im Inneren des Ringes zu und drückten sich tief in ihren Finger. So schmerzerfüllt wie ihr Gesicht auch aussah, dennoch brachte sie keinen Ton von sich. Wenn sie eine Königin war, wie Baldur es behauptete, sollten solche kleinen Stiche in ihren Finger das geringste Übel sein.

Mit einem Mal zog das Blut seine Bahnen durch die Einkerbung des verschnörkelten Mechanismus. Liv entfernte ihre Hand und die einzelnen Verzierungen schoben sich wie kleine Schlangen in verschiedene Richtungen. Ein klickendes Geräusch ertönte und das Schloss klappte auf.

Gebannt öffnete sie die Kiste und schaute hinein. Darin befanden sich vier kleine eckige Steinplatten, die in unterschiedlichen metallischen Farben glänzten. Baldur beugte sich ehrfürchtig zu ihr rüber.

»Das, meine Liebe, sind die vier Wappen der Welten! Die sind es, die wir um jeden Preis beschützen müssen. Deshalb habe ich vor so vielen Jahren die kleine Kiste dort im Bunker versteckt. Niemand durfte sie finden. Vor allem nicht der Barghest! Ich wusste, dass er den Sturz auf die Erde überlebt hatte, jedoch nicht, in welchem Körper er sich einnisten konnte. Er hat einen sehr ausgeprägten Geruchssinn. Ich musste sie so weit wie nur möglich von ihm fernhalten und dennoch in greifbarer Nähe behalten. Als ich hin und wieder als Vogel über die Wälder flog, entdeckte ich an einem Tage diese alte Ruine. Sie war kaum zu sehen. Nur die scharfen Augen meiner Falkengestalt haben sie entdeckt. Ich flog hinab, verwandelte mich wieder und öffnete den alten Bunker. Ich wusste sofort: Dies war das perfekte Versteck. So tief im Untergrund würde selbst ein Barghest sie nicht aufspüren können. Aber ich spürte, dass er stets in unserer Nähe war. Und ich muss einfach um jeden Preis verhindern, dass die Steine in seine Hände geraten. Bis du eines Tages dazu gerufen wirst, sie zu finden. Jetzt können wir uns ein wenig Ruhe gönnen. Noch weiß er nicht, wo wir uns momentan aufhalten. Viel Zeit werden wir jedoch nicht haben. Denn der Barghest ist uns jetzt auf den Fersen und wir werden ihm definitiv sehr bald wieder begegnen.«

»Was ist überhaupt ein Barghest?« Aeden schüttelte fragend den Kopf. »Andauernd nennst du Herrn Bergen so. Was soll das überhaupt heißen?«

»Ja! Du hast vollkommen recht, Aeden. Ihr kennt ihn in der Gestalt des Lehrers Herrn Bergen. In Wahrheit ist er ein Barghest. Ein grässliches Monster, was sich hauptsächlich von Blut und Eingeweiden ernährt. Das ist seine Gestalt in seiner Heimat. Das Blut, was in dem Brunnen war, sind seine Ressourcen. Ähnlich wie bei einem Hund, der gerne Knochen im Garten verbuddelt. Es ist eine widerliche Eigenartigkeit, aber Bargheste haben solche Angewohnheiten an sich. Auch wenn es auf der Erde nicht an Blut mangelt, kann ein Barghest es wohl nicht lassen, Blut zu sammeln. Die Dame, die vorhin mit ihm in sein Haus getreten war, hätte diesen Abend gewiss nicht überlebt, wären wir nicht gewesen. Wahrscheinlich haben wir ihr sogar das Leben gerettet.«

»Gerettet?«, rief Liv völlig erschrocken. »Gerettet sagst du? Wir haben sie dort schwer verletzt einfach liegen gelassen. Ganz im Gegenteil. Wir haben sie womöglich umgebracht. Wer weiß, ob die Frau überhaupt noch lebt?«

»Vertrau mir, Liv. Wir Elben sind in der Heilkunst ebensolch große Meister wie in der Kriegskunst. Ich weiß, wann jemand an seinen Wunden sterben wird und wann nicht. Die Frau lebt, und sie wird weiter leben, wenn sie sich nicht noch einmal mit dem Barghest einlässt.« Baldur nickte ihr beruhigend zu, doch innerlich staute sich in ihm alles zusammen. Seit so vielen Jahren bekämpften sie sich. Und endlich hatte er die Chance dazu, ihn ein für alle Male zu erledigen. Aber Livs verängstigten und verzweifelten Worte ließen ihn weich werden. Sie war nun mal die Prinzessin. Sein Schützling. Die nächste Generation. Er hatte ihren Eltern ewige Treue geschworen. Und er hatte versprochen, sie immer zu beschützen.

»Ich sage dir jetzt eins, Liv: Wenn du mir erlaubt hättest, ihn zu töten, dann hätten wir jetzt zumindest eine Sorge weniger. Aber du bist die Prinzessin von Nerzien. Dein Wort ist mein Befehl. Wenn der Barghest noch erwacht ist, bevor der Krankenwagen kam, dann wird er ganz sicher ihr Blut getrunken haben, um wieder zu Kräften kommen. Und das, meine Liebe, hätte sie garantiert nicht überlebt. Also sage mir bitte, was hätten wir tun können?«

Er wusste, seine Frage überforderte sie alle. Niemand von ihnen war so weit, um über ein Leben zu entscheiden. Er war ein uralter Krieger. Für ihn war es Alltag. Liv und die anderen schauten ratlos umher. Niemand wusste, was er darauf hätte antworten sollen. Baldur erklärte weiter.

»Hat er einmal das Blut seines Opfers getrunken, kann er für eine gewisse Zeit nachverfolgen, was seine Beute denkt und wo sie sich aufhält. Ein einziger Tropfen reicht aus. Er kann ihre gesamte Vergangenheit sehen und ihr Wissen übernehmen. Barghests sind wirklich widerliche, finstere und tödliche Gegner. Ihre große Schwäche ist ihre Eitelkeit. Er ist sogar so arrogant, dass er ein Bild von sich selbst über den Kamin aufgehängt hat.«

»Dann ist dieses Monster auf dem Bild über dem Kamin tatsächlich sein echtes Wesen?«, stellte Aeden verblüfft fest.

»Ja, dieses Wesen gibt es tatsächlich. Es ist seine wahre Gestalt. Allerdings ist er wohl der Letzte seiner Art. Seit

Jahrhunderten hat man keine mehr gesehen, außer ihn. Er ist ein Nachtgestaltwandler«, räumte Baldur ein. »Ich dagegen bin ein Taggestaltwandler. Wir beide sind fähig, uns in andere Wesen zu verwandeln. Jedoch auf wirklich sehr unterschiedliche Art und Weise. Vor allem in seinem Fall eine ziemlich gefährliche Sache. Ich kann mich jederzeit in einen weißen Falken verwandeln. Jedoch kann ich mich hier auf der Erde nur in einen kleinen Falken verwandeln. Meine wahre Tiergestalt ist um einiges größer.«

»Wie groß?«, fragte Enna neugierig.

»Nun ja, so groß, dass du auf meinem Rücken genug Platz hättest, um mitfliegen zu können. Er hingegen kann in der Welt der Menschen seine wirkliche Gestalt nicht annehmen. Das schwächt ihn ungemein. Ihr habt gesehen, wie leicht ich ihn besiegt habe. In unserer Heimat wäre der Kampf sehr viel ausgeglichener gewesen. Jedoch kann er sich einen Wirt aussuchen und den Körper seines Opfers übernehmen. Der Geist seines Wirts verkümmert und stirbt. Doch wie er es geschafft hatte, sich den jungen Martin Bergen zu greifen, ist mir ein Rätsel.«

Erzürnt sprang Edith auf. So hatte Liv ihre Tante noch nie erlebt. »Bergen!«, stieß Edith den Namen laut aus und sank in sich zusammen. »Martin Bergen! Verdammt noch mal. Dass ich da nicht schon viel früher drauf gekommen bin. Musste dich dieses Monster erst verletzten und jagen, damit ich darauf komme, wer in Wahrheit in ihm steckt. All die Jahre lief er vor unserer Nase herum und wir hatten nicht ein einziges Mal daran gedacht, dass er es sein könnte!« Edith war so wütend. Auf sich selbst und auf Baldur. Immerhin war er der Experte für Gestaltwandler. Wie oft hatte sie sich mit den Lehrern beim Elternabend unterhalten? Wie oft hatte sie Martin Bergen die Hand geschüttelt? Sie kannte doch diesen Jungen. Warum ist ihr all die Jahre nichts aufgefallen?

»Dabei war es so logisch. Warum habe ich nicht eins und eins zusammengezählt?«, raunte Edith.

»Ach. Am Ende ist immer alles logisch«, entgegnete ihr Aeden.

»Ich finde hier gar nichts mehr logisch. Ich finde auch nie die Butter im Kühlschrank. Und am Ende steht sie genau vor meiner Nase«, witzelte Felix. Sein eigenartiger Humor war wie schon so oft fehl am Platz.

Aber Edith hatte recht. Wie konnten sie nur das ganz Offensichtliche nicht sehen? Eine Sache, die sich vor ihrer eigenen Nase abspielte? Liv schaute ihre Tante herausfordernd an. Sie wollte wissen, was ihre Edith damit meinte. Schluss mit den Geheimnissen. Sie wollte die ganze Wahrheit.

Edith verstand ihren Blick. »Du hast ja recht, Liebes. Ich kannte Martin schon, als er noch ein junger Mann war. Seine Familie war ein hoch angesehenes Archäologenpaar, die mit ihrem Sohn jahrelang in der ganzen Welt herumreisten. Das alles wisst ihr natürlich. Er war damals mit seinen Eltern auf derselben Islandreise. Genau dort, wo ich dich und Baldur an dem Wasserfall fand. Ich kann mich noch ganz genau daran erinnern, dass Martin nach dieser Reise irgendwie anders war. Er wirkte plötzlich so ruhig und besonnen. Einige Jahre später starben seine Eltern auf eine ziemlich abartige und bestialische Weise. Angeblich hatte er seine Eltern so gefunden und die Polizei gerufen. Er müsste zu dem Zeitpunkt ungefähr achtzehn oder neunzehn gewesen sein. Sie lagen in einer Blutlache zu Hause.

Ihre Körper völlig zerfetzt wie von einem Tier. Der Fall wurde nie geklärt und da er schon volljährig war, blieb er einfach in dem Haus drin. Von diesem Tage an gehörte alles ihm.«

»Seht ihr«, bestätigte Baldur. »Der wahre Martin Bergen ist schon lange tot. Seine Seele hatte schon vor langer Zeit diesen Körper verlassen. Aber der Körper von Martin hat nicht so viel Kraft wie der des Barghestes. Das habe ich heute gemerkt. Es wäre mir wirklich ein Leichtes gewesen, ihn für immer unter die Erde zu bringen. Aber nun gut. Das ist jetzt unser einziger Vorteil. Denn im Gegensatz zu ihm haben wir unsere Kräfte hier und können sie auch nutzen. Aber betritt der Barghest einmal die Pforten der anderen Welten, kann er sich sofort in seine wahre Gestalt zurückverwandeln. Vor allem Elbenblut kann in einem Barghest unfassbare Kräfte erwecken. Hat er das Blut eines Elben getrunken, kann er nicht nur ihre Gedanken lesen, sondern auch einen gewissen Teil derer Kräfte und Fähigkeiten annehmen. Hier auf der Erde, als Mensch, bleibt ihm nur ab und zu, als Nahrung Blut zu trinken und Fleisch zu essen.« Baldurs leerer Blick ließ vermuten, dass er an alte Zeiten dachte.

»Hat er auch einen wirklichen Namen?«, fragte Felix. »Ich meine, er wird doch sicherlich nicht "Barghest" heißen, oder? Also wenn ich das jetzt richtig verstanden habe, ist das ja nur der Name dieses ...«, Felix räusperte sich »dieses Wesens?« Und er sollte recht behalten. Baldur nickte ihm zu und atmete tief durch. Zu lange war es her gewesen, dass er ihn ausgesprochen hatte. So viel Hass lag allein schon in diesem Namen und Baldur vermochte ihn nur ungern aussprechen.

»Sein Name ist "Blakaldur"!«

»Blakaldur«, voller Erstaunen über diesen noch nie zuvor gehörten Namen, verzogen sie alle die Miene. »Aber ich verstehe es immer noch nicht. Wenn er nicht der Erbe ist, sondern ich, was will er dann mit den Wappen?«

»Blakaldur ist nicht der eigentliche Feind, vor dem wir uns fürchten müssen. Er ist hier, um dich nach Alfheim zurückzubringen. Er ist ein Handlanger. Ein Späher. Ein Lakai. Seine Aufgabe ist es, dich in das Trollreich zu seiner Herrin zu bringen.«

»Tilda!«, rief Liv den Namen laut aus und Baldur schaute sie verwundert an. »Du hast diesen Namen vorhin schon erwähnt, als wir auf Herrn Bergen, also ich meine Blakaldur trafen.«

»Ja. Tilda! Tilda, die Trollkönigin!« Baldur atmete heftig aus. »Sie ist das mächtigste und gefährlichste Trollweib, das mir je begegnet ist. Vielleicht ist sie sogar die Mächtigste, die je gelebt hat. Tilda ist wahrhaftig die Inkarnation des Bösen. Trolle waren schon immer sehr herrisch. Die Neigung, Macht zu besitzen, schwindet nie aus den Köpfen der Trolle. Sie bestehen einzig und allein nur aus Habgier. Sie wollen die Welt der Elben und die Welt der Menschen übernehmen. Wenn ihre Armee stark genug ist, könnte sie kaum jemand aufhalten. Tilda ist eine Verwandte von den einst mächtigsten Trollfrauen, die es in der nordischen Mythologie je gab. "Thorgerd" und "Irpa", die berüchtigten Schwestern. Ihre Blutlinie ist mit die älteste überhaupt. Bis heute werden ihre Geschichten erzählt und im Trollreich hochverehrt. Vor allem Tilda brüstet sich damit sehr. Auch wenn sie nicht einmal ansatzweise so glorreiche Tage wie ihre Mutter hinter sich hat. Ihr gehört das gesamte Trollreich sowie das Reich der Riesen. Als sie von dem Ring erfuhr, und dass du die Einzige bist, die ihn benutzen kann, machte sie sich sofort auf den Weg nach Nerzien. Voller Zorn ritt sie los, mit der Absicht, dich zu entführen und somit über die Wappen und allen Welten herrschen zu können.

Deine Eltern erkannten sofort ihre Absicht und die Gefahr, die dir von nun an drohte. Sie wussten, dass sie sich sofort auf den Weg machen würde, um an dich und den Ring heranzukommen. Also stellten das Königspaar und ich ihr eine Falle. Ob sie es geschafft haben, Tilda in einen Kerker zu sperren, das kann ich leider nicht sagen. Meine Aufgabe war es, in dieser Zeit, dich so schnell wie es nur ging von dort wegzubringen.«

»Was ist denn nun mit meinen Eltern?«, fragte Liv. Diese Frage war ihr die wichtigste von allen.

»Königin Elva und König Theowin«, schmunzelte Baldur und schwelgte einen kurzen Moment in Erinnerungen, bevor er weiter sprach.

»Herrscher von Nerzien. Na ja, und außerdem die Aufpasser meines geliebten Fagur.«

»Was ist denn ein Fagur?«, fragte Nick. Baldur lachte laut auf.

»Fagur ist mein Pferd. Es bedeutet "Der Schöne". Er stand mir stets zur Seite, viele Schlachten kämpften wir gemeinsam. Bis zu der Letzten. Da trennten sich unsere Wege.« Baldur versank in seinen Gedanken. »Ich hoffe, es geht ihm gut. Doch jetzt, Liv, zeige ich dir deine Eltern.« Er lächelte sie an und holte aus der Kiste ein kleines, blaues Etwas heraus, das Liv bisher noch gar nicht wahrgenommen hatte.

19. Schwere Entscheidungen

Alfheim, Königreich Nerzien
10. April 2004
Jahr des Yggdrasils

»Bitte! Ich flehe Euch an«, bettelte Königin Elva. Voller Verzweiflung sah sie in die Augen ihres alten Freundes Baldur. Ihre Worte hallten durch die hellgrauen und hohen Decken von Nerziens Herrscherpalast. Sie warf sich auf die Knie. Mitten in ihrem eigenen Königshaus. In ihren eigenen Hallen. Eine Königin, die vor ihrem ersten Krieger kniet.

»Bitte! Nehmt sie! Ihr seid der Einzige, der sie, Nerzien und ganz Alfheim jetzt noch retten kann.«

Wie ein lautes Dröhnen hallten die Worte der Königin durch seinen Kopf. Er wollte es einfach nicht wahrhaben. Er konnte doch nicht fliehen und alles hier dem Verfall preisgeben.

»Aber meine Königin. Ich habe stets geschworen, Euch zu schützen«, entgegnete er und half ihr, sich aufzurichten. »Sie ist Euer einziges Kind. Sie ist ...«, Baldur schluckte. »Wie könnte ich sie Euch jemals wegnehmen? Sie ist Euer Leben.«

»Ihr nehmt sie mir nicht weg. Das könntet Ihr nicht. Vergesst nicht, wer vor Euch steht. Wir müssen sie retten. Niemand kann sagen, was noch geschehen wird. Meine Tochter muss von hier fort. Es gibt für diese Aufgabe keinen Besseren als Euch. Nehmt meine Tochter und geht«, erwiderte sie und unterstrich ihren Wunsch mit zitternder Stimme. »Allein der Gedanke, sie nicht bei mir haben zu können, zerreißt mir das Herz. Doch es geht nicht anders. Wir müssen sie von hier fortbringen. Schon bald wird Tilda mit ihren Gefolgsleuten durch die Tore Nerziens einmarschieren und wenn wir die Passagen nicht schließen, dann wird der Krieg endgültig ausbrechen und alles verzehren. Ihr werdet es schaffen, meine Tochter aus Alfheim fortzubringen. Ihr müsst es schaffen, Ihr werdet sie beschützen. Ich weiß, dass Ihr es tun werdet. Nur Euch kann ich sie anvertrauen.«

Schmerzerfüllt wandte er den Blick von seiner geliebten Königin, während sie weiter sprach, und schaute voller Kummer zu Boden.

»Baldur, seht mich an. Seht mir in die Augen. Ich bitte Euch inständig. Baldur, Ihr werdet auf der Erde einen sicheren Ort für mein Kind finden und sie behüten.« Königin Elva schritt sanft auf ihn zu und legte ihm einen silbernen Dolch in seine Hand.

»Noch sind die Tore geöffnet. Nehmt Fagur und reitet los. Ihr müsst schnell sein, denn wir haben nicht mehr viel Zeit.« Liebevoll und dennoch bestimmend legte sie ihre Hände um die seine, sodass er den Dolch fest umschlang.

»Aber ich werde sie verletzten müssen. Ich kann ihr nicht wehtun. Ich will sie nicht verletzten!«

»Es sind nur ein paar Tropfen. Sorge dich um ihr Herz. Sie darf nicht verzweifeln in der anderen Welt. Mein alter Freund, glaube mir: Wenn es eine andere Möglichkeit gäbe, dann würde ich sie sofort ergreifen. Es gibt keine Alternative. Das wissen wir beide. Wir müssen sie um jeden Preis beschützen. Egal welche Opfer wir dabei bringen müssen. Ihr müsst es tun. Es reicht nur ein wenig Blut von ihr und die Passage wird sich für Euch öffnen. Was ist schon ein klein wenig Blut gegen ein ganzes Leben, Baldur? Für eine ganze Welt? Für unsere Welt?« Elva sprach so mutig und selbstsicher, wie man es von einer Königin erwartete, doch innerlich zerbrach sie. »Und das sage ich als ihre Mutter! Nicht als Königin. Ich liebe sie. Sie ist mein Leben, mein Kind. Mein Herz, welches mich am Leben hält. Daher muss ich sie gehen lassen, um sie zu schützen.«

Sie drückte das kleine Mädchen in ihren Armen noch einmal fest an sich, ehe sie es liebevoll in Baldurs Hände übergab. Ein letztes Mal küsste sie Liv ganz sanft auf die Stirn und strich über ihr kurzes weißes Haar. »Mein Herz, mein Leben, meine Welt. Eines Tages werden wir uns wiedersehen. Ob in diesem oder im nächsten Leben. Du bist mein Kind. Du bist die Erbin und die Herrscherin aller Welten. Dein Schicksal wird dich eines Tages zu uns zurückbringen. Doch erst bringen wir dich in Sicherheit.«
Livs winzige Finger griffen in die Haare ihrer Mutter und sie lachte ihr zu. König Theowin küsste sanft die Stirn seiner Tochter. Sie verstand nicht, was gerade geschah. Sie war noch viel zu klein.
Das Königspaar brachte Baldur aus dem Schloss hinaus, wo sein anmutiges Ross Fagur bereits fertig gesattelt auf

ihn wartete. Ein eisiger Wind zog auf. Baldur holte aus seiner Satteltasche einen Mantel hervor und warf ihn über sich. Nicht weil ihm kalt war, sondern weil nicht mal ein einziger Windhauch Liv etwas zuleide tun sollte. Mit Hilfe der Königin wickelte Baldur das kleine Mädchen in ein breites Tuch um seinen Körper und stieg auf sein Pferd. Fagur wieherte laut los und stampfte mit seinen kräftigen Beinen voller Ungeduld.

»Bitte, Baldur. Beeilt Euch!«, fiel Königin Elva bitterlich weinend zu Boden, sodass König Theowin sie stützen musste. Zu groß war der Schmerz der Trennung von ihrer Tochter, ihrem einzigen Kind. Doch es gab keinen anderen Ausweg. Liv musste schnellstens von hier weg. Noch ein allerletztes Mal blickte Baldur in die anmutigen Augen seiner wunderschönen Königin.

»Das Schicksal Alfheims liegt in Euren Händen«, betonte König Theowin und gab ihm den nerzianischen Abschiedsgruß. »Bei meinem Geiste, meinem Wort und meinem Herzen. Ich bleibe Nerzien ewig treu.«

Baldur erwiderte die edelmütige Geste und verabschiedete sich ebenfalls. Senkrecht erhob er die Hand, führte sie zur Stirn, dann zum Mund und zuletzt an sein Herz, als er die Worte laut aussprach:

»Bei meinem Geiste, meinem Wort und meinem Herzens. Ich bin ein Wächter Nerziens.« Dann nahm er die Zügel in seine Hand.

»Eines Tages werden wir uns wiedersehen. Das verspreche ich Euch.«

Elva brachte nur ein leichtes Nicken von sich. Tief saß der Schmerz in ihrem Herzen, ihr Kind loszulassen. Baldur gab seinem Pferd Fagur mit einem kräftigen Tritt zu verstehen, dass er losreiten solle. Wie ein Blitz rannte Fagur in die Richtung des roten Waldes. Der große Mond ließ sein glänzendes Fell erstrahlen. Ohne sich noch einmal umzudrehen, galoppierten sie in die tiefe Dunkelheit und das Königreich verschwand hinter den Hügeln.

Was für eine eisige Nacht, dachte er sich. *So kalt war es das letzte Mal als ...,* er überlegte kurz. *Nein. So kalt war es wirklich noch nie!*

XXMRFЧIΓ

Zur selben Zeit folgten auch schon die Eisriesen dem Barghest Blakaldur. Gehorsam. Voller Gier und Hass. Sie wollten Elbenblut vergießen. Mit schweren Prügeln und halben Baumstämmen in den großen Pranken stürmten sie laut brüllend voran. Wie der Wind rannte er mit ihnen von den Gipfeln der eisigen Berge hinab und preschte durch den tiefen Schnee. Von Weitem erkannte er Baldur auf seinem schwarzen Hengst, der ebenfalls aus dem Wald hinaus in Richtung Klippen ritt. Blakaldur rammte seine Krallen in den Schnee und trabte noch schneller voran. Wenn sein Feind nicht an der Seite der Königin weilte, konnte es nur eines bedeuten. Er musste ihn um jeden Preis aufhalten und das Kind holen. Ohne das Kind war alles andere vergebens. Niemals würde er es wagen, ohne Liv zu Tilda zurückzukehren. Er durfte seine Herrin nicht enttäuschen. Blakaldur wusste ganz genau, was Baldur vorhatte.

Baldur schaute ein letztes Mal nach hinten. Die Eisriesen stampften so laut, dass der Boden erzitterte. Der Schnee wirbelte in der Luft und durch den Sturm sah er nur noch den wutentbrannten Barghest, der im selben Moment laut aufheulte und die Zähne fletschte. Seine riesigen, nach vorne gekrümmten Hörner glühten rot vor Zorn. Baldur empfand keine Angst, denn er war an seinem Ziel angekommen und sein Vorsprung sollte ausreichen. Er stapfte durch den eisigen Schnee und drückte das kleine Wesen ganz fest an sich, als er die groben Felsbrocken hinauf kletterte.

»Hab keine Angst, Kleines. Bei mir bist du sicher.«

Ein letzter Blick schweifte demütig über das Land, welches er so liebte und atmete tief ein. Dann sprang er über die Klippen und hangelte sich geschickt hinab, bis er schließlich auf einem der unteren und breiten Felsbrocken landete. Baldur blickte in den tiefen Grund hinab. Dichte Nebelschwaden umzogen die unteren Felsgesteine. Dennoch konnte Baldur hinter dem dichten Schleier unzählige Bäume erkennen, die nicht nach oben wuchsen, sondern gerade nach unten in Richtung Erde. Er ging vorsichtig an der nassen Felswand entlang. Der strömende Wasserfall machte ihm zu schaffen. Sie mussten beide eine Menge Wasser schlucken. Vor allem Liv verschluckte sich immer wieder an dem Wasser und musste dann krampfhaft husten. Doch um auf die andere Seite des Felsen zu gelangen, mussten sie das kaskadenartige Gebirge durchqueren. Eng umschlungen hielt er die kleine Liv fest in seinen Arm, trat klitschnass aus dem Wasser hinaus und sprang über einen breiten Felsüberhang. Nun stand er vor einigen Stufen, die in eine Höhle hinein führten. Nach wenigen Schritten erreichte er auch schon den metallicgrünen Stein in der Tropfsteinhöhle mit dem Wappen von Alfheim. Dieser Stein öffnete ihm das Tor zur Erde. Mit der anderen Hand zog er einen Dolch aus seiner Gürteltasche. »Keine Angst, kleine Liv. Wir werden es schon schaffen. Nur ein kleiner Stich in deine Hand und wir verschwinden von hier. Ich werde dich immer beschützen und bei dir sein. Bei mir bist du sicher.«

Schnell nahm er die winzige Hand in seine und schnitt hinein. Baldur schmerzte es mehr als dem kleinen Geschöpf, denn es gab keinen Ton von sich. Fünf Blutstropfen tröpfelte er in den Siegelring mit dem Runenzeichen hinein. *Das muss genügen*, hoffte er. Ihm blieb keine Zeit mehr. Er schob das kleine Wappen aus Stein in einen großen Felsbrocken. Dann drückte er den Ring in das Wappen und drehte es im Uhrzeigersinn einmal halb herum. Der Stein schob sich in den Felsen und gab ein leises Klicken von sich. Schon begann das fließende Wasser, welches an den Klippen hinab strömte, sich zu einem Wirbelsturm aus Wind und Wasser zu formen. Der Wasserturm zog sich nach unten Richtung Erde.

Baldur schloss seine Augen und atmete tief aus, ehe er in den tiefen Abgrund sprang. Doch der Barghest war ihm schon zu nahe gekommen. Ohne zu zögern, sprang auch er hinterher, während sich der Tornado aus Wasser weiter aufbaute.

Er fletschte die Zähne. Mit rasender Geschwindigkeit flog er ihm hinterher. Gerade als er zuschnappen wollte, verwandelte sich Baldur in den weißen Falken und konnte dem Barghest ausweichen. Während seiner Verwandlung wirbelte er das kleine Mädchen durch die Winde, bis Baldur sie mit seinem breiten Schnabel wieder auffing. Doch die Bestie holte ihn schnell ein und versuchte, ihn mit seinen riesigen Zähnen zu ergreifen. Mit einer Kralle hielt Baldur das Kind fest und mit der anderen kämpfte er gegen das Monster. Sie rasten durch den Sturm immer näher auf die Erde zu. Baldur sah bereits den Boden. Er schaute einen kurzen Moment zu lange und der Barghest traf ihn mit seinen riesigen Krallen. Baldur verlor die Kontrolle. Liv glitt ihm aus seinen Klauen und verschwand im Strudel des Sturmes.

In letzter Sekunde konnte er sie aus dem stürmenden Wasser ziehen und sie wieder festhalten.

Sie fielen zu Boden. Der Barghest war so verletzt, dass er den Absprung zur Erde nicht rechtzeitig anpassen konnte, sodaß er mit voller Wucht auf den Grund aufprallte. Verwundet sprang er durch den Sturm und rannte zu den Klippen. Mit letzter Kraft kroch er in eine der Höhlen. Viel Zeit hatte er nicht, um sich auszuruhen. Er spürte, dass mit seinem Körper etwas passierte. Seine Gestalt begann zu zittern. Er konnte auf der Erde nicht als Barghest verweilen. Er brauchte schnell eine andere Hülle. Die Tropfen in der Steinhöhle schellten auf den feuchten Boden und es drang kein Licht hindurch. Es war still geworden. *Der Sturm muss sich gelegt haben*, dachte er. Die Tore waren nun also verschlossen. Enttäuscht von sich sackte das Tier zu Boden. Doch plötzlich hörte er leise Schritte und sah eine kleine Gestalt auf sich zukommen. Was er sah, war keine wirkliche Gestalt. Er sah den Wärmeabdruck. So konnte er auch in der Alten Welt seine Beute erlegen, wenn diese sich vollkommen ruhig verhielt. Er schnupperte leise und erkannte, dass es ein junger und männlicher Körper war. Verletzt raffte er sich auf und zischte an seiner Beute vorbei. Das Kind erschrak und steckte sich ein Streichholz an. Blakaldur wich zurück und versteckte sich. Als der Junge zitternd sein drittes Holzstück anzündete, machte er sich bereit. Dieser Körper war zwar noch sehr jung, aber er brauchte nun mal einen anderen, um überleben zu können. Das Streichholz erlosch in den Händen des Kindes. Blakaldur fletschte seine Zähne und schlich auf ihn zu. Mit einem Sprung warf er den jungen Mann um, riss ihm in einem Ruck das Herz aus der Brust und verschlang es in einem Stück. Aus seinem Rachen heraus erstrahlte ein heller Schein. Wie ein Sonnenstrahl drängte es aus seinem monströsen Leib und all seinen Poren hervor. Die Seele des Ungeheuers machte sich bereit, in seinen neuen Wirt zu ziehen. Das Licht verließ ihn und wanderte zu dem kleinen regungslosen Jungenkörper direkt in das große Loch, wo eben noch sein Herz drin pochte. Blakaldurs dunkle Tiergestalt sackte zusammen und löste sich in Tausende Einzelteile auf, bis er ganz und gar verschwand. Der kleine Martin Bergen war tot. Blakaldur hatte erfolgreich seinen Körper übernommen. Eine Weile saß er noch da und versuchte, sich an die menschliche Gestalt zu gewöhnen.

Zur selben Zeit saß Baldur mit der kleinen Liv am Rande des Flusses und versuchte kläglich, sie ins Leben zurückzuholen. Liv hatte während des Sturzes zu viel Wasser schlucken müssen und fiel in Ohnmacht. Edith Andern, die das ganze Spektakel mitbekommen hatte, eilte zu ihnen hinüber. Auch wenn sie nie dergleichen etwas gesehen oder erlebt hatte, glaubte sie schon immer an andere Mächte. Sie beugte sich zu dem kleinen, bewusstlosen Mädchen hinab und half ihr in regelmäßigen Abständen mit einer Mund-zu-Mund-Beatmung.

Blakaldur stand auf und trat aus Höhle hinaus. Er suchte Baldur und Liv, um sie zu verfolgen, doch da kamen ihm schon Dutzende Menschen entgegen. Eine Frau und ein Mann, die in Wahrheit Martins Eltern waren, umarmten ihn vor lauter Sorge.

»Martin! Gott sei Dank. Es geht dir gut.«

XXWRFԿIՐ

Oben in Alfheim stürmte das Trollweib Tilda durch die Tore Nerziens, während ihr Gefährte Grump und einige weitere Verbündete, die sich gegen die Wächter stellten, sich mit wilden Kämpfen durchschlugen und ihr somit den Weg frei machten.

Sie brach die hohen Türen Nerziens auf, wo das Königspaar sie schon erwartete.

»Wo ist das Kind?«, schrie Tilda laut hallend durch den Saal, als sie auf König Theowin und Königin Elva zu gerannt kam, doch bekam sie keine Antwort von ihnen.

»Wo ist sie?«, grollte sie wutentbrannt. »Wo habt Ihr sie hingebracht? Antwortet gefälligst! Das seid Ihr mir schuldig.«

»Sie ist fort!«, entgegnete die Königin seelenruhig nach einem kurzen Schweigen. »Sie ist jetzt in Sicherheit. Und DU wirst ihr und uns nun nichts mehr antun können. Weder du noch deine kleine, jämmerliche Horde, die übrig geblieben ist, werden sie jemals finden. Also gib endlich auf. Liv ist fort! Für immer!«

Tilda schwieg grinsend und musterte die Gesichter des elbischen Königspaars. Ihre Augen verrieten sie letztendlich.

»Nein! Ihr habt sie nicht ...« Lauthals lachte Tilda auf und rannte in derselben Sekunde noch einmal aus den

Hallen hinaus. Aber da sah sie schon die glänzende Schicht am Himmel, die sich wie ein Mantel über den Horizont zog und fast wie eine durchsichtige Kuppel über die Welt schloss. Schockiert stürmte sie wieder in die Hallen.

»Was habt Ihr getan?«, schrie sie erzürnt.

»Genau das, was du befürchtet hast, meine liebe Tilda«, antwortete König Theowin. »Die Passagen sind nun geschlossen.«

Tilda traf es wie ein Schlag ins Gesicht. Ihre grünlich-blaue Haut wurde dunkler und ihre Augen loderten wie ein Feuer. Innerlich tobte eine unbeugsame Wut in ihr. Wie ein Vulkan brach es aus ihr aus. »Ihr habt sie nach Midgard geschickt?«, brüllte sie in schallendes Gelächter aus. Ihr Lachen klang wie ein Donner, der durch die Hallen bebte, dass man selbst im Echo ihrer Stimme die Bosheit und ihren Zorn hören und spüren konnte.

»Lass mich raten, meine Teuerste? Ihr habt sie mit Baldur weggeschickt?« Erzürnt drehte Tilda den Kopf zur Seite. »Ihr mögt vielleicht Königin von Nerzien und von Alfheim sein, aber Ihr seid schon immer so verdammt naiv und durchschaubar gewesen. Aber eines habt Ihr dabei vergessen. Ich habe Blakaldur! Und da, wo Baldur ist, da wird auch er nicht weit weg sein.«

Unbeherrscht riss sich die Königin von ihrem Thron und wollte gerade auf sie losgehen, als der König sie zurückhielt.

»Wartet meine Teuerste!«, flüsterte er ihr leise zu. »Haltet ein. Sonst geht unser Vorhaben nicht auf.« Voller Zorn setzte sie sich wieder hin. Königin Elva hatte eine furchtbare Angst um ihr Kind. Allein der Gedanke, dass Blakaldur es schaffen könnte, sie einzuholen, wäre das

Schlimmste, was passieren könnte. Doch sie riss sich wieder zusammen.

»Du hast dabei aber ebenfalls etwas vergessen«, antwortete sie Tilda, während sich die Tore der Halle schloss. »Du bist nun ganz allein.«

Als Tilda das realisierte, drehte sie sich sofort um und wollte noch hinausrennen, aber es war bereits zu spät. In ihrem selbstverliebten Gerede hatte sie nicht bemerkt, dass sie ohne jeglichen Beistand war. Ein schleifendes Geräusch ertönte, und als sie instinktiv nach oben blickte, fiel auch schon ein großes schweres Netz auf sie herab. Wie ein wildes Tier zappelte sie auf dem Boden und versuchte, sich mit aller Kraft aus den Fängen zu befreien. Doch die Wachen hielten sie fest und nahmen ihr die Waffen durch das Netz. Tilda war endlich gefangen.

Die Krieger stellten sie aufrecht hin, um sie durch den Ausgang hinauszubringen, doch bevor sie die großen Hallen verließ, rief sie dem König und der Königin noch zu:

»Eines Tages wird Eure Tochter zurückkehren. Ihr könnt es gar nicht verhindern und dann ... dann Gnade ihr Odin. Bei meinen Ahnen "Thorgerd und Irpa", werde ich mir dieses verfluchte Kind schnappen. Das wird Euch noch leidtun. Ihr hattet kein Recht dazu.«

»Oh doch! Das haben wir! Und wir würden es auch immer wieder tun, um sie und jeden anderen hier zu schützen. All die Jahre wussten wir, welch Gräueltaten tief in dir stecken! Das hast du heute bestätigt. Aber deine glorreichen Tage sind längst vorüber, Tilda. Du wirst dein Ziel niemals erreichen und in den eisigen Bergen bis in alle Ewigkeit verrotten.«

»Ihr habt mir Euer Wort gegeben«, schrie Tilda voller Zorn, als man sie durch die himmelhochragenden Hallen von Nerziens Königreich schliff.

Draußen hörte sie von der anderen Seite noch, wie ihre kleine Besatzung von sechzehn Trollen gegen die unzähligen Wachen kämpften und versuchten, ins Schloss zu gelangen, als sie mit aller Kraft den Rückzug befahl. Das war das Letzte, was sie für ihre ergebene Mannschaft noch tun konnte, bevor sie sie verlassen musste.

XXMRFᚺIᚱ

Die Wachen schubsten Tilda in eine der Holzgondeln und fuhren mit weiteren sechs Mann und ihr hinauf zu den eisernen Bergen. Tilda versuchte, sich weiter mit aller Kraft zu wehren, als sie sie durch das tiefe und weite graue Gebirge schleppten und letztendlich durch die Höhlen in einen der dunklen Kerker warfen.

»Ihr habt mich betrogen. Verflucht sollt ihr alle sein. Das werdet ihr mir noch büßen, ihr verdammten Elben. Vergesst das nicht. DAS wird euch noch leidtun!«

»Du wirst hier in diesem Kerker elendig verrotten. Das ist das Einzige, was du noch tun wirst. Dies ist dein Schicksal.« Mit einem lächelnden, jedoch verächtlichen Blick schaute sie einer der Wächter an und musterte sie von oben bis unten herab.

»Tilda! Ha!« Zynisch lachte er über sie. »Das ach so mächtige Trollweib. Herrscherin der Eisriesen und des Trollreiches. Dass ich nicht lache.« Verachtungsvoll spuckte er ihr vor die Füße, während sie am Boden lag und er die Gittertüre dabei zuknallte.

»Deine Reise ist hier zu Ende, Trollweib!« Lachend verließen alle den Kerker und ließen Tilda noch immer in dem Netz gefangen, hinter Gittern allein.

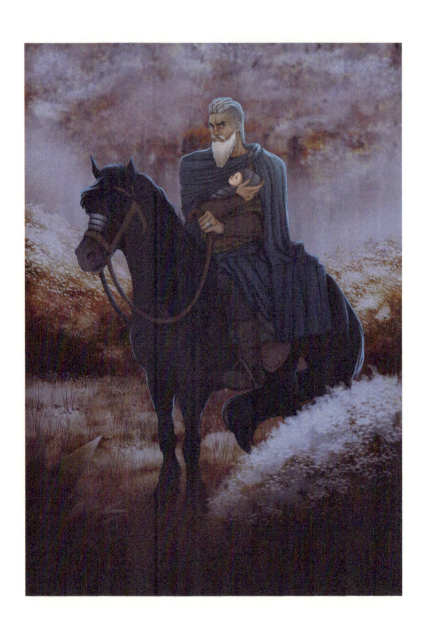

20. Kleine Strömungen

Hamburg, Fischbek

»Was ist das denn?«, fragte Enna und kam somit Liv zuvor, dieselbe Frage zu stellen. Fasziniert starrte sie auf das eigenartige kleine Ding, welches Baldur in der Hand hielt.

»Dies ist ein Kern vom Baum Yggdrasil. Man kann es auch Baumfrucht nennen«, erklärte Baldur. Er schaute in die Runde, um zu sehen, ob alle auch wirklich aufmerksam waren. Natürlich waren alle gespannt und neugierig. Zufrieden fuhr er fort:

»Aber es ist eine ganz besondere Frucht. Es ist eine Art Energiekapsel. Man kann damit viele Dinge machen. Vor allem dient es dazu, Nachrichten zu versenden oder sie darin zu speichern.«

»Du meinst so eine Art Kommunikationsgerät?«, fragte Nick, der bis jetzt eher stillschweigend dem Ganzen zuhörte und stattdessen nebenbei das Internet durchforstete, um herauszufinden, um was es sich genau für ein Fabelwesen namens Barghest handelte. Doch wenn es um Technik ging, war er sofort Feuer und Flamme. »Und wie funktioniert es?« Nick stand auf und stellte sich hinter

Baldur, um die kleine Kapsel aus der Nähe betrachten zu können.

Der Kern ähnelte der Hülle einer Walnuss, nur dass sie durchsichtig war. Beim näheren Betrachten konnte man erkennen, wie im Inneren des Kerns winzige und blitzartige Stromentladungen aufleuchteten.

»Das werdet ihr gleich sehen. Liv, bist du bereit, endlich deine Eltern zu sehen?«

»Meine Eltern?« Liv blickte durch den Raum und schaute jeden eindringlich an, bis Ediths Blick sie einfing und ihr freudig zunickte. Sie schluckte. Diesen Moment musste sie erst einmal auf sich wirken lassen. So viele Informationen prasselten in den letzten Minuten wie Regen auf sie ein und nun sollte sie auch noch ihre Eltern sehen. Sie atmete tief ein und aus, und gab Baldur schließlich mit einem leichten Nicken zu verstehen, dass sie nichts lieber wollte, als ihre wirklichen Eltern zu treffen. Baldur drückte ihr die kleine Kapsel in die Hand.

»Schau her. In der Mitte siehst du einen kleinen Schlitz. Jetzt nimmst du beide Hälften in die Finger und drehst sie leicht auseinander.«

Liv folgte seinen Anweisungen und drehte die Kapsel so weit auf, bis sie sich öffnete. Aus der Hülle schossen die kleinen blauen blitzartigen Lichter hinaus und verwandelten sich vor ihren Augen in Blau umhüllten Rauch, woraus sich eine Art Bildschirm formte. Durch den Rauch erschienen zwei Personen in hellen und edel geschneiderten Gewändern. Sie standen in einer großen Halle. Weiße Marmorsteine und cremefarbene Säulen zierten den exorbitanten Raum. Um sie herum herrschte ein lautes Gebrüll. Menschen oder in diesem Falle wohl eher Elben, rannten wie wild umher, griffen nach ihren Schwertern und richteten ihre mechanischen Bögen aus. Doch in all dem Trubel und Lärm sprach das Königspaar so ruhig, wie sie konnten in den Kern hinein.

Ihre Mutter war ihr so unglaublich ähnlich, dass Liv sofort erkannte, wer diese anmutige Elbenfrau war. Sie schien in einen Spiegel zu schauen. Langes, weißes und dichtes Haar, diese unverwechselbar blasse Porzellanhaut und dieselben rosigen Wangen. Sie war wunderschön, anmutig und strahlte eine Stärke aus, von der Liv nur träumen konnte.

Ihr Vater trug einen weißen, buschigen und endlos langen Bart. Viel auffälliger waren seine liebevoll treublickenden blauen Augen, die selbst durch den Rauch eine herzliche Wärme ausstrahlten. Und tatsächlich hielt er ein kleines Kind im Arm. Liv erkannte sich selbst sofort und auch sie trug das Mal in ihrem Auge.

»Liv, mein wunderschönes Kind«, sprach ihre Mutter, in einer Sprache, die sie bisher noch nicht kannte. Bis auf Baldur, konnte sie niemand verstehen. Obwohl Liv diese Sprache nie gelernt, geschweige denn je gehört hatte, verstand sie dennoch jedes einzelne Wort. »Wenn du das hier sehen wirst, dann wird der Tag gekommen sein, an dem du dein Schicksal angenommen hast und es an der Zeit ist, dass du zu uns zurückkehren wirst. Ich kann dir nicht versprechen, ob wir bis dahin noch am Leben sein werden, aber bitte glaube mir mein Kind, eines sollst du wissen: Dich von hier fortzubringen, war wirklich die schlimmste Entscheidung gewesen, die wir je treffen mussten. Aber egal, was heute Nacht auch passieren wird und auch immer geschieht: Wir lieben dich und werden es auch immer tun.

Und wenn der Tag gekommen ist, an dem du zurückkehren wirst, dann wirst du Herrscherin von Nerzien sein.« Der Vater senkte den Blick. Man konnte deutlich erkennen, wie er krampfhaft versuchte, seinen Schmerz und seine Tränen zu verstecken, während er seine Tochter ein letztes Mal im Arm hielt. Fortwährend dröhnte im Hintergrund der Lärm durch die weißen Hallen und wurde lauter. Die Soldaten stellten sich in Reih und Glied als ihre persönliche Leibgarde um sie herum. Der König und die Königin schauten umher. Sie hatten offensichtlich keine Zeit mehr. Der Leutnant flüsterte der Königin etwas zu und Liv vermeinte, den Namen Tilda gehört zu haben.

»Es tut uns so Leid, Liv«, und ihr Blick wandte sich zu dem kleinen Mädchen in den Armen des Königs. »Wir werden für dein Leben kämpfen. Doch sei zuversichtlich, mein Kind. Wenn Odin uns beisteht, werden wir uns eines Tages wiedersehen. Wir lieben dich.«

Sie gab ein Zeichen, in dem sie ihre linke flache Hand senkrecht ausgestreckt hielt und mit eingezogenen Daumen sachte an ihre Stirn drückte. Von der Stirn führte sie anschließend ihre Hand an den Mund und zuletzt an ihre Brust. Liv verstand es als ein Abschiedsgruß. So war es gang und gäbe in Nerzien. Eine Geste der Begrüßung, Ehrung und Respekt seinem Gegenüber, sowie Zuneigung, Liebe oder Verabschiedung.

Der Rauch verschwand allmählich, ebenso die kleinen Blitze, die sich im Nichts auflösten, und der strahlende Kern verblasste in einem kalten Grau. Nun sah es im Inneren aus, wie in einer Glühbirne, die kaputtgegangen war. Liv starrte auf den erloschenen Kern, während sich ihre Augen mit Tränen füllten.

»Dann waren diese Stimmen in meinen Kopf, die ich in meinen Träumen hörte, wirklich ihre. Das waren tatsächlich meine Eltern.«

Eine riesige Last, die Liv schon viel zu viele Jahre mit sich trug, fiel ihr endlich von den Schultern. Sie sammelte sich einen kurzen Moment. Ihre Augen glänzten.

»Also, wie lautet der Plan?«, fragte sie Baldur voller Antrieb und Tatendrang.

»Nun, uns bleibt leider nicht mehr viel Zeit. Ich hatte nicht damit gerechnet, dass Blakaldur uns so schnell in die Quere kommt. Wir sollten schnellstens zusehen, dass wir von hier wegkommen. Vor allem, wenn die Gefahr besteht, dass er deine Gedankengänge lesen kann. Das, was du siehst, das sieht er auch. Mit viel Glück kann er es nur in Bruchstücken sehen, aber das weiß ich nicht genau. Und ich weiß auch nicht, wie lange er sie lesen kann. Ich wusste damals schon, dass dieser Kampf unausweichlich sein wird. Blakaldur wird dich im Auftrag von Tilda bis in alle Ewigkeit jagen. Aber wie dem auch sei, wir dürfen nichts riskieren. Morgen werden wir alles Weitere besprechen und dann sehen wir zu, dass wir auf dem schnellsten Wege nach Island kommen.«

Nick zog die Augenbrauen hoch. »Warum Island?«

»Nun ja, weil es der einzige Übergang ist, indem wir nach Alfheim zurückgelangen können. Am Wasserfall "Aldeyjarfoss". Dort ist die Passage, die uns in das andere Reich führt.« Baldur senkte seinen Blick. In Wahrheit plagte ihn sein innerer Zweifel. War es nicht noch zu früh? Liv war doch noch so jung. Aber das Schicksal hatte nun mal seine eigenen Pläne. Liv sah in sein bedrücktes Gesicht. »Was hast du?«

»Ich dachte, wir hätten noch Zeit«, japste er. »Zumindest bis du fünfundzwanzig bist oder so. Ich wusste ja, dass dieser Tag irgendwann kommen wird.« Sein Blick schweifte zu Edith. »Nur habe ich nicht unbedingt so früh damit gerechnet. Doch nur dein Schicksal und deine Bestimmung können wissen, wann die Zeit dafür reif ist. Dass du zurückkehrst, deinen Thron antreten und all dem ein Ende setzen wirst.«

»Und wir kommen natürlich mit!«, rief Aeden selbstbewusst dazwischen. Alle schauten ihn verdutzt an.

»Ich meinte, wir werden Liv selbstverständlich begleiten. Oder hast du etwa gedacht, dass wir nicht mitkommen werden?«

»Das kann ich doch nicht von euch erwarten. Wie wollt ihr das denn überhaupt anstellen? Das ist alles viel zu gefährlich«, warf Liv ein. »Was wollt ihr denn bitte euren Eltern sagen?«

»Ach, lass das mal unsere Sorge sein. Mein Vater ist ja sowieso nicht zu Hause. Er ist für einige Wochen auf Geschäftsreise. Ich werde meinem Vater schreiben, dass ich zu meiner Mutter nach England reisen werde. Er hat damit ohnehin schon gerechnet. Die beiden reden kein Wort miteinander und wenn überhaupt, dann schicken sie sich nur im Notfall mal höchstens eine E-Mail. Felix und Nick können mich dann ja einfach wieder begleiten. Na ja ..., also theoretisch meine ich. Das haben wir letztes Jahr schon zusammen gemacht und unsere Eltern waren einverstanden. Warum sollten sie dieses Jahr also etwas dagegen haben?« Er schaute seine besten Kumpels selbstsicher an.

»Ich denke auch, dass wir das hinkriegen sollten. Unsere Eltern sind froh, wenn sie uns über die Sommerferien los sind. Wir sind ja sonst auch andauernd unterwegs. Da wird ein kleiner Trip nach Island schon nicht auffallen«, lachte Felix. »Einen Versuch ist es auf jeden Fall wert, oder was meinst du, Nick?«

»Tja, ich weiß nicht so recht, das sollten wir auf jeden Fall besprechen.« Er überlegte weiter. »Na ja, aber andererseits, solch ein Abenteuer will man auch um nichts auf der Welt verpassen.« Er sah Enna leicht verlegen an. »Was ist mit dir, Enna? Kommst du auch mit?«

»Seid ihr alle völlig verrückt geworden?« Etwas irritiert schauten sie Enna an.

»Ich warte schon mein ganzes Leben auf solch ein Abenteuer. Das endlich mal etwas Besonderes und Außergewöhnliches passiert. Dass überhaupt mal etwas passiert! Natürlich komme ich mit. Außerdem kann ich jawohl schlecht meine beste Freundin mit vier völlig Fremden alleine lassen«, lachte sie auf.

»Na ja, so fremd nun auch wieder nicht«, grinste Aeden und legte seinen Arm über Nicks Schulter.

»Ohne ausreichend Schlaf und einigen Vorbereitungen sollten wir nicht einfach so überstürzt aufbrechen. Also machen wir uns jetzt lieber schnell auf den Weg, klären alles zu Hause ab, packen unsere Sachen und morgen kommen wir zurück hierher«, entgegnete Nick.

»Aber wo wollt ihr denn jetzt hin?«, fragte Liv.

»Baldur und ich werden bei mir übernachten. Wir werden nicht weit entfernt sein. Aber hier ist es einfach zu eng für uns alle. Nick und Felix fahren nach Hause, um ihre Sachen zu packen und sich auf die Reise vorzubereiten. Du bleibst mit Enna und Edith hier. Wenn ihr euch leise verhaltet, wird meine Oma gar nicht mitbekommen, dass ihr euch hier unten im Keller aufhaltet. Wir sind ganz in der Nähe. Morgen sind wir wieder da und holen euch ab.«

»Liv, ich weiß, du hast bestimmt Tausende von Fragen und die werde ich dir auch alle beantworten. Aber jetzt solltest du erst einmal schlafen gehen und deine Kräfte wieder sammeln. Denn unsere Reise wird lang. Wir werden also noch sehr viel Zeit zum Reden haben«, sagte Baldur und nahm Liv fest in seine Arme.

»Wir sind ganz in der Nähe.« Sie musste sich eingestehen, dass sie tatsächlich völlig erledigt war. Der Tag war einfach viel zu lang und es war unglaublich viel passiert, was ihr Kopf gar nicht schnell genug verarbeiten, oder überhaupt realisieren konnte. Ihre Hand schmerzte. Die Wunde pochte, was furchtbar unangenehm war und wehtat. Die vier schnappten sich ihre Rucksäcke und verabschiedeten sich.

»Das war wirklich ein sehr ereignisreicher Tag. Ich hoffe, du bist mit den Antworten zufrieden«, fragte Aeden liebevoll und berührte sie sanft am Arm.

»Ich glaube, ich muss diese ganzen vielen Informationen erst mal verarbeiten.« Sie lächelte ihn an. »Das klingt alles so unglaublich. Ich weiß nicht, ob ich das alles verstehe. Aber ...«

»Aber was, Liv?«

»Ich möchte dir danken, Aeden.«

»Wofür?«

Sie lachte los. »Dass du mich im Wald fast über den Haufen gefahren hast? Oder dass du mir gefolgt bist, als ich schlafwandelnd durch die Heide gewandert bin? Sonst wären wir wohl jetzt nicht hier.« Die beiden blickten zu Boden und mussten schmunzeln.

»Ich würde dich jederzeit über den Haufen fahren, wenn es sein muss«, lachte er auf.

»Du weißt doch ... Gentleman und so. Ich tue stets, was die Frauen von mir wollen. Vor allem kleine Eisprinzessinnen wie du.«

Grinsend verdrehte Liv die Augen. »Schlaf gut, Casanova. Wir sehen uns morgen.«

Aeden zog aus einen der oberen Schränke noch einige Decken und Kissen für sie hervor und klappte das Schlafsofa für sie auseinander. Die Jungs zogen von dannen. Edith setzte sich zu Enna und Liv auf das Sofa, und griff nach ihrer Hand.

»Und? Wie fühlst du dich jetzt, mein Kind?«

»Ich weiß nicht so recht, Tante. Glücklich, schockiert und dennoch beruhigt? Ängstlich bin ich, aber wiederum so voller Kraft und Tatendrang. Es sind so viele Informationen auf einmal, die ich noch nicht ganz zu verstehen vermag. Aber ich werde es versuchen.«

»Verstehst du denn jetzt, warum ich dir nie etwas sagen konnte?«

»Ich denke schon. Aber trotzdem hätte ich es gerne gewusst.«

»Ich wünschte, ich könnte dich beschützen«, schluchzte Edith. »Du bist wie mein eigenes Kind. Ein Leben ohne dich kann ich mir kaum vorstellen.«

So sentimental hatte sie ihre geliebte Tante schon lange nicht mehr erlebt. Eigentlich noch nie. Vielleicht lag es daran, dass nun ein neues Kapitel in ihrem Leben aufgeschlagen wurde. Ein Kapitel, welches enorme Veränderungen mit sich trug.

»Tante!«, flüsterte sie und fiel ihr in die Arme.

»Nichts und niemand könnte uns jemals voneinander trennen. Wir sind eine Familie. Genauso wie Enna zu uns gehört«, schaute sie zu ihr rüber. »Wir drei gehören für immer zusammen. Komme, was wolle!«

Sie redeten noch eine Weile, bis ihnen erschöpft die Augen zufielen. Nach so vielen schlaflosen Nächten konnte Liv zum ersten Mal wieder tief und fest durchschlafen.

21. Eine wilde Verfolgungsjagd

Hamburg, Fischbek

»Ich könnte Bäume ausreißen. So gut fühle ich mich«, nuschelte Liv, als sie ganz genüsslich einen Pfannkuchen nach dem anderen verschlang. Nachdem sie mit Edith und Enna die Nacht zuvor im Haus von Aedens Oma verbracht hatten, führte man sie mit verbundenen Augen in das Haus gleich nebenan, wo Aeden mit seinem Vater lebte. Der war jedoch für einige Wochen auf Geschäftsreise, also hatten sie das ganze Haus für sich allein.

Baldur stand in der Küche und bereitete die Leckereien zu. Liv fand es schon recht eigenartig, ihn so zu sehen. Einen Mann, der sich gestern noch geprügelt hatte und eher eine Axt schwingen und Holz hacken sollte, stand nun da und kochte fröhlich gestimmt für alle. Leise sang er dabei ein Lied in isländischer Sprache vor sich hin. Liv tat es gut, nach solch ereignisreichen Tagen mit ihren neu gewonnenen Freunden und ihrer Tante am Tisch zu sitzen und ein wenig Normalität zu spüren. Sie stopfte sich noch genüsslich einen weiteren Pfannkuchen in den Mund, bis sie bemerkte, wie Aeden sie dabei beobachtete. Kurz stockte sie und hörte auf zu kauen, bis er sie anlachte und sich ein ebenso großes Stück breit grinsend in den Mund schob. Liv fühlte sich wie ausgewechselt. Auch wenn noch viele Fragen offengeblieben waren, so hatte sie zumindest ein paar Antworten. Wobei sie zugegebenermaßen mit solchen Informationen nie gerechnet hätte.

Bin ich wirklich eine Königin? Hüterin der Welten? Beschützerin der Wappen? Oder war das alles nur ein völlig verrückter Traum?, zählte sie im Geiste alles zusammen. Allmählich verstand sie, warum Edith ihr all die Jahre nichts sagen konnte. Dennoch hätte sie es sich anders gewünscht. Zumindest hätte sie dann die Chance gehabt, sich auf das, was ihr nun unwiderruflich bevorstand, besser vorbereiten können.

XXNRFHIΓ

Es klingelte an der Tür. Nick und Felix kamen mit dick gepackten Rucksäcken herein. Sie grüßten in die Runde und warfen ihre Taschen auf den Boden. Verwundert verzog Liv das Gesicht und fragte sie, was es denn mit den Rucksäcken auf sich hätte. Sie erzählten ihr, dass sie noch bis spät in die Nacht mit Baldur gemeinsam am Tisch saßen und einen Plan schmiedeten, wie und wann sie am besten reisen sollten. Und sie beschlossen, dass es am besten wäre, die Reise sofort zu beginnen. Sie erklärten, dass anstatt direkt nach Island, sie erst einmal nach England fliegen wollten. Mit der Kreditkarte von Aedens Vater konnte Nick noch kurzfristig ein paar Sitzplätze buchen. Immerhin war er das Computergenie unter den Jungs. Für ihn war es ein leichtes auf die Schnelle so etwas zu erledigen. Es war auch gut, dass er Tickets nach England gekauft hatte, denn so konnte der Vater von Aeden ersehen, dass er auch wirklich nach London reisen würde, so wie er es geplant hatte. Felix erzählte zudem, dass sie noch heute Morgen ihre Handys bei einem guten Freund abgegeben hatten. Er war dafür zuständig, den Eltern regelmäßig einige Nachrichten zu senden, damit man sie im Glauben ließ, dass sie alle auch schön brav den Sommer in England verbringen werden, so wie sie es das Jahr davor schon taten.

Nick nutzte die Zeit und hackte sich mit ihrem Kumpel in das Computersystem ein und schaffte es, die Kreditkarten von Herrn Bergen zu sperren. Sie wollten um jeden Preis verhindern, dass Blakaldur es schaffen sollte, vor ihnen Island zu erreichen. Der Plan war sicher. Der Plan stand fest. Weitere Informationen konnten sie Liv einfach nicht mehr verraten. Denn jetzt wusste sie eigentlich schon zu viel und Blakaldur bekam davon sicherlich einiges mit. Sie mussten alle sehr vorsichtig und wachsam bleiben. Ein falsches Wort und alles wäre vorbei. Ein wenig verwundert darüber, dass man ihr so viele Infos über die Reise gab, war sie schon. Andererseits war sie froh gewesen. Nicht zu wissen, was als Nächstes geschehen wird, war ein furchtbares Gefühl. Und sie hatte weiß Gott schon genug getan. Das dachte sie jedenfalls. Aber was sie am wenigsten ahnen konnte, dass all dies zu Baldurs ausgetüfteltem Plan gehörte.

Sie versuchte, ihre Gedanken umzulenken. Wenn ihr ehemaliger Lehrer schon alles, was in ihrem Kopf geschah, lesen konnte, dann wollte sie dabei auch etwas Spaß haben können. Während sich alle weiter unterhielten, sang sie in ihrem Kopf die nervigsten Lieder aus den Charts, die es gab. In der Hoffnung, sie könne Herrn Bergen damit ärgern.

»Wo genau befinden sich eigentlich diese Welten?«, fragte Enna.

»Genaugenommen sind sie direkt über uns, in den endlosen Weiten des Himmels«, antwortete Baldur und winkte sie alle zu sich an den Tisch. »Kommt. Ich zeige es euch.« Er holte die große Karte hervor, die bis gestern noch den Flur von Herrn Bergens Haus schmückte und breitete sie auf dem Tisch aus. Anschließend verteilte er die jeweiligen Wappen auf der Karte an ihre Plätze.

»Fangen wir ganz oben an der Baumkrone an. Das ist "Asgard" - Die Welt der Götter -. Ein Reich, wo auch nur die Götter verweilen können und dürfen. Es ist ihre Ruhestätte und so soll es auch bleiben. Denn die Zeit der Götter ist nun mal vorbei.«

Sein Finger fuhr auf die linke Seite des Pergaments. »Das hier ist "Muspelheim".« Er zeigte mit dem Finger auf einen roten Berg. »Einst war es das "Feuerreich" im Süden, welches vorher gegenüber von "Jötunheim" lag. Seit jeher, nach "Ragnarök", liegt "Muspelheim" direkt neben unserem geliebten "Alfheim". An der Grenze zu Nerzien. Seitdem ist Nerzien, sowie ganz "Alfheim" stets von einem frühlingshaften Klima umgeben, indem entweder - wie hier zurzeit - sehr sommerliche oder höchstens, herbstliche Temperaturen herrschen. Es ist dort also nie kalt. Die Landschaft in "Alfheim" ist einfach atemberaubend. Bäume so groß und stark. Solch ein saftiges Grün habt ihr noch nie gesehen.

Hier geht es mit "Jötunheim" und "Niflheim" weiter - die Welt der Riesen, Eisriesen, aber vor allem der Trolle -. Sie verschmolzen ebenfalls zu einer Welt. Heute nennt man es

"Das Trollreich", welches, wie schon erwähnt, Tilda gehört.« Er fuhr mit dem Finger auf dem Bild weiter entlang und zeigte auf die grau und silbern gefärbten Berge.

»Hier am Rande, tief in den stählernen Bergen, ist die Passage nach Alfheim. Dort fließt das ewige Wasser von "Yggdrasil". Das einzige Wasser, welches unseren kosmischen Weltenbaum am Leben erhält. Es ist von enormer Wichtigkeit für die Passage zu den anderen Welten. Ohne dieses kostbare Gewässer könnten wir nicht reisen. Zu guter Letzt haben wir hier die beiden Welten "Svartalfheim" und "Nidavellir". Sie verschmolzen ebenfalls zu einer Welt und gaben ihr schließlich den Namen "Atlanheim". Es ist die Welt der Schwarzalben und der Zwerge. All ihr Besitz und Reichtümer waren aus reinstem Gold, Silber, Eisen und Edelsteinen. Es gab nichts, was die Zwerge nicht aus diesen edlen Metallen erbauen konnten. "Atlanheim" war wie ein Dschungel, an dem die exotischsten Bäume und Pflanzenarten wuchsen. Der Legende nach sollen sie in den Meeren überlebt und sich eine Welt unter Wasser gebaut haben. Einst waren sie unsere engsten Verbündeten. Jedoch scheiterten die bisherigen Hüter der Wappen bei den Versuchen, die Passage für die Meereswelt zu öffnen. Wir haben nie die Gewissheit bekommen, ob sie überhaupt noch existiert. Ihr Schicksal liegt bis heute im Verborgenen.«

Baldur zog das Wappen von "Atlanheim" hervor und zeigte darauf: »Seht ihr die gebrochene Stelle? Ein Teil des Wappens ist zerbrochen und verloren gegangen. Angeblich soll es vor vielen Hundert Jahren schon einmal einen Krieg gegeben haben. Tildas Vater kämpfte gegen die Elben und griff sich eines der Wappen. Ein Duell zwischen dem

Elbenkönig und dem Trollkönig entstand. Dabei zerbrach ein Teil von dem Wappen der Zwerge. Heute vermuten einige der Elben, dass Tilda dieses Stück von ihrem Vater geerbt hat und stets bei sich trägt. Andere sagen, es liegt irgendwo versteckt im Trollreich und niemand würde es jemals finden. Es ist nur ein kleines Stück, - fast nur ein Splitter -, der fehlt. Aber ohne dieses letzte Teilchen, werden wir nie erfahren, ob es die Welt "Atlanheim" noch gibt und sie unter dem Meer leben.«

»Eine Meereswelt aus Gold und Edelsteinen«, schwärmte Enna verträumt und malte sich derweilen schon die zauberhafte Welt in ihrem Kopf aus. »Das klingt wirklich märchenhaft.«

Liv sah Baldur fragend an. »Aber müsste man nicht zumindest die anderen Welten sehen können, wenn du sagst, dass sie sich über uns befinden?«

»Oder was ist mit Flugzeugen?«, warf Nick ein. »Die müssten sie doch allein schon über ihr System auf ihren Bildschirmen sehen?«

»Nun ja, es ist wohl so, dass die Menschen diese Welten nicht wahrnehmen können. Nicht einmal die wenigen, die wirklich noch an die nordische Mythologie glauben.« Grübelnd runzelte Baldur die Stirn und spielte dabei an seinem langen Bart herum. »Vielleicht liegt es daran, dass die wahre Geschichte auf der Erde nie richtig erzählt wurde. In der Welt der Menschen ist sie einfach nicht existenziell. Und die Flugzeuge fliegen einfach hindurch. Ebenso die Schiffe. Sie fahren einfach durch den Baumstamm hindurch, der tief im Kern der Weltkugel steckt. Man muss tief im Herzen fühlen, dass es Yggdrasil, sowie all seine Welten gibt. Ich kann sie sehen, ebenso Edith und natürlich«, er seufzte »Blakaldur. Alle diese Welten sind miteinander verbunden. Alle Wege führen jedoch nur über Alfheim. Das einzige Wappen, welches nicht genutzt werden kann, ist von Alfheim nach Asgard - die Welt der Götter -. Diese bleibt für immer verschlossen. Außer die Götter selbst öffnen die Tore. Doch der Hüterin ist es bestimmt, über alle zu wachen.«

XXMRFЧIΓ

Nach dem herzhaften Frühstück schnappte sich Liv aus dem Rucksack ihre Lieblingskleidung, die Enna und ihre Tante für sie eingepackt hatten. Sie brauchte dringend eine Dusche. Der viele Schweiß, durch die ganze Aufregung und Hektik von gestern, klebte noch an ihrer Haut. Aeden zeigte ihr den Weg ins obere Geschoss. Das Haus war groß und modern, doch wirkte es gleichzeitig auch kalt. Weiße und graue Farbtöne zierten die Wohnbereiche. Kein einziges Bild von Aeden und seinem Vater schmückten die kahlen Wände. Und wenn überhaupt, waren es irgendwelche teuer wirkenden Gemälde, die wohl sein Papa von vielen Geschäftsreisen aus den verschiedenen Ländern mitgebracht hatte. Jetzt verstand sie ihren neuen Freund umso mehr, als sie die kalten grauen Marmorstufen hinauf lief. Hier war selten jemand, außer Aeden, wenn er mal nicht bei seiner Oma schlief. Von Liebe konnte man hier leider nur wenig spüren.

Gefühlt eine halbe Stunde stand sie unter der Dusche und genoss den Moment der Ruhe. Wie vermochte die Welt wohl aussehen, aus der sie kam? Der Gedanke, dass sie kein Mensch, sondern in Wahrheit eine Elbin war, kam ihr völlig absurd vor. Sie fühlte sich völlig normal. Andererseits hatte sie auch keine Ahnung, wie man sich als Elbe überhaupt fühlte. Und wie anderen Elben aussahen, malte sie sich auch in ihrer Fantasie aus. *Wie lebte man als Elbe? Und dazu noch als Königstochter?* Sie ließ ihre Gedanken kreisen, das lauwarme Wasser auf sich herab prasseln. Sie schaute auf die kleinen Tropfen, die über ihren Arm kullerten. Sie überlegte, ob es möglich war, die Zeit auch ganz bewusst zu verlangsamen? Denn bisher passierte dies in brenzlichen Situationen, vollkommen ungewollt und ohne jegliche Vorwarnung. Sie beschloss, es zu probieren. Ihr Blick richtete sich auf den Duschkopf und das herab rieselnde Wasser. Sie fokussierte jeden einzelnen Strahl und ihr Blick wich nicht davon. Einige Sekunden geschah nichts. Mit einem Mal spürte sie, wie ihr katzenartiges Auge hell aufzuleuchten schien. Der Wasserstrahl verlangsamte sich. Die Tropfen fielen in Zeitlupe nach unten und zersprangen ebenso in mäßigem Tempo auf den weißen Kacheln. Das erste Mal hatte sie es geschafft, die Zeit ganz bewusst zu verlangsamen.

Mit Stolz erfüllt und motiviert stieg sie wieder aus der Dusche und band sich ihre Dreadlocks zu einem großen Dutt zusammen. Im Spiegel betrachtete sie ihr besonderes Auge. Ihr ganzes Leben lang hatte sie es gehasst, weil die Menschen sie dadurch immer eigenartig fanden. Es hatte sie ständig verunsichert und für wenig Selbstbewusstsein gesorgt. Wenn ihr Chloe jetzt gegenüberstehen würde, während sie wieder einen ihrer blöden Sprüche bringt, dann würde Liv dieses Mal ganz anders reagieren. »Machs gut, unsichere kleine Liv«, sprach sie zu ihrem Spiegelbild. »Von nun an gibt es nur noch die Furchtlose und Mutige.«

Jetzt war sie stolz auf ihr wunderschönes und einzigartiges Mal mit einer Gabe, von der Menschen nur träumen konnten. Hatten die Wesen ihresgleichen dieselben Fähigkeiten? Oder waren sie unterschiedlich? Baldur konnte Dinge in der Luft schweben lassen und sie werfen. Vielleicht war jeder einzigartig in Alfheim. Nur allzu sehr freute sie sich schon darauf, dies herauszufinden.

XXИRFЧIГ

Durch den Flur wieder Richtung Treppe nach unten erhaschte sie einen Blick in Aedens Zimmer und konnte nicht anders, als hinein zu spähen. Sein Raum war, im Gegensatz zu dem Haus, alles andere als kalt. Es glich einem Künstlerzimmer. Eine Wand war von einem riesigen Graffiti verziert, worauf ein Crossbike zu sehen war, welches von bunten Farben, die wohl Blitze darstellen sollten, unterstrichen wurden. Seine Liebe zum Sport, für wilde Stunts mit dem Bike oder einem Motorrad war unverkennbar. Sie verstand, dass diese Leidenschaft genau das war, was Aeden eben ausmachte. Es war ein Jammer, dass ihn sein Vater darin nicht unterstütze. Auf seinem Schreibtisch lagen einige Zeichnungen, die ziemlich gut waren. Das Graffiti an der Wand schien von ihm zu sein. Er war äußerst talentiert, fand sie. Auf der anderen Seite des Raumes stand ein großer Flachbildfernseher, worüber das Fechtschwert hing. Der Sport, auf den sein alter Herr so viel Wert legte. Als sie sich das Schwert näher anschauen wollte und am Fenster des Zimmers vorbeilief, schaute sie unbewusst heraus und blickte auf die Straße. Eine hübsche lange Siedlung in einer dreißiger Zone, wo man von draußen einige Kinder Spielen und Lachen hörte. Während sie den Kindern beim Toben lauschte, schweifte ihr Blick völlig unbedacht weiter durch die Gegend und las dabei das Straßenschild.

"*Linguini-Straße 14-20*", las sie im Geiste. *Ein komischer Name für eine ... Oh verfluchte Scheiße noch mal!*

XXWRFЧIΓ

Martin Bergen stand im Schatten einer großen Platane und wartete auf seine Männer. Die Ereignisse hatten sich tatsächlich überschlagen. Das alles hatte er nicht erwartet und sichtlich unterschätzt. Er konnte es nicht leugnen, ihm waren viele Fehler passiert, die er sich gar nicht erklären konnte. Warum hatte er sich nicht intensiver mit Liv beschäftigt? Geldtechnisch hatte er es nicht nötig gehabt, als Geschichtslehrer an ihrer Schule zu arbeiten. Er tat es nur, um sie leichter überwachen zu können. Die ganze Zeit war sie vor seiner Nase herumgetanzt und hatte dennoch die Veränderung in ihr nicht erkannt. Er hätte er besser wissen müssen. Dieser menschliche Körper war einfach zu schwach. Andauernd überraschte er ihn durch nicht vorhersehbare Reaktionen. Es schien, als würde der Körper sich immer noch gegen seinen Parasiten wehren.

Zwei schwere SUVs fuhren vor und rissen ihn aus seinen Gedanken. Zögerlich stiegen vier Russen aus den Wagen. Es war ihnen anzusehen, dass sie erst seit einiger Zeit im Besitz von beträchtlichem Vermögen waren. Ihre Kleidung, die dicken Karren, der Schmuck alles zeugte von Reichtum, aber nicht von Stil.

»Da seid ihr ja endlich. Warum hat das so lange gedauert? Gestern habt ihr mich schon im Stich gelassen. Es ist eure Schuld, euer Versagen, dass ich nicht bekommen habe, was ich wollte. Ich erwarte, dass ihr mir zu jederzeit zur Verfügung steht. Dafür bezahle ich euch Schwachköpfe immerhin!«

»Wir müssen auch noch ...!«

»Es ist mir scheiß egal, was ihr noch müsst. Es gibt nur zwei Orte, an denen ihr euch die Zeit vertrieben habt. Entweder im Casino, oder ihr habt für Frauen bezahlt. Und nun hört gut zu: Juri, Wladimir und ... egal. Eure Namen habe ich vergessen. Ihr Deppen fahrt jedenfalls zum Flughafen. Ich schicke euch Bilder, damit ihr wisst, nach wem ihr suchen müsst. Ihr beobachtet die Schalter. Macht nichts ohne meine Anweisungen. Keine Alleingänge. Am Ende muss sich mein Anwalt um eure ganzen Delikte kümmern, wenn die Bullen euch gefangen legen.« Er wendete sich den anderen Männern zu, die schon fahrbereit in ihrer dicken Karre saßen. »So und nun zu euch zwei Halbschwachmaten. Wir drei hübschen werden in die Linguini-Straße fahren. Das ist ihr aktueller und letzter Standort, den ich wahrnehmen konnte. Haltet eure Handys gefälligst griffbereit. Ich will euch sofort in der Leitung haben, falls sich etwas ändert. Wir müssen sie einkreisen. Wenn sie erst einmal auf der Straße sind, bekommen wir sie nie.«

XXMRFHIP

Kaum hatte Liv den Namen der Straße gelesen, wurde ihr schon bewusst, was sie damit ausgelöst hatte. Sofort rannte sie die Treppe hinunter, wo im Wohnzimmer alle bereits auf sie warteten.

»Baldur! Mir ist etwas Schreckliches passiert!«, stammelte sie nervös.

»Was ist los, Liv?«

»Ich habe gerade aus dem Fenster geschaut und den Straßennamen gelesen. Ich habe mir nichts dabei gedacht. Es tut mir leid.«

Ruckartig schob Baldur seinen Stuhl nach hinten und sprang auf. »Das ist gar nicht gut. Ganz und gar nicht.«

»Was machen wir denn jetzt?« Liv atmete panisch. Das hatte sie beim besten Willen nicht gewollt.

»Los! Packt eure Sachen so schnell, wie ihr nur könnt. Wir müssen sofort von hier weg!«

In Windeseile sammelten sie all ihre Hab und Gut zusammen und räumten alles in Ediths Bus hinein. Jetzt war keine Zeit für Emotionen. Angsterfüllt schmiss Enna mit Felix und Nick die Sachen ins Auto, während Aeden noch die Fenster und Türen im Hause schloss. Gerade als er dabei war, die Haustür abzuschließen und sich alle am Bus sammelten, sahen sie, wie ein großer schwarzer SUV in die Straße einbog und direkt auf sie zusteuerte.

»Das ist Bergen. Mit seinen Schlägern.« Baldur schlug auf das Dach des Bullis.

»Scheiße!«, schrie Edith. »Schnell! Beeilt euch!«

Sofort sprangen sie ins Auto und schoben die Türen zu. An ihrer Pfeife paffend startete Edith den Wagen. »Dann wollen wir mal sehen, was diese alte Blechschüssel noch auf dem Kasten hat«, raunte sie und trat mit voller Wucht auf das Gaspedal. Mit schrillquietschenden Reifen fuhren sie los. Wie sollte ihr kleiner Hippie Bus es nur mit einem dicken SUV aufnehmen? Aber Edith kannte jeden Grashalm in ihrer Umgebung. Sie wusste, wie sie die Autos abhängen konnte.

»Sehen wir zu, dass wir diesen stinkenden Köter loswerden«, ächzte Edith und pustete den Rauch aus ihrer Kehle. Auch wenn den meisten angst und bange war, spürte Edith endlich wieder das Feuer in sich, welches sie schon so lange vermisst hatte. Sie nahm einen weiteren Zug von ihrer Pfeife, schaltete in den nächsten Gang und lachte laut auf. »Haha! Das Abenteuer beginnt.«

Doch während ihre Tante wie eine wildgewordene durch die Stadt fuhr, um der Bestie Blakaldur zu entkommen, schluchzte Liv dagegen reumütig vor sich hin. »Es tut mir so leid! Das ist alles meine Schuld. Hätte ich doch bloß nicht aus dem Fenster gesehen.«

»Hör auf, Liv«, antwortete Aeden und warf einen Blick auf das schwarze Auto, das ihnen schon ziemlich dicht auf den Fersen war. Obwohl sein Herz vor Adrenalin raste, wollte er vor Liv und den anderen keine Angst zeigen. »Wir wussten doch alle, dass wir nicht viel Zeit haben werden.« Ohne es zu wissen, gab er ihr ein Versprechen. »Wir werden Blakaldur abhängen. Verlass dich drauf! Und ich bin bei dir! Komme, was wolle.« Er schluckte kurz, als er die Worte aussprach. Richtig wohl war ihm bei der ganzen Sache in Wahrheit nicht. Ein Blick zu Nick und Felix bestätigten seine Zweifel. Die Aktion mit dem Fahrrad einen Hügel hinab zu fahren war schon ein Schuss in den Ofen. Aber Liv taten seine Worte gut. Das Gefühl von Sicherheit konnte sie nur allzu gut gebrauchen. Sie bedankte sich bei ihm. Doch der Moment war jetzt wirklich der falsche für weitere Schmeicheleien. Und sie hatten auch keine Zeit, um Angst zu haben. Sie waren auf der Flucht. Sie mussten weg.

»Kirschgrüüün, Kirschgrüüün«, schrie Edith und bretterte wie wild über die große Kreuzung. Während die Ampel bereits von Gelb auf Rot umsprang, schaffte sie es gerade noch, rechtzeitig über die Straße zu fahren.

XXMRFHIΓ

Herr Bergens Privatarmee trat aufs Gas und versuchte den Bus so schnell wie sie konnten, einzuholen. An der Kreuzung angekommen, hängte Edith sie jedoch ab. Der Fahrer raste über die rote Ampel, wie Bergen es ihm befohlen hatte. Letztendlich musste er aber mitten auf der Kreuzung anhalten. Haarscharf gelang es ihm mit einer Vollbremsung, eine riesige Massenkarambolage zu verhindern. Der dicke und breite SUV sorgten Mitten auf der Straße für einen Stau. Die Fahrer hupten wie verrückt, schrien aus ihren Fenstern und beleidigten sich gegenseitig.

»Los, los, los, du dämlicher Idiot! Fahr sofort weiter«, schrie er lauthals seinen Söldner an. Doch die vielen Autos, die wild durcheinander auf der Kreuzung standen, machten es ihnen einfach unmöglich, die Straße zu durchqueren.

»Verliert den Bus gefälligst nicht aus den Augen. Koste es, was es wolle!«

Dem Fahrer tropfte der Schweiß von der Stirn. Bergen schrie nur noch wütend herum. Seine maßlose Verärgerung trübte seine Sinne. Krampfhaft versuchte er, jeden ihrer Gedanken zu lesen. Ihm durfte jetzt wirklich nichts mehr entgehen. Langsam begann die Kraft von Livs Blut in ihm zu schwinden. Zu viele Stunden war es schon her gewesen, als er es zu sich nahm. Ihm blieb nur noch wenig Zeit.

Der Fahrer setzte den Rückwärtsgang ein, prallte mit voller Wucht gegen die Wagen hinter sich und schob sich durch den schmalen Weg zwischen den anderen Autos hindurch.

XXMRFhIF

Edith hatte sich einen guten Vorsprung erarbeitet. Sie bog in die nächste Autobahnauffahrt und steuerte in Richtung "Hamburg Airport".

Doch es dauerte nicht lang, bis Baldur die dicke Karre im Rückspiegel vom Weiten wiedererkennen konnte. Solche Autos hatten nun mal mehr PS drauf als ein alter Bulli.

»Keine Sorge, Jungs und Deerns«, rief Edith. »Ich kenne Hamburg besser als meine eigene Westentasche.« Die vielen Autofahrer hupten sie verärgert an, die sie überholte und haarscharf an ihnen vorbeiraste.

Mit einem Mal, ohne jegliche Vorwarnung, bog sie bei der nächsten Autobahnausfahrt ab. Dabei fuhr sie so abrupt und scharf nach rechts, dass Nick sich nicht mehr festhalten konnte, fast vom Sitz fiel und sein Kopf an Ennas Schädel prallte. Nick entschuldigte sich bei ihr, aber Enna schüttelte nur den Kopf. Sie brachte keinen Ton von sich. Doch nicht wegen der unvorhergesehenen Kopfnuss von Nick. Die wilde Verfolgungsjagd durch die ganze Stadt war ihr eine Spur zu rasant. Ihr war speiübel.

»Was tust du denn da, Tante? Du bringst uns noch um! Und außerdem müssen wir da doch gar nicht lang«, rief Liv. »Gleich wird er uns einholen und dann ist alles aus.«

»Er darf deine Gedankengänge nicht verstehen. Deswegen fahre ich durch Schleichwege. Zumindest müssen wir deine Gedanken für ihn ein wenig durcheinanderbringen. Er muss unsicher sein, wo wir gerade lang fahren. Ich bin mir sicher, dass er diese Wege nicht kennt.«

»Aber das wird uns auf Dauer auch nichts bringen. Wir müssen sie abhängen. Sofort!«, drängte Baldur.

»Er wird uns immer einen Schritt voraus sein, solange er deine Gedanken lesen kann. Wir dürfen nicht riskieren, dass er uns durchschaut.«

Baldur und Edith nahmen über den Rückspiegel Blickkontakt auf, sie wussten genau, was im Kopf des anderen vor sich ging. Sie griff nach ihrer bunten Tasche und warf sie Baldur zu. Aus der Tasche holte Baldur eine kleine Flasche hervor, welche die eines Hustensafts ähnelte. Er seufzte laut auf. Genau das war einer dieser Situationen gewesen, die er nur zu gerne vermieden hätte.

»Liv, ich muss dich leider noch ein weiteres Mal darum bitten, mir jetzt ausnahmslos und blind zu vertrauen«, sprach er und drehte dabei die Flasche auf.

»Was ist das?«, fragte sie verunsichert.

»Es wird alles gut, mein Kind«, versuchte Edith sie vom Fahrersitz aus zu beruhigen. »Baldur hatte mich gebeten, einen kleinen Schlaftrunk zu mixen. Es sind reine Kräuter. Nichts, was dir irgendwie schaden könnte. Wir werden alle auf dich aufpassen.«

»Wir werden diesen Kontakt zwischen dir und ihm durchbrechen. Aber das geht nur, wenn du nicht mehr bei Bewusstsein bist«, erklärte ihr Baldur.

Edith drückte aufs Pedal und bog abrupt auf die nächste Autobahn, sodass der Wagen laut aufheulte.

»Aber wenn ich schlafe, dann kann ich doch nicht fliegen. So lassen sie mich doch niemals durch die Schleuse?«

»Vertrau mir einfach«, sagte Baldur und drückte ihre Hand. »Alles wird sich zum Guten wenden. Aber du musst das jetzt bitte tun, Liv. Für uns. Für alle und ich verspreche dir, wenn du aufwachst, dann wirst du in Sicherheit sein.«

Liv schaute ihre Freunde an.

»Wir werden auf dich aufpassen. Versprochen«, nickte Enna ihr ebenfalls zu.

»Was man nicht alles für Freundschaft tut«, japste sie und zog das Fläschchen an sich. »Na dann prost! Auf uns und unsere Mission!«, lachte sie ein wenig verunsichert und hob die Flasche in die Luft. »Nie wieder ängstlich sein«, flüsterte sie zu sich. Dann trank sie alles in einem Zuge aus. Angewidert von dem Kräuterschnaps, verzog sie das Gesicht. Schon nach wenigen Sekunden wurde ihr ganz schummrig. Ihre Umgebung verschwamm allmählich. Worte umgaben sie und hörten sich wie ein dumpfes Rauschen an, so als wären sie weit entfernt. Es fiel ihr schwer, ihre Gedanken zu ordnen. Verzehrt versuchte sie sich an den Kopf zu fassen. Doch ihr Körper fühlte sich mit einem Mal taub an und sie bekam ihren Arm nicht mehr hoch. Für einen Moment schien sie Herr Bergens Stimme in ihren Kopf zu hören. Sie hatte das Gefühl, dass er zu ihr spricht und versucht sie wach zu halten. Innerlich wehrte sie sich gegen seine Worte. Letztendlich brauchte sie es auch gar nicht. Denn das Schlafmittel war stark. Ein letzter Blick schweifte in Aedens Richtung. Sie lächelte benommen. Dann verdrehte sie die Augen und kippte anschließend zur Seite. Aeden fing ihren Kopf noch rechtzeitig auf, setzte sich zu ihr und legte ihn sachte auf seinen Schoß. Das Letzte, was Liv sah, war ein Schild hinter Aeden auf dem "Jork Yachthafen" stand. Als sie tief und fest schlief, wählte Edith sofort die Nummer ihres alten Freundes, der bereits mit seinem Schiff auf sie wartete. »Moin, Klaus. Wir werden wohl ein wenig früher da sein als geplant. Genaugenommen sind wir in wenigen Minuten da. Bring den Motor schon mal zum Laufen. Wir müssen sofort von hier weg. Es geht um Leben und Tod!«

XXMRFHIГ

Edith konnte Blakaldur und seine Privatarmee erfolgreich abhängen.

Wie bei einem Telefonat brach die Verbindung zu Liv abrupt ab und hinterließ ein leeres Rauschen in Bergens Kopf. Doch er hatte Glück. Denn die letzte Gedankenübertragung konnte er noch wahrnehmen.

»Baldur, du verfluchter Hund! Hattest du wirklich gedacht, mich hinters Licht führen zu können?« Er lachte lauthals auf. »Du bist solch ein Narr! So leicht durchschaubar. Deine Entscheidungen werden dir noch leidtun. Dieses Mal wird es für dich und all die anderen böse enden. Das garantiere ich dir. Los, ihr Schwachköpfe! Bringt mich sofort zum Yachthafen!«

Gleichzeitig wählte er die Nummer der anderen vier Söldner und pfiff sie zurück. »Juri! Wladimir! Sie haben uns verarscht. Es geht nicht zum Flughafen. Sie nehmen ein Schiff in Jork.«

Er brauchte jegliche Verstärkung. Liv durfte nicht davon kommen und Baldur sollte vor seinen Augen elendig zugrunde gehen. Wladimir nickte, obwohl sein Chef das nicht sehen konnte. Er bremste kurz, aber stark ab. Noch mit ihrem Auftraggeber in der Leitung über die Lautsprecher des Autos wendete der Russe im abrupten Takt mitten auf der großen Kreuzung.

»Hast du mich verstanden, Wlad? Dreht sofort um!«

»Jawohl, Boss«, schrie er mit seinem harten russischen Akzent in die Freisprechanlage. »Bin ja schon dabei, Boss.« Wladimir hatte sich so sehr beeilt, dass er die Ampel dabei völlig vergaß. Das war sein größter Fehler. Panisch drehte er den Wagen herum. Juri griff ihm noch aus Reflex in das Lenkrad. Das Letzte, was er mit seinen Kumpanen sah, war ein voll beladener Lastwagen, in den sie schräg reinrasten. Blakaldur hörte alles mit, die Schreie der Männer, den Zusammenstoß und das Herumwirbeln des Wagens. Der Aufprall war so stark, dass der SUV durch die Luft flog, sich mehrere Male überschlug und letztendlich an einer Hauswand zum liegen kam. Dann hörte er nur noch ein Rauschen. Fassungslos schaute Blakaldur auf sein Handy. Was hatte er bloß für einen Haufen von Schwachköpfen engagiert?

Tja, da waren es nur noch drei. Blakaldur war der Unfall egal. Ihn scherten die ehemaligen russischen Türsteher nicht, die nun irgendeine Hauswand mit ihrem Blut und Eingeweiden zierten. Er ärgerte sich nur darüber, dass er nicht mehr die Verstärkung hatte, die er brauchte. Aber er durfte sein Ziel nicht aus den Augen verlieren. Mit seinen letzten beiden Söldnern raste er weiter über die Straßen.

XXWRF4Iſ

Am kleinen privaten Hafen in Jork angekommen, parkten sie schnell den Van an einer sicheren Stelle und trugen ihre Taschen zum Steg. Baldur hievte Liv aus dem Bus heraus und trug sie auf seinen Armen in Richtung Wasser, wo Klaus mit seiner "Pikea", einer Dehler 38 bereits auf sie wartete. Klaus war ein alter Freund von Edith, mit dem sie schon viele Reisen hinter sich hatte. Gemeinsam besuchten sie mit dem Schiff zahlreiche Länder und Städte. Bis Edith eines Tages Liv mit nach Hause brachte. Auch Liv kannte ihn seit ihrer Kindheit. Klaus war ein waschechter Seemann und hielt sich so wenig, wie er nur konnte an Land auf. Doch wenn er da war, verbrachten Edith und Liv viel Zeit mit ihm. Aus diesem Grund war es keine Frage, als Edith ihn darum bat, sie allesamt mit seinem Schiff direkt nach Island zu bringen. Er war kein Mann der großen Worte und fragte daher auch nicht großartig nach, warum man das Mädchen bewusstlos auf sein Boot brachte.

Die Stimmung war sehr bedrückt und angespannt. Mit Aedens Hilfe legten sie Liv nach unten in eine der kleinen Schlafkabinen und schlossen die Tür. Sie war so weggetreten von dem Schlafmittel, dass sie sich sicher waren, dass sie frühestens morgen aufwachen wird. Und das war gut so.

Baldur glaubte, dass sie entkommen waren und Blakaldur gerade auf dem Weg zum Flughafen war.

»Haben wir denn auch alles? Denn wir sollten schleunigst von hier weg«, drängte er. Alle schauten sich um und überprüften ihr Hab und Gut.

»Ach, herrjemine«, raunte Edith und fasste sich an die Stirn. »Ich, Schussel, habe meine Handtasche im Auto liegen lassen. Die brauche ich unbedingt. Ich hole sie noch schnell.« Sie sprang von Deck und lief über den Steg zum Bus hinauf.

»Beeile dich bitte«, rief Enna ihr hinterher. Edith schnappte sich schnell ihre Tasche und schloss die Wagentür. Eine ganze Weile würde ihr geliebter Bus hier nun stehen bleiben. Sie rüttelte mehrere Male an den Türen, um sicherzugehen, dass sie auch wirklich verschlossen waren. Zuversichtlich streifte sie sich ihre Tasche über die Schulter und wollte gerade zum Steg zurücklaufen, als sie den schwarzen SUV auf sich zurasen sah.

Blakaldur sprintete aus dem Wagen und rannte wie ein wildes Tier auf Edith zu. Sie schrie laut auf, versuchte wegzulaufen, doch es war ihm ein Leichtes, sie einzuholen. Brutal griff er nach ihr und hielt mit einer Hand ihre Hände fest. Mit der anderen packte er sie gewaltsam am Hals und schleifte sie den Steg hinunter. Mit silbernen Knarren bepackt rannten seine beiden Söldner hinterher und machten ihre Waffen scharf, bereit zu schießen. Die Menschen drumherum, die bis eben noch vergnügt auf ihren Booten oder an Land saßen, schrien auf und hofften, sich noch rechtzeitig in Sicherheit bringen zu können. Edith schrie vor Schmerz, konnte jedoch so die anderen warnen. Allesamt schauten vom Deck aus auf den Mann, vor dem sie krampfhaft versucht hatten zu fliehen. Enna gab einen lauten Schrei von sich. Es war unerträglich, mit ansehen zu müssen, wie ihr ehemaliger Lehrer ihre Tante festhielt und ihr Schmerzen zu fügte.

»Gib mir Liv und die Wappen und das Ganze ist endlich vorbei. Du weißt, dass es keinen anderen Ausweg gibt, Baldur!«, rief er zu ihm.

»Tue es nicht!«, drängte Edith und Blakaldur trat ihr darauf mit voller Wucht in die Nieren. Edith sackte vor Schmerz zu Boden, doch bat sie erneut, dass Baldur auf keinen Fall auf ihn hören und er mit Liv fliehen soll. Blakaldur packte sie an den Haaren.

»Ich bringe sie um! Vor euren Augen!«, rief er zu Baldur und seine Söldner zielten auf das Schiff. Seine Augen glühten. Der ganze Hass und die pure Bosheit waren ihm ins Gesicht gemeißelt. Blakaldur meinte es ernst. »Ich werde sie mit bloßen Händen töten! Hier auf der Stelle! Gib mir Liv!«

Baldurs schmerzerfüllter Blick sagte alles. Ihm wurde klar, dass er nicht beide retten konnte. Das wussten alle in diesem Moment. Wehmütig blickte er zu Edith und flüsterte, dass es ihm leidtut.

Edith schenkte ihm ein letztes Lächeln. »Pass gut auf sie auf, mein alter Freund.« Ihre letzten Worte erreichten ihn nicht. Das Schiff war zu weit weg und das war auch ihr einziges Glück in all dem Drama.

XXWRFЧIΓ

Der Motor startete und Klaus gab so viel Gas, wie er nur konnte. Viel gab die Dehler an km/h nicht her. Die beiden Russen rannten einige Schritte den Steg entlang, zielten mit ihren Knarren auf das Schiff und schossen einige Male.

Enna und die Jungs duckten sich und konnten nur hoffen, auf dem kleinen Schiff nicht getroffen zu werden. Der Wind meinte es gut und sie fuhren mit der Dehler davon.

Blakaldur explodierte vor Zorn. Wieder entkam Liv ihrem Schicksal. Er hob seine Hand, zog in einem Ruck Edith nach oben und hielt sie an ihrer Kehle fest. Er öffnete seinen Mund. Ein letzter Blick galt Baldur, seinem ewigen Erzfeind. Dann biss er Edith in den Hals.

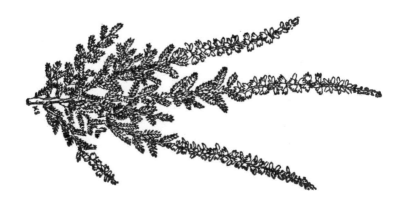

22. Die Ruhe vor dem Sturm

Noch völlig benommen von dem, was sie getrunken hatte, wachte Liv wieder allmählich auf. Ihr Kopf dröhnte und ein stechender Schmerz drang durch ihre Schläfen.

Was hat Edith mir denn nur gegeben, das mich so außer Gefecht gesetzt hat? In ihrem Kopf drehte sich alles. Ihr war speiübel und sie hatte den Eindruck, dass sich alles um sie herum bewegte. Sie brauchte dringend frische Luft. Und einen Tee. Edith hatte sicherlich einen eingepackt und würde ihr bestimmt sofort einen kochen.

Sie überlegte. Nichts davon ergab für sie in dieser Situation einen Sinn.

Die Fluggesellschaft hätte mich doch nie im Leben bewusstlos durch die Schleuse gelassen?! Wie kann ich dann hier sein? Und wo bin ich überhaupt? Sie konnte sich einfach keinen Reim daraus machen, was passiert war. Die Augen weiter geschlossen, versuchte sie sich erst einmal auf das Wesentliche zu konzentrieren und das ganze Geschehene Revue passieren zu lassen. Verblüfft stellte sie fest, dass nicht sie diejenige war, die sich bewegte, sondern der ganze Raum hin und her zu schwanken schien. Mühselig drehte sie sich zur Seite. Ihre Augenlider fühlten sich wie Blei an. Langsam öffnete sie ihre Augen und sah, dass sie in einem kleinen Zimmer lag, in dem gerade mal zwei schmale Matratzen hinein gepasst hatten.

Außerhalb des Raumes hörte man von draußen ein unkontrolliertes Rauschen.

»Moment mal!?«, dachte sie laut. »Ist das etwa ...?« Schlagartig wurde ihr bewusst, wo sie sich befand. Wasser. Natürlich. Sie war auf einem Schiff. Und nicht nur auf irgendeinem Schiff. Es war die "Pikea", die sie schon aus ihren Kindheitstagen nur zu gut kannte. Zwar war es derweilen ein etwas älteres Modell, welches hier und da mittlerweile ein wenig in die Jahre gekommen war, doch weckte es in Liv sofort viele und schöne Erinnerungen hervor. Der modrige Holzgeruch und die engen Räume kamen ihr nur allzu gut bekannt vor. Freudig darüber, dass sie Blakaldur wohl entkommen waren und sie Klaus gleich in die Arme schließen konnte, drückte sie mit ihren Füßen die schmale Tür auf. Von Deck aus wehte eine sanfte Meeresbrise in die stickige und modrig riechende Kajüte.

Noch ein wenig wackelig auf den Beinen, stand sie auf und tastete sich aus der kleinen Kabine hinaus. An der schmalen Küchenzeile vorbei geschoben, stapfte sie die steile Treppe hinauf. Mit jeder weiteren Stufe erhaschte sie immer mehr von der herrlichen kühlen Luft, die ihr den letzten Schlaf und die Übelkeit aus ihrem Körper schüttelte. Sie sah in den strahlenden Himmel, wo ein paar Möwen ihre Kreise zogen.

Oben an Deck angekommen sah sie auch schon Nick und Enna, die auf der rechten Seite des Bootes an der Reling saßen. Offenbar hatten die beiden mit der Seekrankheit zu kämpfen. Beide Gesichter waren so blass, wie das weiße Segel, auf dem der Name des Schiffes gestickt worden war.

Zum Glück musste Liv nie an der Krankheit leiden. Sie und Edith hatten immer eine schöne Zeit auf der See.

»Achte auf deine Deckung und jetzt links rum. Sehr gut. Felix, du musst deinen Arm höher halten. Schön gerade«, hörte sie Baldur aus dem vorderen Bereich des Schiffes rufen. Sie stieg nach vorne und sah Aeden und Felix, die offenbar miteinander kämpften.

»Was ist denn hier los?«, fragte Liv erstaunt und grinste mit breitem Lächeln.

»Hey«, grüßte er sie kurz und senkte den Blick zu Boden. »Ich bringe den Jungs bei, wie man kämpft und sich wehrt. Aeden hat mit seinem Fechtunterricht ja schon eine ganz gute Voraussetzung«, entgegnete Baldur. »Er ist schnell und hat ein erstaunlich gutes Reaktionsvermögen. Felix dagegen besitzt sehr viel Kraft und Ausdauer. Jeder hat seine Stärken und Schwächen. Stärke kann man ausbauen. Die Schwächen muss man ausmerzen!« Wieder schweifte sein Blick ab. Im Geiste ging er schon die Worte durch, wie er es Liv erklären sollte, dass ihre Tante nicht mehr da sei.

»Ich bin ja kein Experte«, grinste Liv. »Aber ist es nicht ein wenig waghalsig auf so einem kleinen Schiff mitten auf dem Ozean zu üben?« Sie lächelte Aeden an, doch der würdigte Liv keines Blickes. Stattdessen schlug er mit voller Wucht gegen den Schutzschild, welches Felix nur noch mit Mühe hochhielt und versuchte sich gegen ihn zu wehren.

Irgendetwas stimmt hier nicht. Warum ist Aeden denn nicht froh darüber, dass ich wieder wach bin? Habe ich etwas Falsches gemacht? Schnell verwarf sie wieder diesen Gedanken, in der Hoffnung, sich einfach nur geirrt zu haben, doch sie spürte instinktiv, dass hier etwas sehr Merkwürdiges im Gange war. Aber was hätte sie im Schlaf denn schon so Schlimmes anstellen können? Keiner von ihnen wirkte froh darüber, sie zu sehen, geschweige denn ein klein wenig gut gelaunt. Die Stimmung war sonderbar angespannt. Alle hatten einen merkwürdigen Blick im Gesicht, doch sie konnte sich keinen Reim daraus machen warum. Dennoch wartete sie lieber noch einen Moment mit der Frage, was denn los sei.

»Wo sind wir denn überhaupt?«, fragte sie und sah sich weiter um. Weit und breit war nur das endlose Meer zu sehen. Es war windig, doch der Himmel war klar und wolkenlos.

»Schottland!«, rief Klaus, der oben am Ruder stand und auf das Meer hinaus blickte. Verwundert zog Liv die Augenbrauen. »Schottland?«

»Nun, genau genommen, fahren wir gerade an Schottland vorbei«, entgegnete Klaus. »Wir befinden uns genau zwischen Schottland und der Insel Färöer. Wenn wir an der Insel vorbei sind, steuern wird direkt auf Island zu.«

Liv war glücklich, Klaus nach so langer Zeit wieder zu sehen. Aber nicht einmal er wirkte sonderlich erfreut darüber, obwohl er sie schon mindestens ein Jahr nicht gesehen hatte. Von der sich vorgestellten herzlichen Begrüßung war keine Spur. Stattdessen schaute er nur weiter stur auf die See. *Warum waren denn alle nur so mies drauf?* Allmählich platzte ihr der Kragen.

»Wie lange muss ich denn geschlafen haben, dass wir schon so weit gekommen sind?«

»Zwei Tage«, antwortete Klaus.

»Wie bitte? Zwei Tage?« Einen Moment lang dachte sie, dass sie sich verhört hätte. »Verflucht noch mal. Warum hat mich denn keiner von euch geweckt?«

»Das haben wir ja versucht. Aber du warst vollkommen weggetreten. Also haben wir dich einfach weiter schlafen lassen«, antwortete Enna mühselig, ehe sie der Reling wieder ihre ganze Aufmerksamkeit widmete.

»Aber ..., ich verstehe das nicht. Ich dachte, wir wollten fliegen. Warum haben sich unsere Pläne denn plötzlich so geändert?«

»Liv, es war von Anfang an geplant, dass wir so reisen werden. Aber wir mussten dich täuschen«, erklärte ihr Baldur. »Blakaldur sollte glauben, dass wir zum Flughafen wollen. Aber die Wahrheit ist, dass wir es von Anfang an geplant hatten, mit ...«, er stockte und gab dabei ein tiefes Stöhnen von sich. »Ich denke, wir sind jetzt weit genug entfernt von ihm und es sind auch genug Tage vergangen. Er sollte deine Gedanken nicht mehr lesen können.«

»JA! Und was hat es uns gebracht?«, brüllte Aeden und schlug erneut auf den Schutzschild. »Einen verfluchten Dreck hat es uns gebracht!«

So wütend hatte sie Aeden noch nicht erlebt. Wie auch. Sie kannte ihn ja kaum. Doch seine zornige Art verwunderte sie schon sehr.

»Verdammt! Was habt ihr denn alle? Was ist denn los mit euch? Ich dachte, wir haben alle einen Grund zum Feiern? Freut euch doch. Wir haben das Schwein abgehängt. Genau das wollten wir doch erreichen.« Liv schaute zu ihrer besten Freundin hinüber, die auf dem Boden kauerte und plötzlich in Tränen ausbrach.

»Was ist denn los, Enna?« Sie sah sich um. »Und wo ist Edith überhaupt?«

»Liv«, sprach Enna leise zitternd. »Es ist etwas Schreckliches passiert.«

Aeden und Felix hörten auf zu kämpfen.

»Ihr macht mir gerade eine Scheiß Angst. Was ist los?«

Für einen kurzen Moment versuchte sich Enna zusammenzureißen und erzählte ihr, was passiert war. Das war das mindeste, was Enna für Edith hätte tun können. Doch als ihre Emotionen sie übermannten und sie nicht mehr in der Lage war weiter zu sprechen, erklärte Baldur ihr den letzten Teil dieses tragischen Ereignisses. »Sie hat es leider nicht geschafft, Liv. Wir konnten sie nicht mehr retten.«

In Liv brach ihre ganze Welt zusammen. Wie gelähmt stand sie da. Sie konnte nicht fassen, was sie soeben gehört hatte. »Ihr, ihr habt sie einfach dort gelassen?«, zischte sie.

Beschämt starrte Aeden zum Wasser hinaus. Er konnte ihr nicht in die Augen schauen. Für ihn und all die anderen war es genauso tragisch.

»Sie versuchte gegen ihn zu kämpfen. Sie hat sich mit aller Macht gewehrt. Doch dann biss er ihr direkt in den Hals und sie sackte zu Boden. Das Einzige, was sie noch rief, war, dass wir sofort ablegen sollen. Wir wollten sie nicht dort liegen lassen. Aber ...« Aeden brachte es ebenfalls nicht mehr übers Herz, weiterzusprechen. Die letzten Worte blieben ihm wie ein schwerer Kloß im Hals hängen.

»Edith ist tot, Liv. Es tut mir leid«, sprach Baldur die Worte reuevoll aus.

Wie ein Echo hallten sie durch ihren Kopf und schnürten ihr die Kehle zu. Heillos brach sie in sich zusammen und fiel auf die Knie. Ihre Augen füllten sich mit Tränen. Sie öffnete den Mund, um zu schreien, doch brachte keinen einzigen Ton aus sich heraus. Die Tränen kullerten ihr über die Wangen und es fühlte sich an, als hätte man ihr den Boden unter den Füßen weggerissen.

»Wir konnten nichts mehr für sie tun, Liv«, fügte Baldur hinzu. »Es tut uns unendlich leid.«

Aeden setzte sich zu ihr. Als er sie umarmen wollte, schnappte sie endlich wieder nach Luft und brach dann in endloses Weinen aus.

»Nein! Nein, nicht meine Edith. Bitte nicht!« Sie hielt sich die Hände vors Gesicht.

»Ich muss sofort zurück«, drängte sie und schlug Aedens Arme von sich. Wutentbrannt wandte sie sich von ihm ab und stand auf. Von Scham überrollt blieb Aeden einfach am Boden sitzen.

»Wie konntet ihr sie nur einfach dort liegen lassen? Warum hast du denn nichts getan, Baldur?«, brüllte sie ihn an und Baldur sah zum Meer hinaus.

»Sie ist tot! Wir können nicht mehr zurück!«

»Was habe ich nur getan?« Sie weinte und starrte mit leerem Blick auf den Boden des Schiffes, bis ihre Tränen gänzlich die Sicht nahmen. Es dauerte einen Augenblick, bis sie sich fasste und sich ihre Trauer in eine fürchterliche Wut zusammen staute. Bergen hatte das Wichtigste in ihrem Leben nun für immer genommen.

»Ich bringe ihn um! Ich bringe dieses verdammte Schwein um und wenn es das Letzte ist, was ich tun werde.«

»Und wenn es so weit ist, werden wir an deiner Seite sein«, entgegnete Baldur und legte dabei seine breite Hand auf ihre Schulter. »Trauere mein Kind. Heute hast du die Gelegenheit dazu. Aber nutze deine Trauer, um Kraft zu sammeln. Glaube mir, Liv. Ich wäre der Erste gewesen, der

Edith gerettet hätte, wenn wir eine Chance gehabt hätten. Aber der Tag wird kommen, an dem wir uns für all das rächen werden. Ich verspreche es dir, Liv. Der Tod von Edith wird nicht umsonst gewesen sein.«

23. Willkommen auf Island

Drei weitere Tage waren vergangen, bis sie endlich weiterfahren und Richtung Island steuern konnten. Tagelang hatte es geregnet und gestürmt. Die tobende See machte es ihnen unmöglich weiter zu reisen. Der nächstgelegene Hafen war zu weit entfernt und sie konnten nur hoffen, dass sich das Wetter schnell wieder besserte. Jeder weitere Tag, der verstrich, war natürlich ein willkommenes Geschenk für Blakaldur. Das war allen bewusst. Und so langsam begann Baldur an seinem Plan zu zweifeln. Er war stocksauer. Hauptsächlich aber auf sich selbst. Als halb Elbe und Gestaltwandler war er darin geübt, seine Beherrschung zu bewahren, doch jetzt war er kurz davor sie zu verlieren. Er war frustriert. Darüber, dass kein einziger seiner Pläne funktioniert hatte und sie seit Tagen nicht vorankamen. Wie töricht von Baldur zu glauben, dass der ganze Plan funktionieren könnte. Die Lage war nicht einfach nur ernst, sondern lebensbedrohlich. Und als wäre das Ganze noch nicht tragisch genug. Nein, sie mussten auch noch eine langjährige Freundin an Land sterbend zurücklassen.

»Verflucht!«, brüllte er und knallte seine Fäuste auf den Tisch, dass die Teller nur so hochsprangen und die Spaghetti sich auf der gesamten Fläche verteilten. Seine

Stimme bebte. »Wir hätten schon längst da sein müssen!« Mit dem Blick nach oben zur Bootsdecke gerichtet, erhob er die Hände. »Bei den Göttern. Bei meinen Ahnen: So viel Pech kann man doch nicht haben. Was habe ich falsch gemacht, dass ihr mich und die Hüterin so sehr bestraft?«

»Was regst du dich denn so auf? Wir wollen ihm doch begegnen. Ich bin bereit zu kämpfen«, posaunte Felix vollkommen überheblich. Hatte er wirklich nicht verstanden, wie gefährlich dieses Monster war?

Wütend von Felix naivem Gerede, rollte Baldur die Augen. »Ja! Aber nicht jetzt verdammt noch mal! Davon mal abgesehen, dass du definitiv noch nicht bereit bist, dich einem wirklichen Kampf zu stellen.« Baldur schüttelte den Kopf. »Und nur weil du schon im Boxring standest und ein oder zwei Kämpfe gewonnen hast, heißt das noch lange nicht, dass du auch Trollen und anderen Wesen die Stirn bieten kannst. Sie sind noch viel mächtiger und stärker, als ihr es euch in euren kleingeistigen Köpfen vorstellen könnt. Blakaldur hat jetzt genug Zeit gehabt, um sich alles Mögliche zu besorgen, was ihm helfen könnte, uns in sekundenschnelle zu erledigen. Er hat genug Geld, um weitere Söldner zu bezahlen. Denen ist es egal, wer du bist, wo du herkommst oder ob du ein sechzehnjähriger Muskelprotz bist. Du hast es selbst gesehen. Ihr wart alle dabei. Die Russen haben auf euch geschossen. Wenn das Geld stimmt, töten sie alles und jeden. Es wäre also besser, wenn wir ihm nicht noch einmal begegnen würden!«, beteuerte er.

Felix schluckte und verzog dabei die Lippen. Er entschied sich, dass es wohl besser wäre, zu schweigen. Baldur hatte auf all das, was geschehen war, keinen Einfluss mehr. Und das ärgerte ihn maßlos. Er wollte sie beschützen und nicht jede Sekunde in Gefahr bringen und Felix sollte nicht derjenige sein, an dem er seine ganze Wut aus ließ.

Schon immer war Baldur auf seinen Namen stolz gewesen und wollte diesem gerecht bleiben. Sein Name war die Göttlichkeit der Güte, der Hoffnung, des Guten und der Gerechtigkeit. Diesem hatte er die Treue geschworen und so sollte es auch bleiben, bis zu seinem letzten Lebenslicht.

Er ging alle Fakten noch einmal durch. Blakaldur würde Liv natürlich am Leben lassen. Er brauchte sie, um nach Alfheim zu reisen, anschließend Tilda aufzusuchen und ins Trollreich zu gelangen. Aber alle anderen würde er eiskalt töten.

»Blakaldur wird uns sicher schon längst hinterher gereist sein und überholt haben. Wir müssen uns auf einen weiteren Kampf einstellen. Ich werde ihn in Stücke reißen.«

Klaus verstand von dem Gerede kein Wort. Natürlich hatte Edith ihn vorher mehrmals gewarnt, dass es ein wenig eigenartig werden würde und er gewisse Dinge nicht verstehen könne, worüber sie während der Reise sprechen würden. Aber bei dem Thema "Söldner" wurde ihm schon mulmig. Er wollte lieber nicht wissen, auf welch waghalsiges Abenteuer sie sich alle eingelassen hatten und auch wenn er Liv lieb hatte, war er froh, wenn sich ihre Wege auf Island wieder trennten. Er war alt und wollte seine restlichen Tage in Frieden genießen. Also fragte Klaus nicht nach und behielt seine Gedanken und Sorgen für sich. Sobald das Wetter besser wurde, machte sich Klaus schleunigst eine Kanne Kaffee, schnappte sich seine Zigaretten und stapfte nach oben an Deck, um wieder ans Steuer zu treten.

XXWRFHIΓ

Mittlerweile beschäftigte Felix sich fleißig mit Ennas geliehenem Handy und textete mit seinem Kumpel. Er hielt ihn auf dem Laufenden und sorgte weiterhin dafür, dass ihre Eltern nichts bemerkten. Enna und Nick kämpften nach wie vor gegen die hartnäckige Seekrankheit an. Vor allem Enna ging es so elend wie noch nie, sodass sie ihren Eimer gar nicht mehr loslassen wollte. Die restliche Fahrt verbrachte sie nur noch kauernd mit Nick zusammen in der kleinen Kabine. Aeden schwieg einfach seit Tagen. Zu tief saß ihm der ganze Vorfall mit Edith noch in den Knochen. Doch vor allem schämte er sich für seine Untat und er wusste einfach nicht, was er noch zu Liv hätte sagen können. Sie hatte ihn von sich gestoßen und er wusste nicht, ob sie es mit Absicht getan hat. Zum ersten Mal verließ ihn der Mut und er brachte es nicht fertig, über seinen Schatten zu springen und sie anzusprechen. Liv war ihm in dieser kurzen Zeit so sehr ans Herz gewachsen. Er ärgerte sich über seine Feigheit und fürchtete, sie zu verlieren. Wer lernt sich schon kennen und erlebt gleich Schlag auf Schlag so viele Abenteuer? Ihre warmherzige, witzige und neckische Art gefiel ihm. Und nun war sie endlos traurig. Er schämte sich bis ins tiefste Maß. Er hätte Edith retten wollen. Stattdessen flohen sie und ließen sie einfach liegen? Aber was hätte er schon dagegen machen können? Mit einem kaltblütigen Monster und zwei russischen Söldnern, die auf einen schießen, konnte er sich nicht messen. Und dennoch traute er sich nicht, Liv in die Augen zu sehen. Die Stimmung im gesamten Boot war mehr als betrübt und geladen. So hatte sich niemand diese Reise vorgestellt.

Liv saß oben an Deck, ihr Blick war auf den von Sternen übersäten Himmel gerichtet. Es war ruhig auf dem Meer und die Wellen schlugen nur gedämpft gegen das Schiff. Die Nacht war so friedlich nach dem Sturm und eigentlich hätte dies ein schöner Moment sein sollen. Stattdessen musste sie um ein Leben trauern. Ein Leben, welches ihr stets ein liebevolles Zuhause gab und sie behütete. Ihre Gedanken drehten sich im Kreis. Ständig liefen ihr die Tränen über die Wangen. Allein die Tatsache, dass Edith dort gelassen wurde, sie es nicht verhindern konnte, schmerzte tief in ihrem Herzen. Sie wusste, dass sie auf der Flucht waren. Aber die Zeit auf dem Boot schaffte ihr die Gelegenheit, um über all die vielen Dinge nachzudenken. Bis jetzt passierte eine Sache nach der anderen. Schlag auf Schlag. Es gab keinen Moment, um mal durchatmen zu können. Sie brauchte die Zeit. Ob im Sturm oder in der Ruh.

Baldur setzte sich zu ihr. Seit Tagen hatten sie kaum ein Wort miteinander gesprochen. Er gab ihr einen Moment. Eine Weile saßen sie einfach nur stumm nebeneinander und schauten in den Himmel. Er überlegte sich, wie es am besten wäre ein Gespräch aufzubauen.

»Weißt du Liv: Wenn du im Kindergarten warst oder in der Schule, dann verbrachte ich schon viel Zeit mit Edith in ihrem Garten. Sie brachte mir viele Dinge über Kräuterkunde bei. Die meisten Kräuter gibt es auch in Alfheim und in Nerzien.«

»Auch die Heide?«, fragte Liv. Es waren die ersten Worte, die sie sprach, seit sie von Edith Tod erfahren hat. Würde sie ihre Heimat jemals wieder sehen? Diese Frage stellte sie sich bereits schon vor wenigen Tagen. Gab es für sie überhaupt ein Zurück? Oder war ihr Leben tatsächlich so vorherbestimmt?

Er verneinte ihre Frage. Doch Baldur erzählte weiter so rührend und liebevoll über die Momente, die er mit Edith verbracht hatte. Liv erkannte jetzt, wie wichtig sie auch für ihn war. Nicht nur sie litt unter dem furchtbaren Verlust. Baldur fühlte genauso wie sie.

Liv schmunzelte. »Der gute Kräutergarten. Die vielen Blumen. Die Heide. Das angebaute Gemüse. Ich vermisse bereits jetzt schon die Abende, die wir draußen auf der Veranda verbracht hatten, "Peter Pan" schauten und ihren selbstgemachten Tee getrunken haben. Nicht einmal den werde ich wohl je wieder trinken können – "Tante Ediths Heideschlückchen."« Betrübt senkte sie den Blick zu Boden. »Werde ich je wieder nach Hamburg zurückkehren?«

Baldur zögerte mit seiner Antwort. Er wusste es nicht. Doch seine Vermutung war, dass sie fortan in Nerzien bleiben würde. Auch wenn sie das Gefühl hatte, dass die Erde ihre Heimat war, wartete dennoch ein Thron auf sie. Und Baldur war für sie verantwortlich. Für Liv war es an der Zeit nun auch die letzten Antworten zu bekommen.

»Baldur? Kann ich dich etwas fragen?«

Er nickte. »Natürlich, Prinzessin.«

»Was ist an mir anders als an den Hütern vor meiner Zeit? Ich meine, warum ich? Ich habe das Gefühl, dass du mir noch nicht alles erzählt hast.«

Baldur schluckte. »Das stimmt. Es ist dein Recht, die ganze Geschichte zu erfahren. Nutzen wir diesen ruhigen

Moment und reden über dein Schicksal.« Wie ein liebevoller Vater zog er die Wolldecke über Livs Rücken. Er nahm ihre Hand, an dem der Ring saß und spielte mit den Fingern an dem Stein herum.

»Lange Zeit gebaren die Herrscherfamilien von Nerzien nur männliche elbische Erben, welche die Blutlinie dieser Wappen von Generation zu Generation beschützen mussten. Hunderte von Jahren vergingen. Bis du eines Tages das Licht der Welt erblicktest. Noch nie war ein weiblicher Elbe ein Hüter der Wappen. Das Volk war verunsichert. Doch jeder, der dich sah, wusste gleich, dass du etwas Besonderes bist. So wie ich, als ich dich das erste Mal in meinen Armen hielt. Seit jeher hatte ich dir und deinen Eltern geschworen, dich allezeit zu beschützen. Als ich damals mit dir in dem Fluss "Aldeyjarfoss" landete, hatten wir wirklich großes Glück, dass Edith uns gefunden hatte. Ich wusste gleich, dass sie diejenige sein würde, bei der wir dich behüten und normal aufwachsen lassen konnten. Solange, bis deine Fähigkeiten erwachen und der Ring dir den Weg zeigen wird.«

Sein Blick wich von ihr. »Ich wünschte nur, wir hätten etwas mehr Zeit miteinander gehabt. Ich hätte dich dementsprechend auf alles vorbereiten und trainieren können. Wenn man geboren wird, zeichnen sich die Fähigkeiten eines jeden Elben erst im Jugendalter ab. Ich würde nur zu gern wissen, welche du in dir trägst, liebe Liv. Aber anscheinend sind sie noch nicht so weit. Auch wenn es mich etwas erstaunt, da du ja die Wappen gefunden hast. Vielleicht zeichnen sie sich auch erst ab, wenn du in Nerzien angekommen bist und nicht auf der Erde.«

Liv schmunzelte und Baldur hob verwundert die Augenbrauen. »Ich glaube, ich kenne meine Fähigkeiten aber schon«, entgegnete sie ihm. »Ich wollte es dir schon vor Tagen erzählen, doch dann ...« Sie schwieg. Sie konnte noch nicht über den Tod ihrer geliebten Tante sprechen.

»Ich denke, ich kann über die Zeit herrschen.«

»Über die Zeit herrschen?« Baldur riss die Augen auf.

»Ja, ich kann die Zeit wohl in gewissen Situationen kontrollieren. Ich kann bestimmte Momente wie in Zeitlupe laufen lassen. Aber ich kann in dieser Zeit dennoch schnell reagieren. Ich weiß auch nicht so richtig, wie ich das anstelle oder es erklären soll. Aber selbst Aeden hat es sehen und spüren können. Ich dachte, du könntest das dann bestimmt auch.« Doch Baldur schaute nur weiter erstaunt. Offensichtlich waren ihm solche Fähigkeiten eines Elben neu.

»Von solch einer Begabung höre ich zum ersten Mal. Es stimmt, dass Elben nicht zwingend stets dieselben Stärken und Fähigkeiten haben. Es gibt Tausend und Abertausend unterschiedliche Talente und Stärken. Manche sind sozusagen die Grundfähigkeiten eines jeden Elben und andere sind außergewöhnlich selten oder gar einzigartig. Aber über die Zeit allein zu herrschen ... das gab es wirklich noch nie!«, beteuerte er.

Das Nerzianische Volk und ganz Alfheim wusste es. Liv war wahrhaftig etwas ganz Besonderes. Sie erzählte ihm, wann sie die erste Begegnung mit ihren Fähigkeiten hatte und das es ausgerechnet vor ihrem Feind Blakaldur geschah und die weiteren Male folgten.

Er erklärte ihr, dass es wahrscheinlich passierte, weil Herr Bergen, sprich - die Gefahr höchstpersönlich - die Wappen in den Händen hielt. Im Unterbewusstsein wurden dadurch ihre Talente geweckt, ohne dass Liv überhaupt wusste, was mit ihr geschah. Dennoch war er froh darüber, dass es schon passierte, und er versprach ihr sofort mit den Übungen zu beginnen, noch bevor sie Island erreichen würden.

Tilda und der Barghest Blakaldur hatten ihr alles genommen und Liv schwor, sich an ihnen zu rächen. Aber Baldur hatte recht. Sie hatte wirklich keinerlei Kampferfahrung, noch eine richtige Kontrolle über ihre Fähigkeiten. Und würde sie Blakaldur begegnen, dann sollte sie auf dieses Treffen zumindest etwas vorbereitet sein.

Sie stand auf, legte die Decke zur Seite und wischte sich abermals mit dem Ärmel ihres braunen St. Pauli-Pullover die Tränen aus dem Gesicht. »In Ordnung, Baldur«, sagte sie fest entschlossen. »Ich bin bereit! Noch bin ich keine Kriegerin, aber schon bald werde ich eine sein!«

»Für Edith«, nickte Baldur ihr entschlossen zu. Er wusste, sie war endlich dazu bereit ihr Schicksal anzunehmen.

»Ja. Für Tante Edith«, wiederholte sie seine Worte, ehe sie sich dem vom Mondschein schimmernden Wasser wieder zuwendete.

24. Wirbelwasser

Klaus fuhr einen halben Tag an Islands Küste entlang. Liv fiel nur ein Wort ein, um diesen Anblick, der sich vor ihr bot zu beschreiben: Majestätisch. Nur einen Atemzug später war da ein neues Wort: Wild. Ein wunderschönes, raues Island. Es wirkte, als wäre die Natur hier noch ungezähmt. War das ein Vorgeschmack auf Nerzien? Das alles war so traumhaft. Mehr als traumhaft. Es war real und ließ Liv und ihre Freunde für eine Weile den Schmerz vergessen. Schließlich erreichten sie die ebenfalls von Bergen umrandete Kleinstadt "Akureyri". Die bezaubernde kleine Hafenstadt mit ihren überschaubaren Häusern und den herrlichen grünen Wiesen war für die Großstadt Kids ein Farbwechsel für die Seele. Sie brauchten nur einen Fuß an Land setzen und schon waren sie wie in einer neuen Welt.

Klaus ordnete für Liv noch ihren alten Neoprenanzug, den er die letzten Jahre in einer seiner Kisten aufbewahrt hatte, bevor er wieder die Segel setzte und mit seiner Pikea weiter reiste. So gern er Liv auch hatte, er wollte, so schnell er nur konnte, von ihr und all dem Kuriosen verschwinden. Seine alten und müden Knochen hatten nach seinem Ermessen genug Abenteuer erlebt. Dennoch versuchte er sie so nah, wie er nur konnte, an ihr Ziel zu bringen. Das war er seiner Edith schuldig. Der Abschied war kurz und während sich Klaus nur noch einige Lebensmittel für die Weiterfahrt kaufte, liefen Baldur und alle anderen von dem kleinen Anlegeplatz aus in die Stadt und besorgten sich Bustickets, um nach "Aldeyjarfoss" zu gelangen.

XXMRFLIF

Von der Bushaltestelle war es ein weiter Fußweg bis zum Wasserfall. Die Wege hier waren lange nicht so sicher und bequem zu wandern wie in Hamburg. Vor allem Enna stieß mehr als einmal laute Schreie aus, als sie fürchtete, sie würde stürzen. Sie war geschwächt. Das tagelange Spucken auf dem Meer hatte sie sehr ausgemergelt.

Um nicht aufzufallen, mieden sie die öffentlichen, bevorzugten Routen. Dadurch wurde es noch waghalsiger und gefährlicher. Bis in die tiefe Nacht hinein warteten sie, bis sich jegliche Touristen von dem Wasserfall entfernten und es dunkel wurde.

XXMRFLIF

Mit dem Rücken eng an die Mauer gepresst, stapften Baldur, gefolgt von Liv, Enna und den Jungs über die großen Felssteinbrocken und hielten sich, so gut wie sie nur konnten, an allem fest, das sich ihnen bot. Ängstlich und höchst konzentriert dabei nicht abzurutschen, biss sich Enna auf die Unterlippe und versuchte derweil nicht nach unten zu schauen. Noch war es kein gefährlicher Abgrund, an dem sie entlang liefen, aber die nassen und spitzen Steine erweckten nicht den Eindruck, dass ein Sturz harmlos verlaufen würde. Stattdessen wandte sie ihren Blick nach oben zu dem von Sternen überfluteten Himmel. Der Mond erschien ihr in Island noch größer und strahlender, als sie ihn jemals gesehen hatte. Seine Leuchtkraft schien so hell, dass er sich selbst in dem strömenden Gewässer spiegelte. Ein majestätischer Anblick, der ihnen allen den Atem raubte. Hätten sie doch nur mehr Zeit gehabt, diese Aussicht zu genießen.

Der kühle Wind sauste ihnen um die Ohren und je mehr sie sich dem Wasserfall näherten, desto mächtiger kam er ihnen vor. Das Tosen wurde immer lauter und allmählich überkam Liv die geballte Panik, es vielleicht doch nicht zu schaffen.

Weder von Blakaldur noch von seinen Männern war weit und breit etwas zu sehen. Baldurs Muskeln waren angespannt und das Zeichen auf seinem Kopf, das "Trollkreuz", leuchtete vom Mond hell auf. Er hatte ein ungutes Gefühl.

Auch Liv ließen die Gedanken nicht los. Einst war er ihr vertrauter Lehrer, dann ein Ungeheuer, der mit Baldur kämpfte und am Ende - das schlimmste von allem - zum Mörder ihrer Tante wurde. Sie fragte sich, wo er war. Hatte er doch so schnell keine Möglichkeit gefunden, hierher zurückzukehren? Was war sein Plan? Ihr fiel nichts ein. Sie hatte geglaubt, ihren Lehrer zu kennen. Dem war eindeutig nicht so. Er war ein kaltblütiger Mörder und ihr Körper verkrampfte sich bei dem Gedanken. Sie versuchte, sich auf das Kommende zu konzentrieren.

Es blieb ihr nichts anderes, als darauf zu vertrauen, dass Baldur und die anderen sie schützen würden, wenn plötzlich Gefahr drohte. Die Jungs glaubten, bereit zu sein. Baldur war ein erfahrener Krieger. Sie musste darauf bauen. Mochte auf sie zu kommen, was wolle. Das sah Baldur aber ganz anders. Sie waren zu jung und zu naiv, um zu wissen, welcher Bedrohung sie sich da aussetzten. Er hatte das Gefühl, dass es selbst nach dem Attentat auf Tante Edith am Hafen ihnen immer noch nicht bewusst war. Aber der Mut und die Treue zur Freundschaft beeindruckten ihn doch sehr. Er war da nicht anders.

Heldenhaft postierten Aeden und Felix sich an verschiedene Stellen der Klippe und hielten Ausschau nach allem, was ihnen als ungewöhnlich erschien. Sie mussten auf der Hut sein. Überall drohte die Gefahr. Vor allem im Dunkeln. Baldur spürte, dass Blakaldur nicht weit weg sein konnte. Griffbereit strich er über den Dolch an seinem Gürtel. Eine klägliche Waffe. Mehr hatte er nicht. Hoffentlich hatten die Gegner keine Schusswaffen.

Das letzte Mal, als Liv ihren Neoprenanzug anhatte, war sie vierzehn Jahre alt. Er saß ein wenig knapp, dennoch war sie froh, dass er ihr zwei Jahre später auch noch halbwegs passte. Trotz der stressigen Situation musste sich Aeden beherrschen, sie nicht zu oft anzustarren.

»Aeden, reiß dich zusammen. Du kannst sie nicht die ganze Zeit wie ein Hornochse anglotzen. Das ist echt peinlich. Was los bei dir, Bruder? Bist verknallt, wa?« Felix kicherte.

»Halt die Klappe, du Idiot und kauf dir mal lieber 'ne Brille! Ich weiß, wo ich meine Augen habe.«

»Schon klar, Kollege. Ich habe das genau gesehen. Ich kenne die Blicke aus dem Kampfsportstudio. Da sabbern auch alle den Mädchen hinterher. Dafür ist jetzt keine Zeit. Kannst ihr später sagen, dass du in sie verschossen bist.«

»Digga, es reicht! Scheinbar guckst du selber zu viel. Halt die Augen nach den Feinden offen.«

Stück für Stück tasteten sie sich weiter an der Bergwand entlang und drückten ihren Rücken noch enger heran, als würde ihnen das mehr Schutz bieten. Bei jedem Schritt drohte die Gefahr, abzurutschen. Letzten Endes schafften sie es aber, sich bis zum Wasserfall durchzukämpfen.

»So weit, so gut«, murmelte Liv zu sich selbst. Sie schaute Baldur an und sofort packte er sie an den Schultern, um ihr noch einmal Mut zuzusprechen. Schon während der Fahrt auf Klaus Schiff hatte Baldur sie auf diesen Moment versucht vorzubereiten und ihr immer wieder erklärt, was sie zu tun hatte. Dennoch wiederholte er die Worte noch einmal:

»Konzentriere dich, Liv. Du musst die Kraft in dir nur zulassen. Wenn du unter dem Wasser bist, wird der Ring dich leiten. Er wird dich zu einer Einkerbung in einem großen Stein führen, der auf dem Grund des Bodens unter dem Wasserfall liegt. Wenn du diesen Stein gefunden hast, dann legst du das Wappen dort hinein und drückst es in die Einkerbung, bis das Wappen einrastet und sich der Mechanismus in Gang setzt. Stell es dir wie das letzte Stück eines Puzzles vor. Erst wenn das letzte Teil eingelegt wurde, kann man das gesamte Bild erkennen. Es wird wie ein kleines Schlüsselloch aussehen. Hier steckst du den Ring hinein, während er weiterhin an deinem Finger ist, und drehst ihn anschließend einmal nach links um. Dann musst du warten, bis sich das Zeichen mit deinem Blut vollständig gefüllt hat. Wie bei der Kiste wird der Ring zuschnappen. Aber du musst warten, bis alles mit deinem

Blut gefüllt ist. Ansonsten wird sich die Passage nicht öffnen. Du wirst es schaffen, Liv. Wir glauben an dich.«

Sie starrte auf das schwarze Wasser und musste schlucken. Selbst im Hochsommer war Island nicht sonderlich warm, und solch ein strömender Fluss inmitten der kargen Steinlandschaft war erst recht keine schöne Einladung, um ein erfrischendes Bad im Mondschein zu nehmen. Nein, im Gegenteil. Die Luft war so bitterlich kalt, dass ihr allein bei dem Gedanken, in die eisige Nässe zu springen, regelrecht das Blut gefror. Liv hatte keine andere Wahl. Sie warf einen Blick zu den Sternen hinauf. Dann wieder aufs Wasser. Der Himmel war so klar und der Mond schien so hell und war so groß, als wäre er zum Greifen nah. Und endlich verstand sie es:

Wenn das Wasser tief ist und der Wind steht still ... Wenn der Himmel klar ist und der Mond scheint hell... Wenn der Fluss beginnt, seine Kreise zu ziehen, wird der Sturm dich in die Lüfte wehen. Dann wird dich dein Schicksal nach Hause bringen.

»Okay Liv, jetzt konzentriere dich! Sei kein Jammerlappen!«, flüsterte sie abermals zu sich. »Der Ring wird dich leiten.«

Laut nach Luft schnappend, fasste sie ihren ganzen Mut zusammen und zog die Schnorchelmaske übers Gesicht. Mit dem Steinwappen in der einen und einer Taschenlampe in der anderen Hand nahm sie ein letztes Mal ganz tief Luft. Mit einem perfekten Kopfsprung sprang sie in das tobende Wasser. Der Aufprall war aber zu stark und Liv verlor prompt ihre Tauchermaske. Doch es gab kein Zurück. Sie musste es ohne sie schaffen.

Vor lauter Angst und Spannung grub Enna ihr Gesicht in Nicks Brust und betete leise vor sich hin, dass der liebe Gott ihre Freundin dort wieder heile rausholen würde. Nick hielt sie dabei fest im Arm und versuchte, sie zu beruhigen. Doch alle bangten um sie. Aeden wäre ihr am liebsten sofort hinterher gesprungen, aber Liv musste da jetzt alleine durch.

»Kannst du sie sehen?«, rief Aeden zu Baldur, während sie mit ihren Taschenlampen auf das schwarze Wasser leuchteten.

»Nein, es ist einfach viel zu dunkel. Aber sie wird nicht scheitern. Ich weiß, dass sie es schaffen wird. Sobald der Ring in der Einkerbung ist, wird ein helles Licht dort unten leuchten.«

Die Wellen schlugen stark und peitschten gegen die Felsen. Es war rein gar nichts zu erkennen. Liv versuchte, so weit nach unten zu tauchen, bis sie den Boden sehen konnte. Wohin sollte sie schwimmen? Es sah überall gleich dunkel aus. *Ruhig Liv. Du musst dich jetzt konzentrieren. Du wirst das schaffen.* Entschlossen schwamm sie mit zwei, drei kräftigen Zügen noch tiefer in den Grund hinab. Und dann sah sie es endlich. Es war eine Art Bild. Eine edle Verzierung wie eine Gravur in den Stein gemeißelt. Bei genauerem Betrachten bestand diese Einkerbung aus dem Baum "Yggdrasil" und dem Runenzeichen. So ähnlich wie das Bild bei Herrn Bergen, nur dass es in einen Stein geritzt war und die Äste in einem wundervollen metallischem smaragdgrün schimmerten. In der Mitte des Baumes konnte man klar die viereckige Öffnung für das Erdwappen mit dem Runenzeichen erkennen. Sie drückte das kleine Wappen in die Einkerbung, sodass sich der Stein wie ein Puzzle zu einem Gesamtbild formte. Schnell ballte sie ihre Faust, steckte den Ring hinein und drehte ihn links herum, genau so, wie Baldur es ihr gesagt hatte. Ein fester Stich durchbohrte ihren Finger, was sie vor lauter Schreck aufschreien ließ und Luft aus ihrer Lunge entwich. Ihr tat der Finger von dem letzten Piekser noch weh und ihre andere Hand schmerzte ebenfalls von der Verletzung des Dosenöffners. Sie spürte, wie der rote Saft durch ihren Arm wich. Über das Runenzeichen und den Baum floss das Blut durch all seine Wurzeln und Äste. Das Wappen musste komplett mit ihrem Blut gefüllt sein, um das Portal nach Alfheim öffnen zu können. Aber allmählich ging ihr die Luft aus und Panik brach in ihr aus. Ehe sie sich versah, begann alles wie in Zeitlupe zu laufen. Wieder hatte sie ihre Kraft, - über die Zeit zu herrschen -, unbewusst geweckt. Das Wasser bewegte sich ganz langsam um sie herum und auch ihre Bewegungen schienen in reduzierter Geschwindigkeit zu fließen. Sie dachte an ihre Tante, die nicht mehr da war.

Was, wenn auch ich gleich nicht mehr da sein werde? Was, wenn ich es nicht mehr rechtzeitig schaffe aufzusteigen? Dann ist alles vorbei! Das darf einfach nicht geschehen. Das darf nicht passieren. Ich muss es einfach schaffen.

Sie schaute auf das Wappen und riss sich noch einmal zusammen. Doch ihre Lunge schrie nach Luft. Noch immer war die Einkerbung nicht komplett mit Blut gefüllt und allmählich wurde ihr schwarz vor Augen. Letztendlich verlor sie das Bewusstsein und ihre Lunge sog sich reflexartig voll mit Wasser. Immerhin war das Wappen vollständig mit Blut gefüllt und die Nadel löste sich wieder von ihrem

Finger ab. Liv trieb langsam zurück an die Oberfläche. Währenddessen bewegte sich der Mechanismus in dem Stein und die Verzierungen aus gemeißelten Wurzeln verschoben sich. Der Grund des Bodens bebte, der Stein schoss nach oben und trat aus dem Wasser bis an die Oberfläche.

Plötzlich hörte der Wasserfall auf zu strömen. So als hätte man ihm den Wasserhahn abgedreht, sickerten nur noch wenige Tropfen in den Fluss hinab. Mit einem Mal erstrahlte das Wappen auf dem Stein in einem funkelnden metallicgrünen Licht und erhellte das gesamte Wasser. Aeden entdeckte Liv. Sofort sprang er ins Wasser, um sie zu retten. Die Kälte raubte ihm die Sinne.

»Bist du verrückt? Du erfrierst!«, schrie Felix ihm hinterher. Mittlerweile war das Wasser bereits auf Kniehöhe gesunken, sodass er die restlichen Meter mühselig durch das sinkende Wasser laufen konnte. Er hob ihren Kopf und drehte ihn zur Seite. Dann hob er sie hoch und trug sie auf seinem Armen. Ehe sie sich versahen, war der gesamte Fluss bis auf wenige Pfützen so gut wie verschwunden. Rasch kletterten Nick, Felix und Enna so schnell, wie sie es nur konnten zu ihren Freunden hinunter.

»Baldur, wir müssen etwas tun. Sie atmet nicht!« Panisch schrie Aeden, doch dafür blieb keine Zeit. So schnell wie das Gewässer verschwand, so rasant bildete es sich auch zurück. In Sekundenschnelle rannte Baldur zu Aeden, als sie das Wasser wie eine Flut nach der Ebbe zurückkommen sahen. Ein starker Wind brach auf, während das Gewässer begann, sich wie ein strudelnder Kreis um sie und dem Stein herumzudrehen. In rasender Geschwindigkeit bildete sich ein kopfüber stehender Tornado aus Wind und

Wasser, der in sekundenschnelle nach oben in den Himmel schoss. Aeden, der immer noch Liv fest in seinem Armen hielt, drückte sie eng an sich.

»Jetzt stirb mir bloß nicht weg, Kleines«, brüllte Baldur sie an, obwohl er wusste, dass sie von alldem nichts mitbekam. »Wir bringen dich jetzt nach Hause. Halte sie gut fest, Aeden.«

»Was passiert denn jetzt?« Von Angst ergriffen blickte Enna in das Innere des Tornados hinauf, während sie sich an Nick klammerte. Felix rannte zu Aeden und half ihm dabei, Liv festzuhalten.

»Der Wassersturm wird uns gleich nach oben spülen. Also haltet euch gut aneinander fest«, rief Baldur und sah ebenfalls in den tosenden Himmel.

XXMRFЧIГ

Der Tornado aus Wasser hatte seine vollendete Größe erreicht. Die Spitze ragte bis in die Wolken hinauf und schloss alle vollkommen in sich ein. Im Geiste machte sich jeder von ihnen bereit hinabzusteigen und von dem Sog nach oben gezogen zu werden.

Doch wie aus dem Nichts strahlten über ihnen grelle Scheinwerfer eines Helikopters auf den Grund des Flusses herab. Der Tornado war so dermaßen laut, dass er den Anflug des Hubschraubers vollkommen übertönte. Es war Blakaldur. Es konnte nur er sein.

Über die Lautsprecher hallte sein bösartiges Lachen. »Weißt du, was dein Problem ist, Baldur? Nebenbei bemerkt, - war es schon immer dein Problem -, du denkst nie bis zum Schluss! Nie ist auch nur ein einziger deiner Pläne zu hundert Prozent durchdacht.«

Baldur zischte laut auf. Sein Feind hatte in diesem Punkt absolut recht gehabt. Baldur war nie der strategische Mensch. Er reagierte oft aus dem Impuls heraus.

»Hast du wirklich allen Ernstes gedacht, ich würde euch nicht einholen? Dank Martins Körper und dem doch üppigem Erbe seiner Eltern war es eine Kleinigkeit, mir einen privaten Flug hierher zu organisieren. Dachtest du wirklich, ich würde es nicht schaffen?« Voller Arglist lachte er schallend ein weiteres Mal auf. »Also wirklich, Baldur. Du bist solch ein jämmerlicher Narr. Genauso dumm wie die Menschen.«

Wie ein Soldat seilte er sich vom Helikopter einfach ab und landete mit einem Katzensprung an den Grund des leeren Flusses.

Enna zog sich fest an Nick. Sie schrie. In dem Moment spürten sie, wie sich ihre Füße vom Boden lösten und sie langsam in die Lüfte abhoben. Der Tornado hatte seine volle Kraft erreicht.

Der Hubschrauber kreiste umher, während sich zwei seiner Söldner ebenso nach unten abseilten. Der Pilot geriet jedoch immer wieder ins Schleudern. Durch die stürmischen Verhältnisse fiel es ihm schwer, seinen Kurs zu halten. Er kam dem Wirbelsturm viel zu nahe. Die Soldaten bekamen Panik. Ihr Oberboss war bereits schon am Grunde des Bodens. Sie hatten die Schnauze voll. Das war es nicht wert. Mit wem hatten sie es wirklich zu tun? Selbst den Russen war das hier eine Nummer zu groß. Bisher dachten sie, es ginge nur um Geld und das sie eine ordentliche Summe von dem Gewinn bekommen werden. Aber

Blakaldur hatte sie verarscht. Das erkannten sie endlich. Die beiden Söldner ließen sich wieder in den Hubschrauber zurückziehen. Doch erneut geriet der Pilot stark ins Wanken. Er konnte dem Wind und dem Wasser in dieser Höhe einfach nicht mehr standhalten. Die Böen spielten mit dem Heli, sodass der Pilot die Kontrolle über das Gefährt verlor. Der Hubschrauber drehte sich chaotisch um sich selbst, schleuderte von links nach rechts und flog direkt auf eine der massiven Felswände zu.

Blakaldur musste mit ansehen, wie auch seine letzten Helfer einfach an der Wand zerschellten. Der Helikopter rutschte den Felsen hinab, explodierte und ging lodernd in Flammen auf.

Bei dem Aufprall zuckten Enna und Nick regelrecht zusammen. Es war so windig, dass Ennas lange rote Haare wild durcheinander flogen und Nick stets die Sicht nahm. Aber ihm war es sogar ganz recht, denn er wollte genauso wie Enna, so wenig wie nur möglich sehen. Aeden und Felix konnten nur mit unklarer Sicht durch den Sturm hinaus auf die Unfallstelle blicken. Sie waren bereits schon einige Meter in der Luft und stiegen mit jeder Sekunde noch schneller in die Höhe. Der Sturm wirbelte ihre Körper hin und her, drehte sie in kreisenden Bewegungen herum. Felix und Aeden hielten Liv dabei weiter fest umschlungen.

Krampfhaft versuchte Baldur noch ein wenig am Boden zu bleiben und bereitete sich auf einen Todeskampf mit seinem Erzfeind vor. Liv würde es nach oben schaffen. Er war bereit, sein Leben zu geben. Doch auch seine Füße lösten sich durch den Sog ab. Vor Zorn leuchteten Blakaldurs Augen erneut rot auf und aus dem so unscheinbaren

Körper von Martin brachte er einen tiefen und grölenden Laut heraus. Der Barghest wollte so gerne aus diesem nutzlosen Leib ausbrechen. Er musste nach oben in seine Welt gelangen, um endlich seine wahre Gestalt wieder annehmen zu können. Aber erst sollte Baldur endgültig sterben. Er sprang durch den tosenden Sturm hindurch und wollte seinen Feind gerade von hinten angreifen. Jedoch war Baldurs Reaktion so unfassbar schnell, da er diesen Moment schon erwartet hatte. Mit einem kräftigen Tritt stieß er Blakaldur von sich weg und schleuderte ihn aus dem Wasserstrudel hinaus. Aber Blakaldur sprang sofort wieder hinein und trat seinem Feind mit aller Kraft gegen dessen Rücken. Der Treffer raubte Baldur den Atem. Er musste einige Schläge ins Gesicht einstecken und erhielt einen weiteren Tritt in den Brustkorb. Er war angeschlagen. Allerdings war Baldur schon schlimmer getroffen worden. Blakaldur war einfach zu schwach. Ein Schatten des Barghest aus der anderen Welt. Das hinderte ihn aber nicht daran, weiterzumachen. Er war gut vorbereitet.

Baldur spürte deutlich, das Blakaldur nicht locker lassen würde. Er musste es jetzt und hier beenden. Noch bevor er nach ihm greifen konnte, zog Baldur seinen Dolch hervor und rammte es ihn mit voller Wucht in den Bauch. Der stechende Schmerz verzerrte dessen Blick, doch dann zog auch Blakaldur ein langes Messer hervor. Baldur reagierte nicht schnell genug und verspürte einen tiefen Stich in seiner Brust. Kurz brüllte er und stieß Blakaldur erneut mit dem Dolch in die Rippen.

Wehmütig sahen sich die verfeindeten Gestaltenwandler an. Und für einen Moment lang schien es fast schon so, als wären beide traurig, anstatt voller Jähzorn, über das, was gerade geschah. Konnten sich zwei Gegner dennoch so nahe sein? Fühlten sie außer dem Hass trotzdem dasselbe? Auch Enna, Nick sowie Aeden und Felix konnten es sehen. Was war das? Waren die beiden vielleicht sogar einmal Freunde gewesen?

Schnell verstrich dieser Moment wieder und Blakaldur schrie durch den Schmerz laut auf, den er tief in seiner Magengrube verspürte.

Trotz der großen Verletzung schlug er weiter auf Baldur ein, während sie derweilen immer höher und höher flogen.

Baldur traf ihn ein weiteres Mal und stach mit dem Dolch tief in seine Lunge. Blakaldur riss die Augen weit auf und rang keuchend nach Luft. Mit letzter Kraft, klammerte er sich an Baldur fest, spuckte ihm Blut ins Gesicht. Baldur wollte diesen Fehler, ihn am Leben zu lassen, kein zweites Mal begehen. Der Tag war gekommen, an dem Blakaldur sterben sollte.

»Oh nein!«, dröhnte Baldurs Stimme. »Du wirst uns ganz sicher nicht begleiten. Deine Reise ist hier zu Ende.«

»Du ... du weißt, dass ich zu ihr zurückkehren muss«, stöhnte Blakaldur. Allmählich verließ ihn seine Kraft. Der menschliche Körper von Martin Bergen kam einfach nicht gegen Baldurs Stärke an. Aber er wollte nicht aufgeben. Er durfte nicht aufgeben. Er riss sich zusammen, hielt sein Messer fest in der Hand. Er nahm seine letzten menschlichen Kräfte zusammen und stieß mit einem starken Hieb in Baldurs Körper ein. Dennoch erreichte er nur die oberen Rippen unterhalb seines Herzens. Baldur verspürte einen starken Schmerz.

»Stirb, Baldur. Stirb endlich!«, brüllte Blakaldur aus tiefstem Inneren.

Baldur sah sein ganzes Leben im schnellen Ablauf an sich vorbeiziehen. *Habe ich tatsächlich versagt? War denn wirklich alles umsonst?* Nur einen Augenschlag später verspürte er, dass Blakaldur sein Herz verfehlt hatte.

Nur die Worte von seinem Erzfeind katapultierten ihn in das Geschehen zurück. Die unkontrollierbare Kraft in ihm entfachte wieder. Er packte ihn wie eine Puppe am Hals und Blakaldur erkannte die unbeugsame Stärke seines Gegners.

»Tue es!«, schrie Aeden bereits von weit oben herab. »Töte ihn! Tue es!« Niemals hätte Aeden es je gewagt, sich solch eine grauenhafte Sache eines Tages zu wünschen, geschweige denn je auszusprechen. Aber Blakaldur hatte es nicht anders verdient.

Baldur hielt ihn weiter fest und sah dabei zu, wie ihm das Blut aus dem Mund lief und er bereits drohte daran zu ersticken.

Er schüttelte ihn. »Du wirst Tilda nie wieder sehen! Du wirst nie wieder in das Trollreich oder in all die anderen Welten gelangen.« Baldur brüllte ihn wutentbrannt an. »Deine Herrin wird elendig krepieren. Genauso wie du! Ich beende das jetzt hier. Ein für alle Mal. Und das hier ist dein Gnadenstoß!« Gezielt rammte Baldur seinen Dolch in den Hals, um ihn endgültig auszuschalten.

Blutspuckend versuchte er zu sprechen: »Das wirst ... das wirst du noch bereuen, Baldur! Das mag vielleicht mein Ende sein, aber ...«, seine Kraft verließ ihn.

Ein wehmütiges Lächeln schenkte Baldur seinem Gegenspieler, bevor er die letzten Worte zu ihm flüsterte. Er wollte nicht, dass die anderen sie mit bekamen. Dieses Geheimnis wollte er, solange er konnte, für sich bewahren.

»Ich bereue gar nichts! Mein Bruder!«

Dann verpasste er ihm den letzten Gnadenstoß und schleuderte ihn mit aller Kraft durch die rauschende Wand aus Wasser hinaus.

Blakaldur fiel die unzähligen Meter auf die Erde zurück und verschwand im Nichts.

Nun war er weg. Für immer. Und nur eine einzige Träne wich aus Baldurs Augen. Mehr hatte er für seinen Zwillingsbruder nicht übrig.

25. Die letzten Schritte

Der Flug dauerte gefühlt eine halbe Ewigkeit. In Aeden schossen Tausende Gedanken umher, während er seine bewusstlose Freundin in den Armen hielt. Er blickte nach unten. Vom Erdboden war nichts mehr zu sehen. Angst empfand er nicht. Jedoch lastete die Sorge um Liv wortwörtlich auf seinen Schultern. Wie lange würden sie noch weiter fliegen, bis sie endlich oben ankommen würden? Die Reise wollte einfach kein Ende nehmen.

Felix kniff die Augen zusammen, schien aber ansonsten damit so weit klar zu kommen, in die endlosen Weiten des Himmels zu preschen. Enna schrie vor Angst und drückte ihr Gesicht weiter an Nicks Brust. Er hielt sie am Kopf fest, um ihr so viel Schutz geben zu können wie nur möglich, auch wenn er selbst gerade unter Todesängsten litt. Keine Achterbahn auf der Erde konnte diesem wilden Ritt die Stirn bieten. Jeder von ihnen, selbst Baldur, quoll förmlich vor Adrenalin über.

Je höher sie flogen, desto klarer wurde die Sicht und sie konnten teilweise durch das sich im Kreis drehende Wasser hindurchblicken. Mit einem Mal öffnete sich vor ihnen eine ganz neue Welt. Sie flogen an riesigen Felsgesteinen vorbei, aus denen Bäume nicht wie sonst nach oben, sondern nach unten wuchsen und sogar Flüsse sich kopfüber unter den Felsen zogen. Es sah aus, als würden sie sich eine gewaltige Berglandschaft verkehrt herum ansehen. An den Felsen entlang kamen sie an einem strömenden Wasserfall vorbei, der aus einem klaren, funkelnden See mündete.

Ganz sanft spuckte der Wirbelsturm seine Fahrgäste hinaus und direkt in den See hinein. Kaum im seichten, kristallklarem Wasser gelandet, schwammen sie auch schon zum Ufer des Sees. Rasch legten Aeden und Felix die leblose Liv in den feinen Sand und Aeden begann darauf sofort mit der Wiederbelebung. Unzählige Male drückte er ihr auf die Brust und pustete erneut Luft in ihre Lungen. Doch selbst nach dem sechsten Versuch lag sie immer noch regungslos da. Enna zitterte vor Angst und brachte außer einem leisen Schluchzen kein Wort von sich. Bitterlich weinend hielt sie Kopf ihrer besten Freundin fest und strich über ihr weißes Haar.

Baldur lief nervös auf und ab. Er blendete seine eigenen Verletzungen völlig aus. Das Adrenalin zeigte noch seine Wirkung. Er bemerkte gar nicht, wie das Blut aus seinen Wunden strömte. Baldur, der große und unbeugsame Mann, stand sichtlich unter Schock.

Aber Nick und Felix reagierten schnell. Die Jungs waren durch ihren Lieblingssport darin geübt, mit spontanen Verletzungen umzugehen, und dementsprechend waren auch ihre Rucksäcke gepackt. Sie eilten Baldur zur Hilfe. Erst versuchte er sie abzuwimmeln. Nervös fuchtelte er mit seinen Händen umher, doch Letztenendes ließ er sich von ihnen seine schlimmsten Wunden verbinden.

Er empfand keine Schmerzen. Nur die in seinem Herzen. Baldur konnte den Blick von seinem Schützling nicht abwenden. Er schluchzte. »Es ist wie damals, als wir unten auf der Erde landeten«, klagte er und strich sich nervös über seinem Bart. »Es ist genau dieselbe Situation, als ich ihren kleinen Kinderkörper wiederbeleben musste.«

Aeden liefen die Tränen übers Gesicht. »Bitte Liv, komm zurück.« Er konnte es kaum ertragen, sie so leblos liegen zu sehen. »Komm zu mir zurück!«, flüsterte er erneut vor sich hin und schloss die Augen. Er hatte wirklich verdammt große Angst um sie. Noch nie war ihm jemand nach so kurzer Zeit so wichtig geworden. Der Gedanke allein, sie nicht mehr lachen zu sehen oder mit ihr zu meckern, war für ihn unerträglich. In diesem Augenblick musste er sich eingestehen, dass er sich wohl hoffnungslos und unwiderruflich in sie verliebt hatte. Nein, so durfte es nicht enden.

Er drückte ihr noch ein weiteres Mal fest auf die Brust, drückte ihre Nase zu, presste seine Lippen fest auf die ihre und pustete ihr erneut kräftig in ihre Lunge.

Mit einem Schlag riss Liv die Augen auf und blickte direkt in sein tränenüberströmtes Gesicht. Er bekam gar nichts mit, da er sich weiterhin all die Mühe gab, sie wiederzubeleben.

»Aeden, sieh doch!«, schrie Enna sichtlich erleichtert, als sie erkannte, dass ihre Freundin am Leben war. Aeden öffnete seine Augen und sah Liv an. So schnell, wie sie sich erhob, konnte Aeden gar nicht reagieren, doch sie brauchte Platz. Mit einem Mal drehte sie ihren Kopf zur Seite und spuckte eine geballte Ladung Wasser aus. Laut stöhnend nahm sie ganz tief Luft, spuckte erneut Wasser und hustete lauthals, bis sie wiederholt nach Luft rang.

»Oh, Gott sei Dank.« Voller Erleichterung atmete Aeden auf. Ein riesiger Stein fiel ihm vom Herzen. Er half ihr, sich aufzusetzen, und klopfte ihr auf den Rücken, um die letzten Tropfen Wasser aus ihr heraus zu bekommen.

Erleichtert stürzte sich Enna auf sie und drückte sie ganz fest an sich. »Wir dachten schon, du stirbst. Fast hätte ich geglaubt, du würdest mich für immer verlassen.«

»Nicht so fest, Enna«, hustete sie und rang nach Luft. Sofort ließ Enna los und entschuldigte sich. Sie war so glücklich, so euphorisch, dass ihre Freundin am Leben war. Sie konnte gar nicht anders, als sich auf ihre beste Freundin zu stürzen.

Obwohl Liv noch nicht wirklich in der Lage war, sich zu bewegen, versuchte sie dennoch Ennas Rücken zu streicheln, um sie wieder zu beruhigen. »Wir werden ...«, hustete sie weiter und bemühte sich, ihre Stimme wieder zu erlangen. »Wir werden uns doch immer haben.«

Als sie zu Aeden und all den anderen hochblickte, sah sie, wie sichtlich erleichtert alle waren. Sie hatten es tatsächlich geschafft. Alle zusammen.

Sie brauchte noch eine ganze Weile, um neue Kraft zu schöpfen. Aeden erklärte ihr, was passiert war. Er erzählte, wie sie das Bewusstsein verlor, er sie mit Felix trug und wie Baldur das Monster Blakaldur bekämpft und besiegt hatte.

»Blakaldur ist tot! Baldur hat mit Leib und Seele um dein Leben gekämpft.«

»Nein«, ergänzte Felix seinen Satz. »Uns allen hat er das Leben gerettet.« Dankbar klopfte er Baldur auf die Schulter.

Sie sah ihn dankend an und erkannte, wie angeschlagen er war. Sein Shirt war blutunterlaufen, zerrissen und selbst seine Lederweste hatte schon bessere Tage gesehen. »Baldur ... du bist ...«

»Mach dir keine Sorgen, Kleines. Mir geht es gut. Ich werde es schon überleben.« Er zwinkerte ihr müde zu. »Einen elbischen Gestaltenwandler haut man nicht so leicht um.« Liv wollte sich ebenfalls bei ihm bedanken, doch er trat ein Stück nach vorne und blickte in den tiefen Abgrund. Man sah nichts, außer dichte Wolkenschwaden, tiefe Nacht und sanften Schimmer des Mondscheins.

Baldur wirkte nicht sonderlich erleichtert. Nein, er wirkte auf sie eher betrübt und besorgt. Oder lag es an seinen Verletzungen? War da etwas, was er ihr verschwieg? Das Gefühl ließ sie nicht los. Doch seine Gedanken konnte sie nicht lesen. Sie war zu diesem Zeitpunkt auch einfach viel zu erledigt gewesen, sich auf weitere Fragen zu konzentrieren. Das musste fürs Erste warten.

Baldur unterbrach die Unterredung und trat einen Schritt auf sie zu.

»Ich weiß, wir verlangen dir gerade sehr viel ab und es tut mir leid, dir das jetzt sagen zu müssen. Aber ich muss dich nochmals bitten, etwas zu tun«, forderte Baldur sie auf. »Aber wir müssen die Passage sofort wieder schließen. Die Menschen auf der Erde dürfen den Wirbelsturm niemals zu sehen bekommen«, erklärte er weiter.

Er zeigte auf die andere Seite über die Basaltsäulen, wo es in die Tropfsteinhöhle hinein führte. Erst jetzt wurde Liv so richtig klar, dass sie an einem kleinen See saßen, wo ein Wasserfall in eine tiefe Schlucht hinab führte und nur einige Felsen ihnen den Halt gaben, nicht wieder nach unten zu stürzen.

Als Enna das realisierte, klammerte sie sich erneut an Nick.

Enna ist doch schon ziemlich niedlich, dachte er und nahm sie schützend in den Arm. So schüchtern wie sonst fühlte er sich nicht mehr. Lag es an dem Abenteuer, welches sie gemeinsam erlebt hatten?

»In dieser Höhle steht der Stein, womit du die Passage wieder schließen wirst«, erklärte Baldur und fasste sich schmerzhaft an die Rippen. Anschließend zeigte er auf eine grobe und brüchig aussehende Treppe, die an der Klippe hinauf führte. »Wenn das geschafft ist, müssen wir nur noch diesen Felsen hinauf steigen. Und dann haben wir es endlich vollbracht.«

Liv sah auf die Stufen. Sie war so müde und erschöpft. Die letzten Tage hatten ihr wirklich alles abverlangt und fast zu ertrinken, gab ihr endgültig den Rest an Erschöpfung. Doch diesen einen Weg musste sie noch beschreiten. Mühselig erhob sie sich.

Von Felix und Aeden gestützt, stapften sie unter dem Wasserfall hindurch und sprangen auf die andere Seite des Felsens, der zu der Höhle führte.

Sie stiegen die kleinen Stufen hinab und traten in die Grotte. Die Felswände schimmerten metallisch und erinnerten an die Farben einer glänzenden Muschel. Das seichte Wasser war so hell und klar, als wäre es frisch aus der Südsee importiert. Baldur zeigte auf einen Stein, der aus dem flachen Gewässer heraus ragte. Liv atmete beruhigt auf. Sie war froh darüber, dass er nicht unter tiefem Wasser stand. Denn vom Tauchen hatte sie nun wirklich fürs Erste genug.

Sie sah sich den Stein sowie das Wappen genauer an und erstaunte, als sie dasselbe erblickte. Aber wie war das möglich? Wie konnte dieses Steinwappen, das eben noch unten im Fluss von "Aldeyjarfoss" war, nun hier oben sein?

Sie fragte Baldur.

»Nein, das ist und bleibt unten in dem Stein drin. Für jede Passage gibt es eine zweite Instanz. Eines zum Öffnen, welches so lange in dem Stein verweilt, bis man wieder zurückreisen möchte. Doch nur der Hüter der Wappen kann sie einsetzen und auch wieder entnehmen.«

Liv griff sich an ihren verwundeten Finger. Ihre Hand pochte und schmerzte. Trotz allem versuchte sie sich auf den nächsten Schritt vorzubereiten.

»Keine Bange.« Baldur besänftigte sie. »Beim Schließen der Passagen musst du dein Blut nicht opfern. Stecke den Ring wieder in die Einkerbung und drehe es einmal rechts herum. Das Wappen wird dann hervortreten und du kannst es heraus nehmen und anschließend bei den anderen verwahren.«

Sichtlich erleichtert folgte sie seinen Anweisungen und hielt binnen weniger Sekunden schon das Wappen in der Hand. Der Stein bebte, grub sich in das kristallklare Wasser hinab, bis er am Grund des Bodens schimmerte und kaum mehr sichtbar war.

Sofort löste sich der tosende Sturm aus Wasser auf und fiel wie ein stark prasselnder Regen auf die Erde zu. Über den Horizont dieser Neuen Welt zog sich eine glänzende Schicht. Wie ein schillernd seidiges Papier, leicht metallisch, zog es sich weit oben zu einer beinahe unsichtbaren Kuppel zusammen. Die Passage zwischen Erde und der Welt Alfheim war nun geschlossen. Es dauerte einen Moment, bis sie ihre Augen diesem überaus faszinierenden Naturschauspiel wieder abwenden konnten.

Aeden griff Liv unter die Arme und gemeinsam stapften sie die letzten Felsbrocken hinauf.

XXⱲRFᚺIᚓ

Oben angelangt sahen sie endlich, an welch wundersamen und atemberaubend schönen Ort sie angekommen waren.

Eine endlos grüne Landschaft aus Hügeln und Bergen erstreckte sich über das Land, soweit das Auge es nur einfangen konnte. Von Weitem sah man einen dichten Wald, der sich auf einen gewaltigen Felsen verteilte und sich von einem saftigen dunklem grün in eine märchenhafte weiße Berglandschaft verwandelte. Eine frühlingshafte Wärme zog sich über das gesamte Land. Die herrlich frische Luft durchstreifte die Wälder und nach dieser doch sehr turbulenten Wasserfahrt war es umso schöner, wieder mal richtig durchatmen und ihre Lungen frei pusten zu können. Ein breiter Fluss, der sich von den Klippen entlang bis in den Wald hinein seinen Weg bahnte, schmückte das unbeschreiblich schöne Gesamtbild der Welt ab.

Hier in Alfheim schienen die Sterne noch viel heller zu erstrahlen und der Mond hing gigantisch gross über den Bergen. Nie zuvor hätte auch nur einer von ihnen zu träumen gewagt, ihn in solch einer unermesslichen Dimension und von so kurzer Entfernung sehen zu können. Fast zum Greifen nah.

»Wow!« Erstaunt brachte Liv nicht mehr über ihre Lippen und musste noch einige Male blinzeln. Die Aussicht war unglaublich beeindruckend und es raubte ihr den Atem.

»Dieser Ausblick ist ... er ist einfach überwältigend. Es sieht aus, als wären alle vier Jahreszeiten gleichzeitig da. Es ist so wunderschön, man kann es gar nicht glauben.«

Baldur stellte sich neben sie. »Nun ... solch einen Anblick gibt es definitiv nicht auf der Erde. Zumindest kam ich dort noch nicht zu solch einem Genuss«, lachte er kurz auf. »Am Tage ist es noch viel schöner. Ein wirklich atemberaubender Anblick. Schon bald wird die Sonne aufgehen und dann werdet ihr es sehen. Dieser metallisch glänzende Schimmer, der sich gerade über den Himmel gezogen hat, der führt bis zu den eisigen Bergen dort hinten. Es ist die Grenze zum Trollreich. Diese undurchsichtige Wand dient uns zum Schutz. Er bewahrt uns vor den Gefahren, die hinter dieser Grenze und den eisigen Bergen drohen.« Baldur erinnerte sich zurück.

»Durch den Absprung vor sechzehn Jahren konnten wir die Passagen schließen. Wäre ich nicht rechtzeitig mit dir abgesprungen, hätten es die Eisriesen noch geschafft, in unsere Welt zu gelangen. Nur so konnten wir die Tore der Welten abriegeln und unser Volk vor dem Schlimmsten bewahren. Aber unsere Rückkehr wird selbst dem Trollreich aufgefallen sein. Wir müssen auf der Hut sein.«

Liv hörte zu, konnte ihren Blick jedoch nicht von dem schönen Ausblick abwenden. Verliebt in die mystische Landschaft, die vor ihr lag und der Gedanke daran, dass ihre Eltern irgendwo hier tatsächlich lebten, erfüllte sie mit Freude. Etwas, was sie seit Ediths Tod schon fast nicht mehr spüren wollte. Ein Gefühl von Heimat. Und sie wusste, dass tief in ihrem Herzen ihre geliebte Tante es auch so gewollt hätte. Genau dafür hat sie Liv all die Jahre beschützt und zu der Person gemacht, die sie heute war.

»Dieser Anblick übertrifft alles, was ich mir je von dieser Welt erträumt hatte. Es fühlt sich an wie ... wie nach Hause kommen. Ich kann es spüren.«

Baldur nahm ihre Hand und blickte ihr sanftmütig in die Augen.

»Du bist zu Hause! Dies ist deine Heimat. Dein Land, deine Welt und dein Erbe. Auch ich bin mehr als froh, wieder zurück zu sein.« Baldur stockte und senkte den Kopf. Seine Tonlage veränderte sich und sein Atem wurde schwer.

»Liv. Das ist kein Spaß. Wir müssen ab jetzt wirklich vorsichtiger sein und dürfen nirgends lange verweilen. Nach sechzehn Jahren kann sich hier alles Mögliche verändert haben. Vielleicht hat Tilda Späher, die uns schon beobachtet haben und die werden es uns ganz sicher nicht leicht machen, wenn sie uns schnappen. Wir sind in Gefahr! Vergesst das bitte keine einzige Sekunde. Denn ich kenne die Zustände von heute nicht.«

»Dann sollten wir keine Zeit mehr vergeuden«, schlussfolgerte Aeden und griff nach seinem durchnässten Rucksack. Als er auch nach Livs Wanderrucksack greifen wollte, streifte sie sich ihren bereits über die Schulter. Sie war nicht mehr die schwache Liv. Das unbeliebte und verhaltene Mädchen, welches lieber zurückgezogen lebte. Sie wollte ab jetzt nur noch Stärke zeigen. Eine Kämpferin. Eine Königin.

Mutig und entschlossen schnappte er nach Livs Hand. Sie sah ihn an. Und Liv war froh darüber, dass er es getan hatte. Sie war glücklich, dass er sowie ihre beste Freundin und all ihre neu gewonnen Freunde da waren. Aber vor allem Aeden, der von Anfang an ihr so bedingungslos zur

Seite stand, nicht einmal verzweifelte oder ihr Angst zeigte. Könnte doch nur die blöde Kuh Chloe sie jetzt sehen. Sie hatte die besten Freunde, die man sich nur wünschen konnte. Sie hatte die Unterstützung, die sie brauchte. Sie hatte Rückenwind. Chloe würde vor Neid rot anlaufen und wie ein Ballon zerplatzen. Nach all diesen nervenaufreibenden und emotionalen Tagen fühlte sie sich Aeden schon so verbunden, wie Liv es noch nie zuvor bei jemandem gefühlt hatte. Und sie spürte, dass es ihm genauso erging. Sie verstanden einander.

Schürfwunden, Kratzer, blaue Flecken, noch leicht blaue Lippen, bleiches Gesicht mit rosigen Wangen. Weiße Dreadlocks und dem sonderbar katzenartigen grünen Auge. Ihr Blick war so strahlend wie das Land, in dem sie gerade mitten drin standen. Sie war außergewöhnlich. Das, was Aeden an ihr so gut gefiel.

»Ich danke dir, Aeden. Du hast mir heute das Leben gerettet.«

»Ich würde es immer wieder tun, kleine Eisprinzessin«, flüsterte er ihr zu und strich sanft über ihr nasses Haar.

»Schon klar … Gentleman und so. Du tust stets, was die Frauen dir sagen«, schmunzelte sie erschöpft, aber diesen Spruch wollte sie sich dennoch nicht nehmen lassen.

»Nicht bei jeder Frau.« Aeden lächelte zurück, doch schnell verzog sich sein Grinsen zu einem angsterfüllten Blick. In diesen wenigen Tagen gab es ein aufregendes Abenteuer nach dem anderen. Und ein weiteres stand ihnen bereits bevor.

»Hey. Bist du wirklich okay?«, fragte er erneut. Zuversichtlich drückte sie seine Hand und schloss die Augen.

»Ja. Ich bin okay.«

Epilog

ᛗᚲᛁᚾᛟX

Lange trieb er im Wasser umher, bis die Wellen ihn an den Rand des Wasserfalls spülten. Mit unzähligen gebrochenen Knochen lag er da. Jede einzelne seiner noch so kleinsten Bewegung schmerzte tief in ihm, dass es ihn immer wieder laut aufschreien ließ. Einer seiner Arme war ausgerenkt. Seine Beine waren gebrochen und seine Wirbelsäule glich nur noch einem einzigen Scherbenhaufen. Martin Bergens Körper war nun endgültig aufgebraucht und vollkommen irreparabel. Und selbst wenn, hätte Blakaldur keine Kraft mehr gehabt, diesen nutzlosen Leib soweit von hier wegzuschleifen.

Blakaldur war so kurz davor, die Welt zu verlassen, um endlich wieder in seine eigene zu gelangen. Aber am Ende kam alles anders. Martins Körper war einfach zu schwach, um gegen die geballte Kraft Baldurs anzugehen. Baldur hatte ihn regelrecht vernichtet. Während des Kampfes wirbelte der unbarmherzige Wassersturm die beiden so weit nach oben, dass Blakaldur beim rasanten Sturz auf die Erde letztendlich am Boden des Flusses aufschlug und sein Körper förmlich zerschmetterte. Sämtliche Körperteile waren gebrochen. Ein normaler Mensch hätte diesen Sturz nicht überlebt. Aber Martins Leib war nur der Wirt und Blakaldur das Monster, welches sich wie ein Parasit eingenistet hatte.

Mit letzter Kraft schaffte er es noch, sich an das Ufer zu ziehen. Mühsam schleppte er sich in dieselbe kleine Höhle zurück, in der er einst dem kleinen Jungen Martin begegnete. Er wusste, er würde sicher nicht noch einmal das große Glück haben, dass sich ein Mensch hier hinein verirrte, um seine Gestalt anzunehmen. Und sich in eine schäbige Ratte, kriechende Kakerlake oder anderes Ungeziefer zu verwandeln, war selbst Blakaldur zu widerwärtig.

XXMRFƔIR

Tage vergingen. Die Wochen verstrichen. Wie in Trance lag das Wesen in menschlicher Gestalt da und konnte sich nicht rühren. Fortwährend schlief er ein. Krähen zupften an den Wunden seines Körpers, die bereits von Maden befallen waren und sich an seinem Fleisch labten. Doch nicht einmal die kleinen Aasgeier konnte er greifen. Sein ausgezehrter Leib war zu schwach und die Vögel zu schnell. Dennoch schaffte er es, eine der Ratten zu fangen, die an seinen Fingern nagten. Beschwerlich trank er ihr Blut, um sich gerade noch so am Leben erhalten zu können. Und nach all der Zeit fragte er sich allmählich, ob es das Alles auch wirklich wert war. Glaubte Tilda überhaupt noch daran, dass er jemals zu ihr zurückkehren würde? Oder war es ihr mittlerweile vollkommen egal? Hatte sie auch nur einen einzigen Gedanken an ihn verschwendet? Seit über sechzehn Jahren lebte er nun schon auf der Erde. Und er hatte es dort verdammt gut. Er hatte sich ein wohlhabendes und ansehnliches Leben als Martin errungen. Ihm ging es hervorragend. Das alles hätte er behalten und das Leben des begehrten und attraktiven Bergens weiter leben können.

Doch die Loyalität und die bedingungslose Leidenschaft zu Tilda gingen über seine Bedürfnisse hinaus.

War diese Treue all seinem Leiden gerecht?

Ende

Weiter geht es in:
DIE WELTENBAUM CHRONIKEN,
BAND 2: Das Trollreich - Der verlorene Splitter

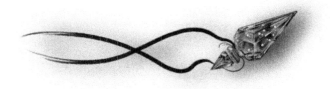

Danksagung

ᛗᚨᛏᚲᚺᚨᚠᛏᚢᛞ

Als Erstes möchte ich mich bei meiner Tochter Aimée Aleyna von Herzen bedanken. Ohne Dich wäre all das gar nicht erst entstanden. Mit Deinen damaligen drei Jahren, Deinem kleinen wunderschönen Sturkopf und starken Willen hast Du mich erst auf die Idee gebracht, ein Kinderbuch zu schreiben. Wer hätte geahnt, dass sich aus diesem kleinen Gedanken solch ein großes Projekt entwickelt. Und ich bin so froh und dankbar dafür. Wenn Du dich eines Tages vielleicht daran erinnern wirst, wie Mama bis spät in die Nacht an ihrer Geschichte saß ... Ich hoffe, Du bist Stolz auf mich. Ich liebe Dich. Du bist mein Tigerherz.

Danke an meinen Partner Ayhan Özcelik. Ich werde mich immer an unsere Gin und Whisky Abenden erinnern, wenn wir uns lachend die verrücktesten Ideen für die Geschichte ausgedacht haben. Du hast immer an mich geglaubt, mich unterstützt und mir so oft gesagt: Du schaffst das!

Mein persönlicher Baldur. Dank Dir ist die wunderbare Figur überhaupt entstanden. Jeder, der Dich kennt, weiß, was für ein gutes Herz Du hast. Und verdammt, ... wir haben schon einiges zusammen durchstehen müssen. Man kann nicht sagen, dass unser Leben langweilig ist. Mögen wir zusammen noch viele Abenteuer erleben.

Mama, Papa. Danke. Für alles. Meine Kindheit war einfach nur toll. Ich werde diese wundervolle Zeit nie vergessen. Ob ich mit meiner Schwester mit den Fahrrädern über die dicken Wurzeln in der Fischbeker Heide geprescht bin, wir im Sommer dort ein Picknick veranstaltet haben oder im Winter mit dem Schlitten die Kieskuhlen hinuntergerutscht sind.

Mama, Du hast mich erst auf die grandiose Idee mit der Heide gebracht, worauf diese tolle Szene mit dem Bunker entstanden ist. Von Anfang an hast Du mich begleitet und mir in so vielen Dingen geholfen. (Das gilt aber nicht nur für die Bücher, sondern für mein ganzes Leben). Du hast mir gezeigt, wie ich die Geschichte besser machen könnte und selbst bis spät in die Nacht gelesen, korrigiert, verbessert und nur Stunden später wieder von vorne angefangen. BIS ZUM LETZTEN VERFLIXTEN TAG! So wie Du hat mich niemand ermutigt und mir immer wieder gesagt, wie unglaublich Stolz Du auf mich bist. Für Deine Liebe und Unterstützung danke ich Dir von ganzem Herzen.

Klaus Abels. Ich kann mich bei Dir gar nicht oft genug bedanken, wie viel Liebe und Zeit Du investiert hast, mir mit Liv beiseite zu stehen. Du hast ein wirklich unglaublich großes Talent fürs Schreiben. Ich wünsche Dir wirklich nur das Allerbeste und viel Erfolg mit Deinen Büchern. Du hast es mehr als verdient. Alles Gute.

Mina Cult. Hätte ich nicht den Aufruf gestartet zum Testlesen, wären wir uns vielleicht nie begegnet. Du bist mir in der ganzen endlosen Schreibzeit so unglaublich ans Herz gewachsen. Ich glaube an Dich und an Deine Bücher. Ich hoffe, wir beide laufen eines Tages gemeinsam über die Buchmessen. Ps: Pewpew.

Bei meinen ganzen Testlesern möchte ich ebenfalls ein herzliches Dankeschön aussprechen.

Vanessa Blaszczak hat mich auf die wichtigsten Punkte aufmerksam gemacht und meine schlimmsten Schreibfehler ausgemerzt. Wir kennen uns schon ewig und es ist so toll, dass der Kontakt weiterhin so gut besteht.

Jemima Dzienziol, Du warst eine der Ersten, die es gelesen hat und begeistert war. Du hast mich auf böse Fehler hingewiesen und mir stets tolle Tipps gegeben. Danke für Deine ganze Unterstützung und unsere Freundschaft.

Sabrina von Scheve, allein wie oft Du mir gesagt hast, wie unglaublich Stolz Du auf mich bist, hat mir schon solch einen Antrieb gegeben, niemals aufzugeben und selbst an den schlechten Tagen weiterzumachen. Deine Motivation war oft mein Antrieb.

Solara Sophia Loch, meine jüngste Leserin. Für Dein tolles Feedback möchte ich mich ebenfalls bei Dir bedanken. Ich freue mich schon darauf, Dir den zweiten und dritten Band in die Hand drücken zu können.

Jaqueline Kroppmanns, eine wahnsinnig talentierte Coverdesignerin und mittlerweile gute Freundin. Das Cover ist einfach unfassbar toll und ich freue mich schon auf die nächsten Projekte mit Dir.

(www.jaqueline-kropmanns.de)

Francis Eden. Deine Illustrationen haben Baldur und Liv erst richtig lebendig gemacht. Ich liebe Deine Arbeit und ich bin wahnsinnig froh, dass wir uns kennengelernt und ich Dich ins Herz geschlossen habe.
(www.franciseden.de)

Tatjana Noir. Deine Arbeiten als Tattookünstlerin sind einfach grandios. Die Kapitelzierden sind das absolute i-Tüpfelchen in meinem Buch. Unsere Freundschaft möchte ich niemals missen.
(www.pinkrabbit.eu) (www.skindeepart.ch)

Einen großen Dank auch an den Harderstarverlag. Die Möglichkeit, sein Buch so herausbringen zu können, wie man es möchte, bekommt man nicht oft.

Danke auch an Familie und Freunde, die an mich geglaubt haben.

Haltet an euren Träumen fest und gebt niemals auf. Egal wie schwer oder wie hart der Weg sein kann.

So und was machen wir nun? Genau, wir stürzen ins nächste Abenteuer ...

Eure Michèle

„Nur die Wunderblüte und das Blut des letztgeborenen Kindes, das Menschen- und Tierleid hört, kann unsere Rettung sein."

Das, was einst als blauer Planet bezeichnet wurde, ist nun von Sandwüsten und schroffen Felsen übersät – und von Kreaturen, die niemals hätten existieren dürfen.

300 Jahre nachdem der Impfstoff einer Epidemie mehr als 80% der Bevölkerung auslöschte und die restlichen Menschen genetisch veränderte, wird Kaliya geboren. Aufgewachsen in einer Welt, in der die Alterung zwischen dem fünfzehnten und sechzigsten Lebensjahr stoppt. Eine Welt, in der es Wesen mit besonderen Fähigkeiten gibt: die Wehorias. Aus Angst, die Legende des letztgeborenen Kindes könnte sich bewahrheiten, streben sie danach, die übrigen Menschen zu vernichten Kaliyas Kampf um die Menschheit hat begonnen und als Sie Ezra trifft, ahnt Sie, dass der Welt das Schlimmste noch bevorsteht …

… und das es Legenden gibt, die sich bewahrheiten!

14,90 € Paperback
www.harderstar.com

Ein König, der nur Macht und Reichtum im Sinn hat. Ein Bauernjunge, der plötzlich entdeckt, dass in ihm tief verborgene Kräfte schlummern. Ein Mädchen, welches starke magische Fähigkeiten besitzt und entführt wird. So steht es in den tausend Jahre alten Schriften geschrieben.

Marun, ein armer Bauernjunge, muss mit ansehen, wie seine Mutter stirbt. Seinen Vater hatte er Jahre zuvor bereits im Krieg verloren.
Mit aller Kraft versucht die sterbende Frau ihrem Sohn mitzuteilen, dass er eine wichtige Aufgabe zu erfüllen hat. Doch welche sollte das sein?
Warum ausgerechnet er? Doch ehe er sie danach fragen konnte, schloss sie für immer ihre Augen. Marun blieb es zudem verwert, um seine Mutter trauern zu dürfen.
Ritter des Königs kamen in sein Dorf, um alle Jungen und Männer mit sich zu nehmen. Sie alle sollten für den König in den Krieg ziehen.
Wird es Marun dennoch gelingen, das Geheimnis seiner Mutter zu lüften?
Oder wird er seinem Schicksal erliegen, da er keinerlei Ahnung hat, wie man mit Waffen umgeht?

13,90 € Paperback
www.harderstar.com

 Drei Jahre nach einer Viruskatastrophe auf der Erde versucht Karl Seipold mit anderen Überlebenden eine demokratische Gesellschaft aufzubauen. Doch bald entscheidet eine unbekannte Macht über das Schicksal aller. Seipold wird entführt und Spielfigur eines intergalaktischen Zivilisationsspiels.

Fortan kämpft er auf dem neuen Planeten Terranovae ums Überleben. Doch er hat Verbündete. Tauche ein, in eine gefahrenvolle Odyssee durch Raum und Zeit und erlebe hautnah mit ob Seipold sich, die Menschheit und die Welt, wie wir sie kennen, retten kann?

14,90 € Paperback
www.harderstar.com